クリスティー文庫
30

第三の女

アガサ・クリスティー
小尾芙佐訳

早川書房
5462

日本語版翻訳権独占
早　川　書　房

THIRD GIRL

by

Agatha Christie

Translated by
Fusa Obi
Published 2021 in Japan by
HAYAKAWA PUBLISHING, INC.
This book is published in Japan by
arrangement with
AGATHA CHRISTIE LIMITED
through TIMO ASSOCIATES, INC.

ノラ・ブラックモアに

第三の女

登場人物

アンドリュウ・レスタリック………実業界の大物
メアリ・レスタリック………………アンドリュウの妻
ノーマ・レスタリック………………アンドリュウの娘
ロデリック・ホースフィールド……アンドリュウの伯父
クローディア・リース - ホランド…アンドリュウの秘書
デイヴィッド・ベイカー……………ノーマのボーイフレンド
ソニア…………………………………ロデリックの秘書
フランシス・キャリイ………………室内装飾家
ジョン・スティリングフリート……精神科医
アリアドニ・オリヴァ………………探偵作家
ニール…………………………………主任警部
ジョージ………………………………ポアロの従僕
ミス・レモン…………………………ポアロの秘書
エルキュール・ポアロ………………私立探偵

第一章

エルキュール・ポアロは朝食の座についていた。湯気をたてているチョコレートのカップを右手にもっている。彼は生来甘党である。チョコレートに添えられているのはブリオッシュだ。チョコレートによくあう。彼は満足そうにうなずいた。いくつかの店をためしてみてこれは四つめの店の品だ。デンマーク人の経営する菓子屋《パティスリ》だが、近所のフランス菓子店と称する店の品物とは雲泥の差がある。あれは詐欺同然のしろものだ。

彼は美味を堪能した。腹中は平和である。心中もまた平穏だったが、どちらかといえば平穏すぎるきらいがないでもない。探偵作家の分析に関する畢生の大作《マグナム・オパス》を脱稿したばかりなのだ。エドガー・アラン・ポーに対しては仮借《かしやく》ない批判を果敢にも浴びせ、ウィルキー・コリンズについては、空想的な感情の吐露の手法に整然たる秩序が欠けているという不満を述べ、ほとんど名も知られていない二人のアメリカ人作家をほめそやし、その他さまざまなやり方で栄誉のあたえられるべきところへは栄誉をあたえ、あたえられるべきでないと見なしたところへは断固としてさしひかえた。校正刷に目を通し、出来栄えを検討し、しかるのち植字工の途方もない過ちの数々を別とすれば、満足である旨を表明した。彼はこの文学的偉業を愉しみ、やむを得ざる厖大《ぼうだい》な読書を愉しみ、本を床にほうりだして嫌悪のうなりをあげることを愉しみ（ただし必ず拾いあげて屑籠にきちんと入れるのを忘れない）、そしてわが意を得るような希少な例に対してはほっとしながらうなずくことを愉しんできた。

そして当面は？　頭脳労働のあとには不可欠な快い憩いのひとときを愉しんでいるのだ。しかしいつまでものんびりくつろいでいるわけにはいかない。次の仕事にとりかからねばなるまい。遺憾ながら次の仕事の腹案がなかった。またまた文学的偉業にとりかかるのか？　それは考えなかった。ひとつことを満足にやりとげたらそれでおしまい。これが彼の座右の銘である。実をいえば食傷したのだ。彼がほしいままにしたこのたゆまざる頭脳労働――にも飽いたのである。これは彼を悪習に染めさせ、彼をいらだたせ……。

煩《わずら》わしい！　彼はかぶりをふって、チョコレートをまたひと口飲んだ。

ドアが開き、よくしつけられた従僕のジョージが姿を現わした。恭々《うやうや》しい物腰ながらかすかなためらいが見える。彼は咳ばらいをし小声で言った。「あのう――」といいさして、「そのう――若いご婦人がお見えで」

ポアロは驚きと軽い嫌悪の表情をうかべて彼を見つめた。

「こんな時刻にはだれとも会わないよ」彼は険のある声で言った。

「さようで」とジョージは相槌をうった。

主人と従僕は見つめあった。意志の疎通が両者のあいだでときたま困難になることがある。ジョージはいつも、抑揚の変化や、仄《ほの》めかしや、ある種の言いまわしなどによって、もし適確な問いがなされるならば引きだしうる事柄があるのを匂わせるのだ。

「美人かな、その若いご婦人は？」彼は用心深く尋ねた。

「わたくしの見るところでは――美人ではありません、しかし、蓼《たで》くう虫も好きずきと申しまして」

ポアロはこの返答を玩味した。ジョージが――若いご婦人――という前にちょっと間をおいたことに彼は気づいた。ジョージは精巧な身分鑑定機である。訪問客の身分はあやふやなのだが、好意的に解釈したのだろう。

「するときみの意見では、若いご婦人《レディ》だというんだね、その、なんだ、若い女《ひと》というよりは――」

「そう思いますです、昨今はなかなか見きわめがつきませんが」ジョージは心底から嘆かわしいという口調だった。

「わたしに会いたい理由を申されたかね？」

「申されました――」ジョージは次の言葉を、あたかも前もって詫びるかのように言いにくそうに、「自分が犯したらしい殺人についてご相談したいと」

エルキュール・ポアロはじっと相手を見つめた。眉がぐいとあがった。「犯したらしい？　本人にはわからないのかね？」

「ご本人がそう申されました」

「よくわからないが、おもしろそうだ」とポアロは言った。

「あるいは――冗談かもしれませんです、旦那様」ジョージは疑わしそうに言った。

「そうかもしれない」ポアロはうなずいた。「だがよもや――」彼はカップを持ちあげた。「五分したらお通ししなさい」

「かしこまりました」ジョージはひきさがった。

ポアロはチョコレートの残りを飲み干した。カップを脇におしやって立ちあがる。暖炉に近づきマントルピースの上の鏡に向かって口髭を丹念になでつける。満足がいくと彼は椅子に戻って客人の入来を待った。何を期待すべきかよくわからないのだが……。

おそらくは、自分のめがねにかなうような女性の魅力といったものを期待していたのだろう。〈悩める美女〉という陳腐な台詞《せりふ》がうかぶ。ジョージが客を案内してきたのを見て彼は落胆した。胸中でかぶりをふって嘆息した。美女の面影はおろか、苦悩の影すら見あたらない。軽い困惑といったほうがむしろ適切だった。

「ちいっ！」とポアロは内心いまいましく思った。「いまどきの娘ときたら！　自分をきれいにみせようとも思わないのか？　きれいに化粧をして、人目を惹く服をきて、腕のいい美容師に髪を結ってもらえば見られるかもしれないのに。これではなあ！」

客は二十《はたち》そこそこの小娘だった。何色ともつかない長い髪がばさばさと肩におおいかぶさっている。大きな眼は緑がかった青で、うつろな表情をうかべている。この年ごろの好みとおぼしい服を着ていた。黒革のブーツ、清潔とも思えないような白いすかし模様のウールの長靴下、つんつるてんのスカート、だらしなく伸びた厚手のとっくりのセーター。ポアロの世代の人間ならだれしも同じただ一つの願望をいだくだろう。この小娘を即刻風呂につっこむこと。街なかを歩いているときも彼はしばしば同じような衝動を感じることがある。これと同じかっこうの娘は、それこそごまんといる。どれもこれもみんな薄汚くみえる。それなのに——矛盾した表現だが——この小娘はついさっき河で溺れてひきあげられたように見える。こういう娘たちはほんとうは見かけほど汚くはないのだろうとポアロは思った。そう見えるように多大の苦労をはらっているにすぎないのだろう。

彼はもちまえのいんぎんな物腰で立ちあがり握手をしたのち、彼女のために椅子をひいた。

「わたしにご用がおありだそうですね、お嬢さん？　どうぞおかけください」

「あの」彼女はちょっと息切れしたような声をだした。ポアロをまじまじと見つめている。

「さあ？《エ・ビアン》」

彼女はもじもじした。「あたし――立っていたほうが」大きな目が当惑したように凝視をつづける。

「お好きなように」ポアロは腰をおろして女を眺めた。そして待った。女は爪先をもじもじと動かした。視線をいったん爪先におとし、ふたたびポアロを見あげる。

「あなたが――あなたがエルキュール・ポアロさん？」

「そうですとも。わたしで何かお役に立てることがございましょうか？」

「え、ええ、それがちょっと厄介なことで。あのう――」

助け舟が必要なのだなとポアロは思った。そこで助け舟を出した。「うちの召使いが申しておりましたが、殺人を犯したかもしれないので、それについてご相談なさりたいとか。そうでしょうか？」

女はうなずいた。

「そうです」

「それは疑問の余地のない問題ですな。あなたご自身で、殺人を犯したかどうか知っておられるはずですよ」

「あの、なんて言えばよいのか、あのう――」

「まあまあ」とポアロはやさしく言った。「おかけなさい。体を楽にして。すっかり話してください」

「でも――あのう、なんて言ったらいいのか――そのう、これ、とってもむずかしいことですから。あたし――考えなおします。失礼だと思うんですけど――でも、このまま帰ったほうがよさそうですから」

「まあまあ。勇気をだして」

「ううん、だめだわ。あなたにうかがって――お聞きすれば、どうしたらいいかお聞きすればと思ったんだけど――でも、だめだわ。あんまりちがうので――」

「何がちがう？」

「ほんとにすみません、あたし失礼なこと言いたくないんですけど、でも――」

彼女は深い吐息をつきながらポアロを見つめ、それから目をそらすと一気に言った。

「年をとりすぎていらっしゃるから。こんなにお年寄りだってだれも言ってはくれなかったんです。ほんとに、こんな失礼なこと言いたくないんですけど、でも――しかたがないわ。お年寄りすぎるから。ほんとにすみません」

彼女はくるりと踵《きびす》をかえすと、電灯にとびこんだ哀れな蛾のようにうろたえながら出ていった。

ポアロは、あんぐりと口を開けたまま、玄関の扉が勢いよくしまる音を聞いた。

彼はだしぬけにさけびだした。「ちくしょう、ちくしょう《ノム・ダン・ノム・ダン・ノム》……」

第二章

1

電話が鳴った。

エルキュール・ポアロは気づいた様子もない。

ベルはりんりんとしつこく鳴りつづける。

ジョージがやってきて電話に歩みより、ポアロにどういたしましょうと目顔できく。

ポアロは手をふった。

「ほうっておけ」と彼は言った。

ジョージは言われるままに部屋を出ていった。電話は鳴りつづける。きんきんと神経をかきみだす音が鳴りひびく。不意にそれがぴたりとやんだ。だが数分後に、ふたたび鳴りだした。

「ああ、サディスト《サブリステティ》め！　きっと女にちがいない――まさしく女だ」

彼は溜め息まじりに立ちあがり電話に歩みよった。

受話器をとりあげる。「もしもし《アロウ》」と彼は言った。

「あなたは――そちらはムッシュー・ポアロ？」

「はい、わたしです」

「こちらはオリヴァ――声が変わってらして、ちょっとわからなかったわ」

「ボンジュール、マダム――お元気ですか？」

「ええ、おかげさんで」電話の向こうのアリアドニ・オリヴァの声はいつもながら陽気だった。この著名な探偵作家とエルキュール・ポアロは昵懇《じっこん》の間柄である。

「お電話するには早すぎると思ったんですけど、ちょっとお願いしたいことがありますのよ」

「ほう？」

「探偵作家クラブの例会があるんですよ。あなたに講演していただけないかしらと思って。そうしてくださったらほんとにすばらしいんだけれど」

「いつです？」

「来月――二十三日なの」

深い吐息が受話器に流れた。

「いやあ！　なにしろ年をとりすぎていますからね」

「年をとりすぎている？　何を言ってらっしゃるの？　ちっとも年なんかとっちゃいないじゃありませんか」

「そう思いますか？」

「あたりまえよ。あなたはすてき。実際の犯罪についておもしろいお話をたくさん聞かせてくださいませよ」

「だれが聞きたいというのです？」

「みんなが。みんなというのは——ムッシュー・ポアロ、どうかなさったの？　何かあったの？　何だかしょげているみたい」

「そう、しょげているのです。わたしのこの気持ち——ああ、いや、なんでもない」

「おっしゃいよ」

「ぐちをこぼしてもしかたないでしょう？」

「いいじゃありませんか？　宅にいらしてすっかりお話しなさいよ。いついらっしゃる？　今日の午後。ごいっしょにお茶でもいかが」

「午後のお茶は飲みませんので」

「じゃあコーヒーになさったら」

「コーヒーを飲む時間ではありません」

「チョコレートは？　生クリームをいれて？　それとも薬湯《ティザン》？　ティザンはお好きでしょ。それともレモネード。オレンジエード。カフェインぬきのコーヒーなんかいかが、手に入ればの話だけれど——」

「ああ、そんなもの、まっぴらごめんです《アア・サ・ノン・パル・イグザムプル》！　忌むべきものだ」

「あなたの大好物のシロップ。そうそう、リベナがまだ瓶の半分ほどのこっていたわ」

「何です、リベナとは？」

「黒すぐりのシロップ」

「ああ、まったくあなたにはかないませんよ！　ほんとによくがんばりますね、マダム。いろいろとお心づかい恐れいります。よろこんで、午《ひる》からチョコレートをいただきにうかがいましょう」

「よかった。そのときになんでそうしょげているのか話してくださるわね」

　夫人は電話を切った。

2

ポアロはちょっと考えこんだ。やおら電話のダイヤルをまわした。ほどなく彼は口を切った。

「ゴビイさん？　エルキュール・ポアロです。いま仕事のほうはお忙しいですか？」

「まあまあで」とゴビイ氏の声が言った。「まったくのところまあまあで。でもお宅さんのお頼みとあれば、ムッシュー・ポアロ、例によってお急ぎならば――いまの仕事はうちの若いものでもどうにか間に合いますから。この節は優秀なのが得がたくなりましたがね。いまどきの若いもんは生意気でしてねえ。そんなことぐらい教わらなくったってわかってるっていう調子ですからねえ。ところがなんの！　若い体に古い頭をのっけるわけにもいきませんな。ご用向きはこのわたしがよろこんでお引きうけいたしますですよ、ムッシュー・ポアロ。ちっとはましな若いものにもひとりふたり手伝わせますから。例によって――情報集めで？」

彼は、ポアロが頼みたいことをつぶさに説明するあいだ、うなずきながら耳をかたむけていた。ゴビイ氏との打ち合わせがすむと、ポアロは今度はスコットランド・ヤードに電話をして友人を呼びだしてもらった。相手はポアロの頼みを聞きおわるとこう言った。

「控えめなご注文ですね？　どんな殺しでもいい、どこでもいいとは。時間も場所も被害者も不明。まるで雲をつかむような話だなあ、あなた」相手はとがめるようにつけくわえた。「あなた、ほんとは何も知らないのとはちがうかね！」

3

その日の午後四時十五分、ポアロはオリヴァ夫人の家の客間で、たったいま女主人がかたわらの小卓に運んできてくれた、ぶつぶつと泡だつ生クリームをうかべたチョコレートを、大きなカップから旨そうにちびちびと飲んでいた。フィンガービスケットを山盛りにした小皿が添えてある。

「シェール、マダム、恐れいりますな」彼は茶碗ごしに、かすかな驚きをうかべたまなざしでオリヴァ夫人の髪型と新しい壁紙とを眺めた。二つとも彼には目新しいものである。この前会ったときの髪型は平凡だがいかめしいものだった。ところが今日ときたら、ごてごてしたカールやあちらこちらにひねりまわした毛先などが頭じゅうに複雑怪奇な模様をつくりだしている。そのあふれるばかりの豊かな髪の大半は人工物ではなかろうか。かりに、オリヴァ夫人がいつものように突如としていきりたったら、いったいどれだけのかもじが落ちてくるだろうかと彼は胸のなかで考えた。壁紙はというと……。

「あのさくらんぼは——新しくなさったのですか？」彼はスプーンをふりまわした。「まるでさくらんぼの果樹園にいるような錯覚が起きる。

「さくらんぼが多すぎるかしら？」とオリヴァ夫人は言った。「壁紙というものは貼ってみないとわからないものね。前のほうがよかったとお思い？」

　ポアロは森に極彩色の熱帯の鳥がひしめいていたように記憶する以前の壁紙をぼんやりと思いうかべた。「いくら変えてみても同じことです《プリュ・サ・シャーンジュ・プリュ・サ・メーム・ショーズ》」という意見をのべたいような気がしたが思いとどまった。

「さてさて」オリヴァ夫人は、客がようやくカップをおいて、髭についた生クリームをぬぐいながら満足そうな吐息とともに椅子の背によりかかるのを見るとこう言った。

「いったい、どうなさったというの？」

「なに、簡単な話ですよ。けさひとりのお嬢さんがわたしに会いにこられましてね、あらかじめ約束をしてもらわないと困るとわたしは言ったのですよ。人には人の日課というものがありますからねえ。ところがそのお嬢さんはいますぐどうでも会いたい、実は人殺しをしたように思うからという」

「なんとまあ奇妙なこと。自分でわからないの？」

「まったくです！　前代未聞《セ・イヌイ》です！　で、ジョージにお通ししろと命じました。お嬢さんは入ってくると突っ立ったままなのです。腰かけなくていいというのです。突っ立ったまままわたしをじいっと眺めている。まったくうすのろのようにね。で、わたしは助け舟を出してやったのです。するとそのお嬢さんはいきなり、思いなおしたわと言うのですよ。こんな失礼なことは言いたくないがと――（いったいなんと言ったと思いますか？）――このわたしが年をとりすぎているからと……」

オリヴァ夫人はあわてて慰めの言葉をかけた。「まあねえ、若い女の子なんてそんなものよ。三十五以上の人間は片足を棺桶につっこんでいると思っているんだから。分別ってものがないのねえ、そこのところをよくわきまえていなくちゃ」

「気分を害されました」とエルキュール・ポアロは言った。

「まあ、あたしなら、そんなことにくよくよしませんね。そりゃ、ずいぶんと失礼な言い草だけど」

「それはまあかまいませんが。わたしの気分ばかりの問題ではないのです。気がかりなのですよ。ええ、気がかりで」

「あたしならそんなこと、きれいさっぱり忘れてしまうわね」とオリヴァ夫人は呑気そうに言った。

「おわかりいただけませんな。わたしはあのお嬢さんのことが気がかりなのです。あのひとはわたしに助けを求めにきた。ところがわたしが年をとりすぎていると思った。年をとりすぎていて役に立ちそうもないと。そりゃ、何も言わずに逃げだしたりしたのはいけません。だが、いいですか、あのお嬢さんには助けが必要なのですよ」

「ほんとに必要なのかどうか」とオリヴァ夫人は慰め顔で言った。「若い娘なんてやたらに騒ぎたてるものだわ」

「いいや。それはまちがっている。あのひとには助けが、必要なのです」

「まさかほんとに人殺しをしたとは思っていないでしょう？」

「なぜ？　あのひとがそう言ったのですよ」

「ええ、でもね――」オリヴァ夫人は言いよどんだ。「したらしいと言ったんでしょう」と夫人はゆっくりと言った。「いったいどういう意味なのかしら？」

「まったく。さっぱりわからない」

「だれを殺したのかしら、それとも殺したと思いこんでいるのかしら？」

ポアロは肩をすくめた。

「それになぜ殺したのかしら？」

ふたたびポアロは肩をすくめた。

「そりゃ、いろいろな可能性が考えられるわ」オリヴァ夫人は顔を輝かせて豊かな想像をめぐらしはじめた。「轢《ひ》き逃げしたのかもしれないわね。崖っぷちで男に襲われて取っ組み合いをして相手を崖からつきおとしたってこともあるし。うっかり薬をまちがえてだれかに飲ませちゃったのかもしれない。麻薬パーティに行って喧嘩したのかもしれない。正気になってみたらだれかを刺し殺していた。あるいは——」

「たくさん《ア》、マダム《セ》、たくさん《ア》《セ》！」

だがオリヴァ夫人はますます調子にのった。

「手術室の看護婦で麻酔剤をまちがえて注射してしまったのかもしれない——」夫人は口をつぐんだ、もっと詳しい事情が知りたくなった。「どんな様子のお嬢さん？」

ポアロはちょっと考えこんだ。

「肉体的魅力を欠いたオフィリア」

「おやおや。そういわれると目にうかぶようね。なんとけったいな」

「しっかりした子ではない。ま、その辺のところですな。難局に立ちむかうというタイプではない。来たるべき危険を予見できるようなタイプではない。どこかの人間がまわりを見まわして、〝われわれは生贄《いけにえ》がほしい。ああ、あれがちょうどいい〟というようなタイプ」

だがもはやオリヴァ夫人は聞いてはいなかった。夫人はポアロが毎度見なれている癖、両手であの見事な髪の渦巻きをしきりとひっぱっているのだった。

「待って」と夫人は苦悶の体《てい》で言った。「待って！」

ポアロは待った。眉がぐいとあがる。

「そのお嬢さんの名前をおっしゃらなかったわね」とオリヴァ夫人は言った。

「名乗りませんでした。まことに残念ながら」

「待って！」オリヴァ夫人はふたたび苦悶の形相でさけんだ。そして髪の毛をつかんでいた指をゆるめ、深い吐息をついた。くっつけた髪の毛がばらばらと肩にころがりおちてくる。ばかでかいカールがひとつはらりと床に落ちた。ポアロはそれを拾いあげてそっとテーブルにのせた。

「ところで」とオリヴァ夫人は不意に冷静さをとりもどした。ヘアピンを一、二本押しこんで何やらひとり合点をしている。「だれがそのお嬢さんにあなたのことを教えたのかしら、ムッシュー・ポアロ？」

「だれも、わたしの知るかぎりでは。当然わたしの噂を聞いていたのでしょうな」

〝当然〟というのはあたらないとオリヴァ夫人は思った。当然なのは、ポアロ自身が、世間の人はだれしも自分の噂を耳にしていると思いこんでいることだ。実際は、エルキュール・ポアロの名が口にのぼっても、たいていの人間がぽかんとしているだろう、若いものにいたっては何をかいわんやである。「でもこの事実をどうやってこのひとに伝えたらいいのかしら」とオリヴァ夫人は考えた。「気持ちを傷つけないようにするには？」

「そうじゃないと思うわ」と夫人は言った。「若い女の子なんて――そうね、若い女や若い男は――探偵なんてものにはあまりくわしくないんじゃないかしら。あまり耳にしないと思うわ」

「だれしもエルキュール・ポアロの名は耳にしているはずです」とポアロは大見得をきった。

これはエルキュール・ポアロの信念の一つである。

「でも、このごろの若い連中は教養ってものがありませんからねえ」とオリヴァ夫人は言った。

「あの連中の知っている名前といったら、ポップ・シンガーとか、グループ・サウンズとかディスク・ジョッキーとか――そういったたぐいよ。もし専門のひとが必要だとなったら、たとえばお医者とか探偵とか歯医者とかね――そういうときにはだれか知っているひとに訊くんじゃないかしら――どこへいけばよいのか。訊かれたひとはこう答えるでしょう――『あらそう、それならクイーン・アンズ・ストリートのあのそりゃすばらしい方のところへ行くべきよ、足を頭のぐるりに巻きつけるとなおっちゃうのよ』とか、『あたし、ダイヤを全部盗まれちゃったの、ヘンリに知れたら怒られるから警察へは行けないし困ってたんだけど、不思議なほどかんのいい、絶対秘密を守ってくれる探偵がいて、とっても慎重なひとで、みんなとり戻してくれたの、だからヘンリには内緒ですんだわ』――とか、こんなことはしじゅうあることよ。きっとだれかがそのお嬢さんをあなたのところへさしむけたのね」

「そいつははなはだもって疑わしい」

「それがだれだか教えてもらわなきゃおわかりにならないわね。じゃあ、これから教えてさしあげます。いまふいと思いだしたんだけど。このあたしがあのお嬢さんをあなたのところへさしむけたの」

ポアロは目をむいた。「あなたが？　ではなぜすぐにそうと言わなかったのですか？」

「だってたったいま思いだしたんですもの――あなたがさっきオフィリアとおっしゃっ

たとき――濡れたみたいな長い髪の毛で、むしろ平凡な感じだって。おやどこかで会ったような娘って気がしたのよ。それもごく最近。それでだれだったか思いだしたわけ」

「何者です？」

「名前は知らないんだけれど、調べりゃすぐわかるわ。あたし、あの子とおしゃべりしたのよ――私立探偵の話――それであたし、あなたのことを話したの、あなたのなさったすばらしいお仕事の数々を」

「わたしの住所を教えたのですか？」

「いいえ、教えるもんですか。探偵に用があるようには思えなかったもの。ただよもやま話をしたのよ。でもあなたの名前は何度も口にのぼったわ、だから電話帳で調べればお宅へうかがうのはわけはないわ」

「殺人の話をしたのですか？」

「いいえ、あたしのおぼえているかぎりはしてませんよ。なんで探偵の話をするようになったのか見当もつかない――ことによると、ええ、この話をもちかけたのはあの子のほうだったかもしれない……」

「では話して下さい、できるだけくわしく話して下さい――名前はわからなくても、あのお嬢さんについて知っていることをあまさず話して下さい」

「ええと、あれは先週の終わりだったわ。ロリマーの家に泊まっていたんですよ。連中は、この話には関係ないんだけど、あたしをいろいろな友人のところへ飲みにひっぱりまわしたのよ。何人かいたわね、あそこには——たいしておもしろくもなかったわ、だってご存じのとおりあたしはお酒はだめ、だからみんなあたしのためにジュースを見つけてこなくちゃならないし、あの連中だってうんざりだったのよ。そこへもってきてみんなあたしに言いだすの——わかるでしょ——あたしの本がどんなに好きかとか、どんなに会いたかったかとか——こちらがかっかするような、わずらわしくって阿呆らしくなるようなことを言うのよね。でもあたしは何とかその場を切り抜けるの。すると今度はあたしの恐るべきスヴェン・ヒャーソン探偵が好きでたまらないなんて言うのよ。あたしがどれほど彼を憎んでいるかあの連中が知っていたらねえ！　でも出版社のひとはそんなことぜったいひとに言うなって。ま、とにかく、現実の探偵の話はこれが糸口だったんだと思うわ、それであたしはあなたのことをちょっぴり話した、そのとき、あの子はそばで聞いていたのね。あなたがさっき魅力のないオフィリアだと言ったとき、ぴいんときたのよ。〝そういえばだれだったかしら？〟ってあたし考えたの、それから思いだしたのよ、〝そうだ、あの日のパーティであった子だわ〟もしほかの子と思いちがいをしているのでなければ、あの家に住んでいるお嬢さんだと思うわ」

　ポアロは吐息をついた。オリヴァ夫人に対するときはだれしも多大な忍耐を必要とする。

「あなたがお酒を飲みにいった家というのはだれのところです？」

「トレフュシイスよ、トレハーンじゃなければ。たしかそんなふうな名前――実業界の大物よ。大金持ち。シティの大立者、でも人生の大半を南アフリカですごして――」

「奥さんはおられる？」

「ええ、すごい美人よ。彼よりだいぶ年下ね。見事な金髪。後妻。娘は先妻の子。それから古色蒼然とした伯父がひとり。ちょっと耳が遠いの。ごたいそうなお偉方――名前のあとにずらりと称号がならぶような。海軍大将だか空軍大将だかよ。天文学者でもあるらしいわ。だって屋根から大きな望遠鏡みたいなものが突きだしているんだもの。ただのお道楽でしょうけれど。屋敷には女書生《オーペア》（イギリスの中流家庭に寄食し、家事の手伝いをしながら、勉学などをする外国人の娘）もいてあのご老体のあとにちょこちょこくっつきまわっているわ。ロンドンにお供するんでしょ、ご老体が車に轢かれないように。ちょっときれいな娘《こ》よ」

　ポアロはオリヴァ夫人が供給してくれる情報をよりわけながら、人間コンピュータになったような気分だった。

「ではその屋敷にはトレフュシイス氏夫妻と――」

「トレフュシイスじゃない――思いだした――レスタリック」

「似た名前とはいいかねますな」

「いいえ、似てるわ。コーンウォール地方の名前じゃないこと?」

「するとその屋敷にはレスタリック夫妻と年寄りの名士の伯父上が住んでおられる。伯父上もやはりレスタリックという名前で?」

「サー・ロデリック何とやらよ」

「それから女書生《オーペア》だか何だかの娘、それに令嬢がひとり――ほかにお子さんはいないのですか?」

「いないと思うけど――よく知らないわ。お嬢さんはあの屋敷にはいないのよ、お断りしておくけれど。週末に帰ってくるだけなの、継母とうまくいかないんじゃない。ロンドンでお勤めしていて、両親のおめがねにかなわない男友だちとつきあっているらしいのよ」

「ばかにくわしいですな」

「そりゃ、噂はいくらでも耳に入ってくるわ。ロリマー家の連中はたいへんなおしゃべりなんだから。四六時中あのひとこのひとの噂をべちゃくちゃやってるの。そこらじゅうのゴシップが耳に入ってくるわ。ときにはそれがごっちゃになっちゃってね。あたしもその口でしょうけど。あの子の名前はなんていったかしら。歌に関係があるような名前……ソーラ？　言っておくれよ、ソーラ。ソーラ、ソーラ。そんなふうな名前よ、マイラだったかしら。マイラ、オオ、マイラ、ぼくの愛はすべてきみのもの。そんなふうな名前。大理石の御殿に住んでいる夢を見た。ノーマ？　それともマリタナかしら？　ノーマ、ノーマ・レスタリック。そうよ、たしかよ」そして夫人は唐突につけくわえた。

「あの娘はサード・ガール（三番目）なの」

「ひとり娘だと言われませんでしたか？」

「ええそうよ――そりゃたしか」

「じゃあサード・ガールというのはどういう意味です？」

「おやおや、サード・ガールをご存じない？　《タイムズ》をお読みにならないの？」

「出生、死亡、結婚欄は読みますよ。ああいった記事は興味がありますから」

「いいえ、一面の広告欄なの。近頃は一面にはのらないんだけど。だからほかの新聞にとりかえようと思っているのよ。じゃあ、見せてさしあげるわ」

夫人はサイドテーブルに歩みよって《タイムズ》をとりあげ、ページをひろげて持ってきた。「これよ――ほら。〈求サード・ガール、美築マンション二階、独立室、セントラルヒーティング有、アールス・コート〉〈求マンション同居のサード・ガール。週五ギニー、独立室〉〈求フォース・ガール。リージェント・パーク。独立室〉これがこの節の若い娘のお好みなの。P・G（下宿屋）やホステル住まいよりましというわけ。主になる娘がまず家具つきのマンションを借りて、それから何人かの仲間で家賃を分担する。セカンド・ガール（二番目）はたいてい友だちね。サード・ガールは心あたりがなければ広告をだして探すわけ。フォース・ガール（四番目）まで押しこんじゃうのはよくあることよ。ファースト・ガール（一番目）が一番よい部屋をとってセカンド・ガールがそれよりちょっと安くて、サード・ガールはさらに安くてすみっこの部屋に押しこめられるわけ。何曜日にだれが全部の部屋を使うというようなことをとりきめておくのよ。おおむねうまくいっているようよ」

「で、そのノーマとかいうお嬢さんはロンドンのどこに住んでいるのです？」

「さっきも言いましたけど、あの子のことは何も知らないんですよ」

「でも調べればわかるでしょう？」

「ええ、そりゃわけはありませんよ」

「不慮の事故といった話は耳になさいませんでしたか？」

「ロンドンでの死――それともレスタリック邸の？」

「どちらでも」

「聞きませんねえ。情報をかきあつめてみましょうか？」

オリヴァ夫人の目はいきいきと輝いた。すっかりその気になったようだ。

「そうしていただけるとありがたいが」

「ロリマーの家に電話してみるわ。思いたったが吉日よ」夫人は電話に近づいた。「なにか口実をつくらないといけないわね――適当な話をでっちあげる？」

夫人はうかがいをたてるようにポアロを見た。

「しかしごく自然に。言うまでもありませんが。あなたは想像の天才だ――むずかしいことはないでしょう。しかし――あまり奇想天外なのはいけません。ほどほどに」

オリヴァ夫人は了解と目顔で知らせた。

ダイヤルをまわし相手の番号を言う。夫人はふりかえり声をひそめて言った。「鉛筆と紙をお持ち？――ノートでも――名前や住所をひかえるもの？」

すでに手もとにノートをひろげていたポアロは大きくうなずいた。

オリヴァ夫人は受話器に向きなおってしゃべりだした。ポアロは電話のやりとりを注意深く聞いていた。

「もしもし。恐れいりますけど――ああ、あなたね、ナオミ。アリアドニ・オリヴァよ。ええ、そう――かなり混みあってたわね……ああ、あのおじいちゃん……いいえ、さっぱり……ほとんど目が見えない？……あの方、外国の娘とロンドンに出かけてたんでしょ……そうね、ときにはご心配でしょうね――でもあの娘《こ》がうまくやっているらしいじゃないの……実は今日お電話したのはね……お嬢さんの住所をおききしようと思って――いいえ、レスタリックのお嬢さんよ――サウス・ケンかどこかでしょ？　それともナイツブリッジだったかしら。ええ、本をさしあげる約束して、住所をひかえておいたんだけど、もちろんなくしちゃったのよ。名前も思いだせないの。ソラだった、ノーマだった？……ああ、やっぱりノーマ、あたしもそうだと思った……ちょっと待って、鉛筆とってくるから……もしもし、お待ちどおさま……ボロディン・メゾンズ67……知ってます……ワームウッド・スクラブス刑務所みたいな大きな建物でしょ……ええ、たしかあそこはセントラルヒーティングや何かが完備していてとても快適なフラットだわ……同居している二人の娘は？……彼女のお友だち？……それとも広告？……クローディア・リース－ホランド……父親はMP（国会議員）じゃないこと？　もう一人は？……はあはあ、ご存じないでしょうね――きっとその娘もいい子でしょうね……てんでに何をしているの？　たいてい秘書かなんかやっているらしいけど……ははあ、もうひとりの娘は室内装飾家――だと思うって――画廊にお勤めしている――いいえ、ナオミ、それほどくわしく知りたいわけじゃないの――ただちょっとね――近ごろの娘はどんなことをしているのかと思ってね——ええ、原稿を書くうえで役に立つんじゃないかと——時勢に遅れたくはないものねえ……男友だちがどうとかって話だったけど、あれは……ええ、でもどうしようもないんじゃないかしら？　近ごろの娘はなんでも好き勝手にやるんだから……その彼氏はすごい恰好している？　髭ぼうぼうのむさくるしい人種？——ああ、あの人種——錦おりのチョッキ、長くてばさばさの栗色の髪が——肩まで伸びてて——ほんと、まったく男だか女だかわかりゃしない——そう、それで顔がよけりゃヴァン・ダイクの絵から抜けだしたみたい……なんですって？　あのアンドリュウ・レスタリックがその男を毛嫌いしているって？……そう、男はみんなそんなものよ——メアリ・レスタリック？　そう、継母というのは悶着の種。あの娘がロンドンに就職したときにはほっとしたでしょうね。世間がうるさいってどういうこと……彼女の体の具合の悪い原因がわからないっていうの？……だれが言ったの？……はあはあ、で何をもみけしたっていうの？……ああ——看護婦が？——ジェナーズのところの家庭教師にしゃべった？彼女の旦那さん？　ああ、なるほど——医者どもにはわからなかった……そりゃ、でも世間の口はうるさいからねえ。まったくよ。たいてい根も葉もないことなのよ……ああ、胃がね……でもおかしな話だわね。世間じゃそう言っているって、そのなんて名前だったかしら——アンドリュウか——つまりその除草剤は簡単に手に入る——うん、でもなぜ？……だってこれは長年ご亭主に憎まれてきた細君というケースじゃないものね――後妻でしょう――ご亭主よりずっと年下で美人で……ははあ、そりゃたしかにありうる――だけどなぜあの女書生《オーペア》がそんなことを……つまりレスタリック夫人に言われたことを根にもっていたと……あの娘はなかなかチャーミングだから――アンドリュウがあの娘に熱をあげていたのかも――むろんほんの浮気心で……でもそれがメアリを苦しませて、それで彼女があの娘を難詰して――」

ポアロが必死に合図しているけはいをオリヴァ夫人は目のはしで感じた。

「ちょっと待ってね、あなた」とオリヴァ夫人は受話器に向かって言った。「パン屋が来たの」ポアロは侮辱をうけたような顔をした。「そのままでね」

夫人は受話器をおき、足早に部屋を突っきってポアロを朝食の間におしこんだ。

「なんです」夫人は息せききって詰めよった。

「パン屋とは」とポアロはなじるように言った。「このわたしが！」

「だって、とっさのことですもの。何を合図してらしたの？　おわかりになった、彼女が何を――」

ポアロはさえぎった。

「そのうちに話してもらいますよ。十分わかってます。今あなたにしてもらいたいのは、その当意即妙の才をもって、わたしがレスタリック邸を訪問するきっかけをつくって下さることです——あなたの友人で、近々、その近くにうかがうということにして。たぶんあなたなら——」

「まかせて。いいことを思いついたわ。偽名をお使いになる？」

「まさか。話は簡単にしておきましょう」

オリヴァ夫人はうなずいて、ほうりだしてあった受話器のもとへそそくさと戻った。

「ナオミ？　何をしゃべっていたんでしたっけ。話が佳境に入ると必ず何か邪魔が入るんだから。いったいなんの用で電話したのか思いだせなくなっちゃったじゃない——ああそうそう——そのソラという娘の住所——ノーマよね——それは教えてもらったわね。それでと、まだほかにお願いがあったんだけど——ああ、思いだした。あたしの親しくしているお友だち。そりゃ魅力的な殿御なの。このあいだあそこでその人のことをしゃべったのよ。エルキュール・ポアロっていう名前なの。レスタリックさんのすぐ近くに泊まりにいくから、ついでにロデリック卿にぜひお目にかかりたいんですって。あの方をよく存じあげていて崇拝者なのよ。戦時中あの方がなさったすばらしい発見とか——科学的な業績とか——とにかく彼の表現をそのまま使えば『ぜひともお目通りをして敬意を表したい』と、そう言ってるの。いかがなものでしょう？　あなたからお話ししておいていただけないこと？　ええ、あの人のことだから予告なしにいきなりうかがうと思うの。面白いスパイ物語でもさせるようになってお伝えになって……あのひと――なに？　ああ……芝生を刈るひとが来たって？　はあはあ、そりゃ行かなきゃ。さようなら」

彼女は受話器をおくと椅子にどしんとすわりこんだ。「ああ、しんど。これでよかったかしら？」

「悪くはないですな」とポアロは言った。

「あのおじいちゃんを口実にしたほうが得策だと思ったのよ。そうすればあなたのお知りになりたいことがいろいろわかるんじゃないかしら。科学にはうといのよ、女というものは。ですからあなた、あちらへ行くまでにもうちょっともっともらしい話をおつくりになってよ。さて、さっきの彼女の話、お聞きになりたい？」

「噂がとんでいるというんですね。レスタリック夫人の健康状態について？」

「そうなの。けったいな病気にかかっているらしいのよ――消化器関係の――でもお医者さまたちは首をかしげているんですって、入院させたらよくはなったんだけど、病気の原因がはっきりしないらしいのね。退院して家に戻るとまたぶりかえすんですって――それでまたお医者が首をかしげる。そのうちに世間の口がうるさくなってくる。口さがない看護婦がまずしゃべって、その妹が隣りのひとに話して、隣りのひとが勤め先のだれそれに話すという具合で、おかしなものねえ。ご亭主が毒を盛っているにちがいないなんて噂がひろがってるんですってさ。世間が言いそうなことだけれど——この場合はちょっとおかしいわよ。だからナオミとあたしは、あの女書生《オーペア》が怪しいんじゃないかって——女書生《オーペア》というのはあたらないかな、あのおじいちゃんの秘書兼茶飲み友達といったところね——でもレスタリック夫人に農薬をあたえる動機らしいものはほんとはないわけなの」

「あなたがいくつかもちだしているのが聞こえましたが」

「ええ、そりゃ、可能性はいくらでも……」

「望まれていない殺人……」とポアロは考えこむように言った……「だがいまだ果されてはいない」

第三章

オリヴァ夫人はボロディン・メゾンズの中庭へ車をのりいれた。六台の車で駐車場はいっぱいだった。夫人がちゅうちょしているあいだに一台の車がバックで出て走り去った。オリヴァ夫人は大急ぎで空いた場所へすべりこんだ。

車をおり、ドアを勢いよく閉めて夫人は空を見あげた。最近の建物で、大戦中の爆撃によってできた空地を占領している。これはグレイト・ウエスト・ロードからそのまままそっくり移され、〈ひばりの羽印剃刀〉といったような看板をまずとりのぞいてから、マンションとしてあるべき場所に置かれたのではあるまいかとオリヴァ夫人は考えた。外観はきわめて機能的で、だれの設計か知らないがよぶんな装飾を忌みきらっているようだ。

おりしもあわただしい刻限だった。終業の時刻が近づくにつれ中庭への車や人の出入りがはげしくなる。

オリヴァ夫人は腕の時計を一瞥した。七時十五分前。夫人の判断によればまさに絶好の刻限だ。勤めから帰った娘たちが、化粧をしなおして、ぴっちりした異国風なスラックスか何かにはきかえてまた外出するか、あるいは家に落ち着いて靴下や下着を洗ったりする時間。とにかくひとあたりするにはかっこうの時間だ。建物は東西に相似形に伸び、中央に大きな扉がある。オリヴァ夫人は左側をえらんだがすぐに誤りをさとった。左側は100号から200号までの部屋だった。夫人は反対側にまわった。

67号は六階である。オリヴァ夫人はエレベーターのボタンをおした。がちゃがちゃと気味の悪い音をたてながらドアがあくびをするように口を開いた。オリヴァ夫人はあくびの洞穴へ急いでとびこんだ。彼女は近代的なエレベーターがこわいのだ。

がちゃん。ドアがしまる。エレベーターがのぼっていく。そしてほとんどすぐに止まる（それがまた恐ろしい！）。オリヴァ夫人はおびえた兎のようにあたふたととびだした。

夫人は壁を見あげ、右手の廊下にそって歩きだした。やがて67という金属製の文字がまんなかに打ちつけてあるドアの前に出た。その前に立つと7という文字がぽろりととれて夫人の足のうえに落ちた。

「この部屋はあたしが嫌いのようね」オリヴァ夫人は痛みに顔をしかめながら、番号のプレートをこわごわ拾いあげて、裏についている鋲をドアの表面にさしこんだ。

そしてベルをおした。留守かもしれない。

だがドアはほとんど即座に開いた。背の高い目鼻立ちのきりりとした若い女が戸口に立っている。仕立てのいい黒っぽいスーツ、ごく短いスカート、白い絹のブラウスを着て、形のいい靴をはいている。かきあげた黒い髪、念いりだが目立たない化粧、どういうわけかオリヴァ夫人に軽い警戒心をいだかせる女性だった。

「おお」とオリヴァ夫人は言い、その場をとりつくろうべく勇みたった。「ミス・レスタリックはおいでになるかしら」

「いいえ、留守ですわ。ご用件を伝えましょうか？」

オリヴァ夫人はまた、「おお」と言った——先に進む前に。茶色の紙に無造作にくるんだ包みをとりだしながら夫人は行動を開始した。「本をさしあげるお約束をしましてね」ときりだし、「あの方がまだ読んでいらっしゃらないあたくしの本ですのよ。たぶんこれだったと思いますけれど。すぐにはお戻りにはならないんでしょ」

「ちょっとわかりません。あのひとの今晩の予定を知らないので」

「ああ。あなたはミス・リース‐ホランド？」

女はかすかな驚きをうかべた。

「あなたのお父さまにお目にかかったことがあるわ」とオリヴァ夫人は言った。「あたくしオリヴァです。小説を書いております」夫人はこう告げるときにきまってみせるうしろめたそうな表情をうかべた。

「お入りになりません？」

オリヴァ夫人は誘いを受けいれ、クローディア・リース＝ホランドは夫人を居間に招じいれた。このマンションの部屋はすべて同じ木目を印刷した壁紙がはってある。借家人はそれにモダンアートの絵などをかけてめいめい好みの装飾をするわけだ。作りつけのモダンな家具、食器戸棚、本棚、大ぶりの長椅子、壁から引き出すタイプのテーブルなどが一式そろっている。各自このほかにさまざまな調度類をもちこむことができる。壁にはってある大きな道化者《ハーレクイン》の絵と、別の壁にかかっている椰子《やし》にぶらさがっている猿の絵がこの部屋にも個性をあたえていた。

「あなたのご本をいただくなんて、ノーマはきっと感激ですわ、オリヴァさん。いかがかしら、シェリーかジンでも？」

有能な秘書らしいてきぱきした物腰だった。

オリヴァ夫人は辞退した。

「すばらしい眺望ね」と夫人は言いながら窓から外を眺めたが、夕日をまともに浴びて目をぱちぱちさせた。

「ええ。でもエレベーターが故障すると笑ってもいられません」

「あのエレベーターが故障するなんてとても考えられませんね。なんだか――まるで――ロボットみたいで」

「最近ついたんですけれど、いうほどのものでもないんです」とクローディアは言った。

「しじゅう調整してるんですのよ」

そこへ別の娘が入ってきて大声をはりあげた。

「クローディア、あんた知らない、あたしの――」

彼女は口をつぐんでオリヴァ夫人を見た。

クローディアは急いで紹介した。

「フランシス・キャリイです――オリヴァさん。こちらアリアドニ・オリヴァさんよ」

「まあ、すてき」とフランシスは言った。

すらりとした長身の娘で、髪は黒く長く、顔は真っ白に塗ってあり、眉と睫毛がころもちつりあがっている――マスカラでそれがいっそう強調されている。ぴっちりしたビロードのスラックスに厚手のセーターを着ていた。きびきびして動作に無駄のないクローディアとは好対照だ。

「ノーマ・レスタリックにお約束した本をもってきたんですよ」とオリヴァ夫人は言った。

「あら！――残念ね、彼女、まだ田舎にいるのよ」

「まだお戻りにならないの？」

明らかな間《ま》があった。オリヴァ夫人には二人が目くばせを交したように思われた。

「ロンドンでお勤めなさっていらっしゃると思ったけれど」オリヴァ夫人はさりげなく驚きを示した。

「ええ、そうですわ」とクローディアが言った。「室内装飾のお店にお勤めしてますの。ときたま地方へ型紙をもっていかされるんです」と彼女は微笑した。「あたしたち勝手に出入りしてますでしょう」と説明する。「書きおきなんかしないいんです。でもあなたのご本は必ず渡します」

出まかせの言いわけほどやさしいものはない。

オリヴァ夫人は立ちあがった。「ではおねがいしますよ」

クローディアは戸口まで見送って出た。「お会いしたことを父に知らせますわ」と彼女は言った。「探偵小説のファンですから」

ドアを閉めると彼女は居間にもどった。

フランシスという娘は窓によりかかっている。

「ごめん」とフランシスは言った。「あたし、へましたかな？」

「あたしはただノーマは留守だと言っただけだけど」

フランシスは肩をすくめた。

「どうかな。クローディア、いったいあの娘《こ》、どこにいるの？　どうして月曜に帰ってこなかったの？　どこへ行っちゃったの？」

「見当もつかない」

「家族のところへ帰ってたんじゃなかったの？　週末は帰っていたでしょ」

「ええ。電話をしてみたのよ、ほんとは、どうしたかと思って」

「心配することなんかないんじゃない……どっちみち彼女——だけどねえ、あの子、ちょっと変わってるわよねえ」

「とくにおかしいところはないと思うけど」これはおぼつかない意見だった。

「あら、おかしいわよ」とフランシスは言った。「ときどき、ぞっとすることがあるもの。ノーマルじゃないわよ」

彼女は不意に笑いだした。

「ノーマはノーマルじゃない！　あんただってわかっているんでしょ、クローディア、認めようとはしないけど。雇い主に対する忠義だてってわけか」

第四章

エルキュール・ポアロはロング・ベイジングの大通りを歩いている。あとにも先にもたったひとつしかない通りを大通りというならば、ロング・ベイジングの場合がまさにそれだった。ここは間口ばかり広く奥行きのない村のひとつである。高い尖塔といちいの古木がそびえたつ墓地をもった立派な教会がある。さまざまな業種の店舗が一そろいある。古道具屋が二軒、一軒は暖炉からとりはずされた松材のマントルピースばかりが目につき、もう一軒は山と積まれた古い地図、ほとんど縁のかけている陶器のたぐい、虫くいだらけの樫の箱、何段もの棚に並ぶグラス、ビクトリア朝時代の銀器が少々、こういったものがところせましと置いてある。喫茶店が二軒、どちらもうらさびれている。バスケットショップがある、おもしろそうな店でさまざまな手作りの品物がおいてある。郵便局を兼ねた青果店がある。婦人用の帽子を主に、子供の靴や種々雑多な紳士用服飾品を商っている衣料店がある。煙草や菓子もおいている文房具屋兼新聞店。明らかにこの土地の貴族格である毛糸の店。頑固そうな白髪のふたりの婦人が、ありとあらゆる編物の材料をずらりと並べた店を預かっている。裁断用の型紙や編物用の型紙が山と積まれ、手芸用の材料がカウンターのほうまでのさばっている。つい最近まで土地の食料品屋であった店がいまは〈スーパー・マーケット〉とはなばなしく名乗りをあげて、針金製の籠やあらゆる種類のシリアルの箱や、色あざやかな紙の箱にきれいに詰めこまれた洗剤が山のように積まれている。気どった書体でショーウィンドーに〈リラ〉と書いてある小さな店がある。〈最新スタイル〉という札をつけたフランス製のブラウスが一枚、〈セパレイツ〉という札をつけた紺色のスカートと紫色の縞のジャンパーが陳列されている。これらは一本の無造作な手でショーウィンドーのなかに投げこまれたような形に陳列されていた。

こうしたものをすべてポアロは公平な興味をもって観察した。また村はずれの通りに面して幾棟かの古風な造りの小住宅があり、あるものはジョージ王朝風の質朴さをとどめているが、大半はベランダや張り出し窓や小さな温室などにビクトリア風の進歩がいくらか見られる。完璧な化粧直しをした家が一、二軒あり、これこの通り新しいと誇示しているさまが見てとれる。また見るからに風雅な古びた家もあり、あるものは実際より百年余りも古いように見せかけ、またあるものはほんものの古家だが、配管設備などの近代設備はちょっと見にはわかりにくいよう造作の苦心がはらわれている。

ポアロは悠然と歩を運びながら目に入るものはことごとく消化した。あのせっかちなオリヴァ夫人が一緒だったら、目ざす家は村はずれから四分の一マイルも先なのに、こんなところで何をぐずぐずしているのかと急きたてるにちがいない。ポアロは田舎の空気を味わっているのだと、ときにはこうしたことが重要なのだと言いきかせるだろう。村ざかいで風景が一変した。表通りからひっこんだところに、新築の村営住宅がずらりと軒を並べている。家の前には緑の植えこみが一列に並び、家ごとに色をちがえた玄関の扉が明るい色どりをそえている。村営住宅の向こうには、生垣と広々した畑がふたたび勢いをもりかえし、ひっそりとプライバシーを守りながら暮らすひとびとの慎み深い雰囲気が全体的に感じられた。こうした樹木や庭をもつ家が不動産屋のリストに〈好ましい住宅〉としてのせられるのだ。道のはるかかなたにポアロはある家を見つけた。天辺は風変わりな球形をしている。つい最近までなにかあそこにそなえつけられていたのだろう。疑いもなく、彼の足がおもむきつつあるメッカにちがいない。やがて彼はクロスヘッジという標札の掲げられている門前に立った。彼は屋敷を丹念に眺めた。今世紀初頭の建築と思われる伝統的な様式だ。美しくも醜くもない。平凡という言葉がぴったりあてはまる。庭園は母屋よりはるかに魅力的で、かつては精魂こめた手入れの対象であったことが歴然としているものの、現在は荒れるにまかせている。だが、なめらかな緑の芝生や数多《あまた》の花壇や整然とした植えこみなどが、いまだになにがしかのおもむきをそえている。すべてがきちんと整えられていた。この庭ならおかかえの庭師のひとりはいるはずだ。家人の関心もあるらしい、建物の近くの片隅でひとりの婦人が花壇にかがみこんでダリアを束ねているらしいのが見える。頭はまるで金色に輝く後光のようである。背はすらりとしているがいかり肩だ。彼は門のかけ金をはずして中へ入ると、建物のほうへ歩いていった。婦人はこちらをふりむくと腰をのばして問いかけるようなまなざしを向けた。

彼女は立ったまま相手が口を切るのを黙然と待っており、左手から花をしばるための紐がたれさがっている。その顔に不審そうな表情がうかんでいるのをポアロは認めた。

「何か？」と婦人は言った。

ポアロはいかにも外国人らしく、帽子をさっと脱いで腰をかがめた。婦人の目は魅せられたように彼の髭に注がれている。

「レスタリック夫人で？」

「はあ。あたくし——」

「お邪魔ではございませんか、マダム？」

微笑が口のはたにうかんだ。「いいえ、ちっとも。あなたは――」

「一度ぜひ参上したいと思っておりました。友人のアリアドニ・オリヴァ夫人が――」

「ああ、ようこそ。あなたがどなたかは存じております。ムッシュー・ポアレ」

「ムッシュー・ポアロ」と彼はしまいの音に力をいれて訂正した。「エルキュール・ポアロ、参上つかまつりました。ご近所を通りかかりましたので、ロデリック・ホースフィールド卿に拝謁の栄を浴したいと思いましておよりしたような次第です」

「ええ。ナオミ・ロリマーがあなたがおいでになるかもしれないと言っていました」

「おさしつかえございませんでしょうか？」

「ええ、いっこうに。アリアドニ・オリヴァは先週おみえになったわ。ロリマーご夫妻とごいっしょに。あの方のご本ってとてもおもしろい。でもあなたは探偵小説なんておもしろくもないでしょう。あなた、探偵なんでしょう――ほんものの？」

「正真正銘のほんものです」とエルキュール・ポアロは言った。

相手が微笑を押し殺しているのにポアロは気づいた。彼はしげしげと相手を観察した。どこかつくりものめいた美しさだ。金髪をきちんと結いあげている。心の奥ではわが身に自信がないのではなかろうか、庭で花の手入れにいそしむ英国婦人というポーズを周到に演じているのではなかろうかとポアロは思った。どんな環境に生まれ育ったひとだろうかと彼はいささか首をひねった。

「たいそうけっこうなお庭ですね」と彼は言った。

「お庭、お好きですの？」

「英国人が好むほどにはどうも。英国の方は園芸に特別な才能をおもちですね。あなた方には大切なことなのでしょうが、わたしどもはそれほどの関心はありません」

「フランスの方にとっては、とおっしゃいますの？　ああそうでした。ベルギー警察にいらしたとかオリヴァさんからうかがいましたけど？」

「そうです。わたくしめは、ベルギーの老いぼれ警察犬です」彼はほっほと小さな笑い声をあげながら手をふって、「しかしあなた方のお庭を、あなた方英国人を、わたしは尊敬します、あなた方の足もとにひれふします！　ラテン民族は格式ばった庭を好みます。城館の庭園、ベルサイユ宮の庭園の縮小版、それにまた菜園も考えだしました。非常に大切です、菜園は。この英国にも菜園はありますが、これはフランスからとりいれたもので、みなさん方は花ほどには野菜を好まれない、ね《エン》！　そうでしょう？」

「ええ、そうだと思うわ」とメアリ・レスタリックは言った。「どうぞお入りになって。伯父に会いにいらしたのでしょう？」

「仰せのとおり、ロデリック卿に敬意を表しにまいったのですが、マダムにも敬意を表しにまいったのです。わたしは美しい方には常に敬意をはらうことにしておりますので」彼は小腰をかがめた。

彼女は当惑顔で笑った。「おほめにあずかって恐縮ですわ」

開いているフランス扉を入っていく夫人のうしろにポアロは従った。

「伯父上には一九四四年にお近づきになりました」

「お気の毒にすっかり年をとられて。ほとんど耳が聞こえないんですよ」

「ずいぶん昔のことですからな。たぶんおぼえておられないでしょう。あれはスパイと、ある発明の科学的改良に関する一件でした。あの発明はロデリック卿の創意の賜《たまもの》でした。お会いいただけるといいが」

「ええ、きっとおよろこびになるわ」とレスタリック夫人は言った。「近ごろはむしろ退屈なさっていらっしゃいますから。あたくしはロンドンに出かける用事が多いでしょう――いま適当な家を探しているんです」彼女は溜め息をつき、「年寄りはなかなか扱いにくいものですわ」

「そうですね」とポアロは言った。「わたしなどもときどき扱いにくくなります」

彼女は笑った。「あら、そんな、ムッシュー・ポアロ、お年寄りみたいなことをおっしゃっちゃいけません」

「ときどき年寄りだと言われます」とポアロは溜め息まじりに言った。「若いお嬢さん方から」と彼は悲しそうにつけくわえた。

「手きびしいひとたちだわ。あたくしどもの娘が言いそうなことかもしれない」

「ああ、お嬢さんがおられる？」

「ええ。もっとも義理の娘ですけど」

「お嬢さんにもぜひお目通りねがいたいものです」とポアロはいんぎんに言った。

「あのう、それが残念ながらここにはおりません。ロンドンにいるんです。あそこで勤めております」

「この節のお嬢さん方はみなさん勤めに出られますな」

「だれもかれも働くことになっているようですわ」とレスタリック夫人は口を濁した。

「結婚しても会社や学校に戻ってくるように説得されるんですものね」

「マダムも説得されたのですか？」

「いえ、あたくしは南アフリカで育ちましたから。ここへはごく最近、主人について来ましたの——なにもかも——あたくしには奇妙に思われて」

夫人は、ポアロが、熱意の欠けたと見なした態度で室内を見わたした。ありきたりの調度類が整然と並んでいる——個性がない。大きな肖像画が二枚、壁にかかっている——

―唯一の個性的な色どり。片方はグレイのビロードのイブニングを着た唇のうすい婦人だった。向かいの壁にかかっているのは三十二、三歳の精力を内に秘めたといった感じの男の肖像である。

「お嬢さんは田舎の生活が退屈なのでしょう」

「ええ、ロンドンにいるほうがよほどいいんでしょうね。ここを嫌っていますわ」彼女は不意に口をつぐみ、それからまるで次の言葉をしぼりだすようにして言った。「――それからあたくしを嫌っていますの」

「まさか」とエルキュール・ポアロはゴール人的ないんぎんさで言った。

「まさかなんてとんでもない！　よくあることですわよ。娘にとって継母は受けいれにくいものでしょう」

「お嬢さんは産みの母上をとても愛しておられた？」

「きっとそうだと思います。扱いにくい子です。娘ってみんなそうでしょうけど」

ポアロは吐息をつき、「母親にしろ父親にしろ、娘の手綱をひきしめにくいご時勢ですからね。古きよき昔のようなわけにはまいりませんですな」

「まったくですわ」

「みなさん、口に出してはおっしゃいませんが、マダム、わたしめに言わせれば、彼女たちの——なんといいますか——ボーイフレンドですかな、このボーイフレンドを選ぶのに見境がないのが困ったものですな」

「ノーマはそういう意味で父親の頭痛の種ですの。でも不平を言っちゃあいけませんわね。だれでも自分で経験していかなくちゃならないことですから。さ、ロディ伯父様のところへご案内しましょう——伯父の部屋は二階ですの」

夫人は先に立って部屋をでた。ポアロは肩ごしにいまいた部屋をふりかえった。退屈な部屋、個性のない部屋——あの二枚の肖像画を除けば。婦人の服のスタイルから絵は数年前に描かれたものだろうと推測された。あれが先妻のレスタリック夫人だとしたら、好感はもてないとポアロは思った。

「あれはけっこうな肖像画ですね、マダム」

「ええ、ランズバーガーが描いたものです」

それは二十年前に名を馳せた著名な、かつ画料がとびぬけて高いことで有名な肖像画家の名であった。彼の緻密な自然主義的手法はいまや時代遅れとなり、没後は人の口の端《は》にもたえてのぼらない。彼のモデルたちは〈衣紋《えもん》かけ〉であると蔭口をたたかれたものだが、あれはそれよりはましだとポアロは思った。ランズバーガーが手なれた筆で描いた美しい画面の蔭には巧みに冷笑をひそませてあるような感じがする。

メアリ・レスタリックは階段をのぼりながら言った。「保管室から出したばかりですの――ほこりをはらって――」

彼女は不意に口をつぐみ――階段の手すりに片手をかけたまま立ちすくんだようになった。

だれやら階段の曲がり角をおりてくるのが見えた。その人物は異様なほど場ちがいなかっこうをしているように思われた。仮装用の衣装でも着ているのか、この屋敷にはまったくそぐわない姿だ。

ポアロにはあちこちですでにお馴染みの、ロンドンの町角やパーティでしばしば出くわす手合いだ。当世の若者の代表。黒い上着、凝ったビロードのチョッキ、ぴったり肌にくっついたようなズボンといういでたちで、栗色のふさふさした巻毛が肩におおいかぶさっている。エキゾチックな美貌といえる顔だちだが、性別を見きわめるのに一苦労する。

「デイヴィッド！」とメアリ・レスタリックはとがった声で言った。「こんなところで何をしているの？」

若い男はたじろぐ気配もない。「びっくりさせた？」と彼は言った。「すんません」

「いったいここで何をしているの――この家で？　あなた――ノーマといっしょに来た

の？」

「ノーマ？　いいや。ここで見つかるかと思ってね」

「ここで見つかるって——どういうこと？　あの子はロンドンよ」

「だってね、いねえんですよ。少なくともボロディン・メゾンズの67号室にゃいねえんだ」

「どういうことなの、あそこにいないって？」

「この週末戻ってこないから、てっきりここにいると思ってね。何してやがんのか見に来たわけよ」

「いつものように日曜の晩に帰ったわよ」それから声を荒げて、「なぜベルを押して人をよばないの？　ひとの家に無断で入りこんで何をしているの？」

「ねえ、おばさん、おれがスプーンか何かくすねにきたんじゃねえかって心配してるんでしょ。真っ昼間にひとの家へ入りこんだって不思議じゃない。どうしていけない？」

「あたくしたちは旧弊な人間だから、そういうのはいやなの」

「やれやれ」とデイヴィッドは嘆息した。「どこでもうるせえんだな。まあいいや、これじゃ歓迎してもらえそうもねえし、あんたも義理の娘の居所を知らねえんじゃ、いたってしょうがないね。出ていく前にポケットをひっくりかえしましょうか？」

「くだらないこと言わないで、デイヴィッド」

「じゃ、あばよ」若い男は二人のわきをすりぬけ、ひらひらと手をふりながら階段をおりて、開いている玄関のドアから出ていった。

「おそるべき生き物ですわ」とメアリ・レスタリックは憎悪をあらわにしてポアロを驚かせた。「身ぶるいがしますわ。とても耐えられませんわ。なぜ最近の英国にはああいう連中がうようよしているんでしょう?」

「ああ、マダム、ご心配にはおよびませんよ。これは流行の問題です。いつの時代にも流行というのはあるものでしてね。田舎ではあまり見かけませんが、ロンドンへいらっしゃればざらにおりますよ」

「ぞっとする」とメアリは言った。「ほんとうにぞっとします。女みたいで、異様で」

「しかしヴァン・ダイクの肖像画と似たりよったりのものでしょう、そうはお思いになりませんか、マダム? レースのカラーでもつけて金色の額縁に入ったら、女みたいで、異様だなどとはおっしゃいますまい」

「ずうずうしく押しかけてきたりして。アンドリュウに知れたらかんかんですわ。とても気に病んでますの。娘なんてほんとうに頭痛の種ですわね。アンドリュウにノーマのことが理解できるというわけではありませんけど。あの子がまだ小さな子供のときに外国にいってしまったものですから。養育はあの子の母親にまかせっぱなしだったので、いまになってとまどうことばかりですの。その点ではあたくしも同様ですけれど。あの子は、どうしたって変わり者だと思わないわけにはいきませんわ。この節はこういう子たちの頭をおさえるものはいませんし。こういう子たちは、ろくでなしの男の子がお好みらしいし。あの子はデイヴィッド・ベイカーにすっかりのぼせていますの。手のつけようがありませんわ。アンドリュウが出入りをさしとめているというのに、それがどうでしょう、のこのこやってきてわがもの顔でうろついているんですもの。これは――アンドリュウには内緒にしておいた方がよさそう。余計な心配はさせたくありません。あの子はロンドンであのろくでなしにつきまとっているにちがいありません。それもあれひとりじゃないんです。もっとひどい連中なんです。お風呂にも入らないし、髭はぼうぼうで奇妙な口髭なんか生やして脂じみた服を着ている連中」

ポアロは快活に言った。「おやおや、マダム、そう悲観なさってはいけません。若さゆえの無鉄砲です」

「そうでしょうか。とにかくノーマはほんとにむずかしい娘ですわ。ときどき頭がおかしいんじゃないかと思うことがありますの。とても変わっていて。放心したようにぼうっとしてるときがよくありますのよ。あの子が見せるあの異常な憎悪――」

「憎悪？」

「あの子はあたくしを憎んでいます。心から憎んでいます。なぜこれほどまで憎むのかわかりません。母親を愛していたからでしょうか、でも父親が再婚するのは当りまえでしょう？」

「お嬢さんがほんとうにあなたを憎んでいるとお思いですか？」

「ええ、憎んでいますとも。その証拠ならいくらもあります。ロンドンに移ってくれたときにはどれほどほっとしたか言葉では言いあらわせません。もめごとはご免です――」夫人は不意に黙りこんだ。赤の他人にしゃべっていたことにいまはじめて気がついたとでもいうように。

ポアロは打ち明け話をさせる名人なのだ。人は彼と話をするとき、相手がだれであるかほとんど意識せずにすんでしまう。夫人は短い笑い声をたてた。

「おやおや」と夫人は言った。「こんなことまでお話しするなんて、あたくしどうかしていますわ。どこの家庭にもこういう問題はあるんでしょうね。哀れな継母たち、みんな辛い目にあうんです。ああ、こちらです」

夫人はドアを軽く叩いた。

「お入り、お入り」割れ鐘のような声がひびいた。

「お客さまをおつれしましてよ、伯父さま」とメアリ・レスタリックは言いながらポアロの先に立って室内へ入った。

肩幅のがっちりした頬の赤い角ばった顔の癇性《かんしょう》らしい老人が、部屋の中を行ったり来たりしている。老人はどたどたと足音をたてて二人に近づいた。背後の机で若い女が手紙や書類を整理している。うつむいている頭は黒くつややかである。

「こちらムッシュー・エルキュール・ポアロです、ロディ伯父さま」とメアリ・レスタリックは言った。

ポアロは典雅な物腰で進みでると演技を開始した。「ああ、ロデリック卿、何年ぶりでございますかな——この前お目にかかって以来もう何年にもなります。前大戦にまでさかのぼらねば。たしか最後にお会いしたのはノルマンディでした。よくおぼえておりますですよ、あちらにはレイス大佐やアバークロムビイ中将、それにサー・エドマンド・コリングズビー空軍大将もおられました。なんたる決断を下さねばならなかったか？秘密保持に苦労したものですよ！　いや当節ではもはや機密保持の必要はございませんが。長いこと暗躍しておった諜報部員の正体を暴露したときのことを思いだしますよ——ヘンダーソン大尉をご記憶でいらっしゃいますか」

「おお。ヘンダーソン大尉か。いやはやあの豚公めが！　正体をあらわしおって！」

「わたくしをおぼえてはおられないでしょうな、エルキュール・ポアロ」

「いやいや、よくおぼえておるよ。ああ、あれは危機一髪だった。危機一髪。あんた、フランスの代表だったろうが？　たしか一人だか二人おって、もう一人の奴とはうまがあわなかったが――そいつの名前は思いだせん。さあ、かけて、かけて。昔話をするほど愉しいことはないからなあ」

「わたくしのことも、同僚のムッシュー・ジローのこともよもやご記憶とは思いませんでした」

「いやいや、二人ともよくおぼえとる。ああ、よき時代だった、よき時代だったよ」

机の前の娘が立ちあがった。彼女はポアロに丁重に椅子をすすめた。

「ようし、ソニア、ようし」とロデリック卿は言った。「紹介しよう、わしのかわいい秘書を。おおいに助かっとるんだよ。仕事の整理を手伝ってくれている。この子がおらなかったらここまでやれたかどうか」

ポアロはいんぎんに腰をかがめた。「はじめまして《アン・シャンテ》、マドモアゼル」と彼は小声で言った。

娘は口のなかで何やらもぐもぐとこたえた。黒い髪を短くそろえた小柄な娘だ。いかにも内気そうだった。藍色の目は伏目がちに、はにかんだような甘い微笑をうかべて雇い主を見あげる。彼はその肩を軽くたたいた。

「この子がいなけりゃお手あげだよ」と老人は言った。「まったくのところ」

「いいえ、そんなこと」と娘は応酬した。「あたし、たいしたことできません。タイプも早くうてませんし」

「けっこう早くうてるじゃないか。それにお前さんはわしの記憶の倉だよ。わしの目、わしの耳、そのほかいろいろなものだな」

娘はまた微笑でこたえた。

「世間というものはよくおぼえているものですな」とポアロはつぶやいた。「かつて噂にのぼったいろいろなおもしろい話を。誇張された話かどうか存じませんが。まあ、たとえばですな、何者かが閣下の車を盗んだ日に——」彼はその話をくわしく話しだそうとした。

ロデリック卿は喜色をうかべて話の腰を折った。「はっはっ、もっともだ。そう、たしかに少々誇張があるようだ。しかし、おおむねあんなもんだよ。いやはや、あんな大昔のことをよくおぼえておるね。いや、あれよりもおもしろいやつを話そうか」老人は別の話を語りだした。

ポアロは手をうって拝聴した。話が終わると彼は時計を一瞥して立ちあがった。

「これ以上お邪魔をしてはいけませんな」と彼は言った。「大事なお仕事がおありのようですから。ご近所までまいりましたのでぜひとも拝眉の栄に浴したいと存じまして。あれから年月もたっておりますが、相変らずかくしゃくとしておられるし、人生意気に感じておられるご様子で」

「まあまあ、そんなところだな。だが、世辞はほどほどでよろしい――いやぜひ茶でも飲んでいきなさい。メアリが支度をしてくれるだろう」彼はあたりを見まわした。「おや、行ってしまったな。あれもいい女だよ」

「仰せのとおり、たいそうお美しいご婦人です。いろいろとお慰めになってきたでしょう」

「はっは！　やつらは最近結婚したばかりでな。甥の後添えだよ。実をいうと、この甥とは長いこと疎遠でな、アンドリュウというんだが――腰の落ち着かんやつでな。しじゅうふらふらしてなあ。兄のサイモンはわしのお気に入りだった。あれをよく知っておったわけではないが。アンドリュウときたら、前の女房に辛くあたってな。家出しおった。女房子供を見すててな。あばずれと駆けおちしたんだよ。名うてのあばずれだった。ところがあれときたら、ぞっこん惚れこんでなあ。一年かそこいらでご破算だよ、ばかなやつだ。今度の嫁さんはよさそうだ。こう見たところ気にいらんところはない。ところでサイモンはおそろしく退屈なやつだった——だがえらくのろまでなあ。わしの妹が、あの家に嫁ぐのは、わしは乗り気じゃなかったのよ。商人の家にな。金持ちでの、だが金がすべてじゃないよ——わしの一族は、軍人の家と縁を結ぶのがならわしでな。だからわしはレスタリックの連中とはあまりつきあわなかったよ」

「あのご夫婦にはお嬢さんがお一人おありになるんですね。友人が先週、そのお嬢さんにたまたまお会いしましてね」

「おお、ノーマか。ばかな娘だよ。ひどい服を着おってそこらをほっつき歩いて、くだらん若僧をひっかけおって。まあいまどきの若いものはみんな似たようなもんだが。長髪の若僧どもめ、ビート族だかビートルズだか、いろんな名前がついとるんだ。あいつらの言うことはさっぱりわからんよ。まあ、外国語を聞いておるようなもんだな。もっとも年寄りの批判などは馬耳東風の連中だからなあ。と、そういうわけだ、メアリでさえ、あれは思慮分別のある女だとわしは常々思っておったが——どうやらあれもヒステリーをおこすらしい——おもに健康上のことだが。病院へいって調べてもらうやら何やら大騒ぎをしおってな。酒はどうだね？　ウイスキー？　いかんか？　メアリのところでお茶でも飲んでいったらどうだね？」

「ありがとうございます。が、友人のところに滞在しておりますので」

「それじゃまあ、昔話ができておおいに愉快だったな。昔を思いだすのはいいものだ。ソニア君、ムッシュー――すまん、なんといわれたかな、もう忘れてしまったよ――ああ、そう、ポアロ、ムッシュー・ポアロをお送りしておくれ。メアリのところへお連れしなさい、いいね」

「いやいや」とエルキュール・ポアロはあわてて手を振ってその申し出を固辞した。「これ以上マダムにお手数をかけようとは夢々おもいません。どうかおかまいなく。ほんとうにおかまいなく。帰り道はわかっております。おひさしぶりにお目にかかれて感激のきわみです」

ポアロは部屋を出た。

「あやつ、何者だかさっぱり思いだせん」ポアロが去ったあとにロデリック卿はそう言った。

「ご存じの方ではなかったのですか？」ソニアは唖然として老人を見つめた。

「近ごろやってくる連中の半分もわしゃおぼえておらんよ。むろん当てずっぽうをしてやるんだが。うまくしのぎおおせる手はしらずしらず身につくものだよ。パーティの時と同じでな。だれかがやってきてこう言う、『おそらくおぼえておられないでしょうが。一九三九年にお目にかかりまして』そう言われれば、『もちろんおぼえておるとも』と返事せにゃならんが、それがおぼえとらんのだよ。盲人や耳の聞こえない連中と同然でな。戦争の末期にああいうフランス野郎と仲よくなってな。半分はおぼえておらんが。ああ、やつはたしかあそこにおったのよ。だってやつはわしを知っておるし、やつの話にのぼった連中はわしもよく知っておるしな。わしのあの盗まれた車の話な、あれもまちがいなく事実だ。まあ少々の誇張はあるが、当時としたらなかなかよくできた話だよ。いやいや、わしがあいつをおぼえておらなかったとは、あやつ、よもや気づきはしまい。利口なやつだが、根っからのフランス野郎だな？　ひょこひょこと気どりおって、床をこすっておじぎしくさって。さてとどこまでいっておったかね？」

ソニアは一通の手紙をとって手渡した。こころみに眼鏡もさしだしてみたが老人はすぐにおしもどした。

「そういういまいましいものはいらん——わしの目はよく見えるんだ」

老人は目をしょぼつかせながら手紙をのぞきこんだ。あげくに降参して手紙をソニアに投げかえした。

「まあ、あんたに読んでもらおうか」

彼女は柔らかな澄んだ声で読みはじめた。

第五章

1

エルキュール・ポアロは踊り場でつと立ちどまった。耳をすませるような気配で小首をかしげる。階下ではなんの物音もしない。踊り場の窓によって外を見る。メアリ・レスタリックはテラスで庭いじりに余念ない。ポアロは満足そうにうなずいた。廊下を静かに歩きだす。そしてひとつずつドアを開けていった。浴室、シーツ類の戸棚、ダブルベッドがおいてある客用の寝室、だれかが使っているシングルの寝室、ダブルベッドがおいてある婦人用らしい部屋（メアリ・レスタリックの部屋か？）。次のドアは続き部屋のドアで、おそらくアンドリュウ・レスタリックの部屋だろう。ポアロはこんどは踊り場の反対側に向かった。最初に開けたドアはシングルの寝室だった。目下使われている形跡はないが、週末には使われる部屋だろう。化粧台の上にヘアブラシがのっている。

彼はじっと耳をすませてから、忍び足で部屋に入りこんだ。洋服簞笥を開ける。そう、数着の服がぶらさがっている。遊び着である。

机があるが何ものっていない。引き出しをそっと開けてみる。こまごましたものが少少、手紙が一、二通。とるにたりない内容で、日付けもだいぶ前のものだ。引き出しをしめる。階下へおり、建物の外へ出て女主人に辞意を告げた。お茶をという誘いを辞退する。友人に戻る約束をしたし、戻ったらすぐにも上りの列車に乗らねばならないと言いわけした。

「タクシーがご入り用でしょう？　家から頼んでもよろしいですし、いっそあたくしが車でお送りしても」

「いやいやマダム、それほどまでしていただいては」

ポアロは村まで歩いて帰り、教会沿いの小道に入った。流れにかかっている小さな橋を渡る。ほどなく運転手をのせた大型の車がぶなの木の下で目立たぬように待っている場所へ出る。運転手がドアを開けるとポアロは乗りこんで腰をおろし、黒エナメルの靴を脱いでふうっと吐息をついた。

「さあてロンドンへ戻ろうか」と彼は言った。

運転手がドアをしめ、運転台に戻ると、車は軽いエンジンの音をひびかせながら走りだした。道ばたで便乗すべく親指をふりまわしている若者の姿は珍しいものではない。ポアロの目は見るともなしに、この友愛会のメンバー、派手な身なりにエキゾチックな長髪という若者の姿を捕えた。こういう手合いはたくさんいるが、この男の前を通りすぎた瞬間、ポアロははっとしたように体をおこして運転手に声をかけた。

「止まってくれませんか、そう、それから少々バックしてもらえると……乗せてもらいたがっている人物がいる」

運転手は信じられぬという面持ちでうしろをふりかえった。よもやそんな言葉を聞かされるとは思っていなかったのだ。だがポアロがやさしくうなずくのを見て指示に従った。

デイヴィッドと呼ばれていた青年が、ドアに近づいてきた。「止めてくれるとは思わなかったなあ」と彼は陽気に言った。「恩にきますよ、ほんと」

彼は車に乗りこむと肩から小さな荷物をとって床に落とし、赤銅色の髪の毛をなでつけた。「じゃあ、おれのことわかったんですね」と彼は言った。

「きみがいささか目だつ服装をしているせいでしょうか」

「へえ、そう思います？　そんなことないでしょ。こんなかっこう、だれでもしてますよ」

「ヴァン・ダイク派だね。たいそうシックだ」

「へえ、そんなふうに考えたことないけど。うん、あんたの言うことにも一理あるかもね」

「騎士帽でもかぶったらどうだね」とポアロは言った。「それからレースのカラーもいいだろうね」

「へっ、そこまではやらないと思うよ」若い男は笑った。「ミセス・レスタリックなんぞはおれなんか見るのもやだって。見るのもやなのはおたがいさまだな。レスタリックにもたいして興味はないしね。成功した大実業家って、妙に気にくわないところがあるねえ、そう思わない？」

「見方によるね。きみはあそこの令嬢に気があるそうだが」

「かっこいい文句だなあ」とデイヴィッドは言った。「令嬢に気がある。そういうところかも。だけど、こいつは五分五分だぜ。あちらさんもおれに気がおありでね」

「マドモアゼルはいまどこに？」

デイヴィッドはきっと向きなおった。「なんでそんなこと訊くの？」

「ぜひとも会いたいのだよ」ポアロは肩をすくめた。

「あんた好みの女だとは思えないがなあ、おれがあんた好みじゃないのとご同様にね。

ノーマはロンドンにいるよ」

「だがきみはあの義理のお母さんにたしか――」

「へっ！　義理のおふくろなんかに洗いざらいぶちまけたりしないもんでね」

「で、ロンドンのどこにいますか？」

「チェルシーのキングス・ロードのどっかにある室内装飾店に勤めてる。店の名前はちょっと思いだせないなあ。スーザン・フェルプスだっけかな」

「だがそこが住居ではないでしょう。住所は知っていますか？」

「ああ、アパートがたくさん並んでいるところ。だけど、なんでそんなに興味があるのかねえ」

「人間、いろいろなものに興味をもつものでね」

「それどういう意味？」

「何がきみを今日あの屋敷へ――（なんといったかな？――クロスヘッジか）――おもむかせたか。何がきみをあの屋敷へしのびこませ二階へしのびこませたか」

「まあ裏口から入ったことは認めるよ」

「二階で何をさがしていたのですか？」

「いらぬお世話だな。失礼なことは言いたかないけど――あんた、ちょっとお節介じゃないの？」

「そう、わたしは好奇心を燃やしておるのですよ。その令嬢がいまどこにいるのかぜひ知りたいものですからね」

「なるほど。親愛なるアンドリュウと親愛なるメアリが——とんでもない野郎どもが——あんたを雇ったってわけ？　あの子を探すつもりなのかね」

「あのひとたちは令嬢が行方不明だとはまだ気づかないのではないだろうか」

「だれかがあんたを雇ったにちがいないね」

「なかなか勘のするどいひとだ」とポアロは言った。そしてうしろにそりかえった。

「あんたが何を狙ってんのかと思ってね」とデイヴィッドが言った。「そいで呼びとめたんだ。あんたが車をとめてネタをもらしてくれやしないかと思ってね。あの娘《こ》はおれの女だ。そりゃわかってるでしょ？」

「そういうことになっておられるようですな」とポアロは用心深く言った。「だとすれば、彼女の居所を知っているはずだ。そうではありませんか、ミスター——こりゃ迂闊《うかつ》だった、きみの苗字を知らなかった。つまり名前はデイヴィッドということは知っているが」

「ベイカー」

「おそらく、ミスタ・ベイカー、きみたちは喧嘩をしたのだろう」

「いや、喧嘩なんかしませんよ。なんでそんなことを言うの？」

「ミス・ノーマ・レスタリックがクロスヘッジを出たのは日曜日の晩、それとも月曜日の朝でしたか？」

「日によりけりだね。朝早いバスもあるんだ。十時ちょっとすぎにロンドンへ着くやつが。勤めにはちょっと遅れるけど、たいしたことない。たいてい日曜の晩に帰るけど」

「お嬢さんは日曜日の晩にあそこを出たが、ボロディン・メゾンズに戻っていない」

「そうらしいな。クローディアがそう言った」

「そのミス・リース－ホランド――とか言いましたな――彼女は驚いていましたか、それとも心配していましたか？」

「とんでもない、何が心配するもんか。あいつら、一日じゅう見張りあってるわけじゃないもの」

「しかしきみは彼女がそこへ帰っていくものと思っていた？」

「あいつ、勤め先にも出てないんだ。店じゃ、もううんざりしてますよ、それはたしか」

「きみは心配していますか、ミスタ・ベイカー？」

「ううん。そりゃもちろん——つまり、ああ、おれが知るもんか。だけど心配する必要なんかぜんぜんないよ。ただ時間がたっていくだけさ。今日は何曜——木曜?」

「彼女と喧嘩しませんでしたか?」

「ああ、してないよ」

「でも彼女のことが心配なんでしょう、ミスタ・ベイカー?」

「あんたの知ったこっちゃないでしょう?」

「わたしの知ったことではないが、あの家にはもめごとがあるようですな、彼女は義理の母上を好いていない」

「あたりまえだよ。あの女は牝犬だもの。冷酷なやつさ。あちらさんもノーマをお好きじゃない」

「病気だったそうじゃありませんか? 病院へ行かねばならぬほどの」

「だれが——ノーマが?」

「いや、ミス・レスタリックではありません。ミセス・レスタリックです」

「たしか療養所に入ったんだと思うよ。入る理由もないのに。馬みたいに頑丈なんだから」

「それで、ミス・レスタリックは義理の母上を憎んでいた」

「あいつ、ときどき情緒不安定になるんですよ、ノーマのやつ。ちょっとおかしくなるんだ。ほら、女の子ってやつは義理のおふくろを憎むもんだろ」

「そのために義理の母親がいつでも病気になるでしょうか。病院へ行くほどの病気に？」

「あんた、いったい何が言いたいの？」

「きっと庭仕事が――いや除草剤のせいかな」

「除草剤がどうしたって、そりゃどういう意味？　あんた、こう言いたいの、ノーマが――あいつがたくらんで――その――」

「巷間の噂です」とポアロは言った。「噂というものは近隣をかけめぐるものです」

「どっかのやつがノーマは継母を毒殺しようとしたとでも言ったの？　くだらない。まったくばかげてらあ」

「たしかにありそうにもないことだ」とポアロは言った。「世間もそうは言っていませんよ」

「あれ。ごめん、かんちがいして。だけど――ほんとは何が言いたいの？」

「なあに、お若いの」とポアロは言った。「いろいろな噂がたっていることはきみも認めねばならないし、それに噂はたいてい同じ人物――つまり夫にまつわるものだということですよ」

「え、あの哀れなアンドリュウが？　およそありえないよ」

「そう。そうだ、まずまずありそうなこととは思えない」

「じゃあ、何のためにあそこにいたの？　あんた、探偵でしょ？」

「そう」

「それで？」

「われわれはおたがいに誤解しているのですよ」とポアロは言った。「わたしはあそこへ毒殺の疑いもしくはその可能性のある事件を調べにいったわけではない。きみの質問に答えられなくとも許していただけるでしょうな。なにぶんにも外聞をはばかることでしてね」

「なんのことやらさっぱりわからないね」

「わたしがあそこを訪ねたのは」とポアロは言った。「ロデリック・ホースフィールド卿に会うためです」

「あのじいさんに？　あのひと、ほんとにぼけちゃってるんじゃないの？」

「あのひとはね」とポアロは言った。「すこぶる多くの秘密をにぎっている人物ですよ。現在彼がそういうものを積極的に活用しようとしているというわけではないが、とにかく彼はいろいろなことを知っている。前大戦では実にさまざまなことに関係していましたからね。ある人たちのことも知っている」

「だってそれはもう十何年も昔のことでしょ」

「そう、そう、彼の役どころは十数年前に終わった。しかし知っていれば役に立つこともあるのではないかな」

「どんなこと？」

「顔」とポアロは言った。「おそらくよく知られた顔で、ロデリック卿が見わけられる顔。顔、癖、話し方、歩き方、身ぶり。人間、よくおぼえているものですよ、老人方は。彼らは先週あったこと、先月、いや先年あったことはおぼえていなくても、そう二十年も前のことはようくおぼえているものだ。それからおぼえていてもらいたくない連中のこともおぼえているでしょう。そしてある男の、もしくはある女の、もしくは彼らがかかわりあったものの、ある事柄についてだれかに洩らすことができる──すこぶる漠然としか言えませんが。わたしは彼に情報を求めにいったのですよ」

「情報を求めにいった？　あの老いぼれに？　ぼけ老人に？　それで手に入った？」

「まあきわめて満足していると申しましょうかね」

デイヴィッドは相手をまじまじと見つめた。

「わけがわからなくなってきたよ」と彼は言った。「あんたいったい、じいさんに会いにいったのか、あの女の子に会いにいったのか、どっちなの？　あの女の子があの家で何をしているのか調べにいったの？　おれもちょっと変に思ったことがあるんだ。あいつ、じいさんから過去の情報を仕入れるためにあそこにもぐりこんだんじゃない？」

「そういう事柄についてきみと話しあっても益はないと思いますが。彼女はよく気のつく忠実な――なんといおうかな――秘書《オーペア》かな？」

「看護婦兼秘書兼茶飲み友達兼女書生兼小間使いかね？　いろんな肩書をくっつけられるんじゃない？　じいさん、あの子にまいっちゃってんだから。あんた、気がついた？」

「ああいう情況のもとでは不自然ではありませんな」とポアロはしかつめらしく言った。

「あの子を嫌っているやつを、おれ、知ってる。わがメアリですよ」

「彼女のほうでもメアリ・レスタリックを好いてはいないようですな」

「ふうん、あんたもそう思う？」とデイヴィッドは言った。「ソニアがメアリ・レスタリックを嫌っているって、ソニアが除草剤のありかを探したかもしれないなんて、あんた、考えてるんじゃないの。へっ」彼はつけくわえて、「阿呆くさ。ま、いいや。乗っけてもらってすいません。おれ、ここでおりるよ」

「おや。こんなところでおおりになる？　ロンドンまでまだたっぷり七マイルもあるのに」

「おります。さよなら、ムッシュー・ポアロ」

「さよなら」

デイヴィッドがドアを威勢よく閉めると、ポアロはシートにもたれかかった。

2

オリヴァ夫人は居間をうろうろと歩きまわっている。ひどく落ち着かない。一時間前に推敲をおえたばかりのタイプ原稿を小包にしたところだ。この原稿を待ちこがれ三日にあげずせっついてきた出版社へこれから送ろうというのだ。

「そうらできたわよ」とオリヴァ夫人は空中に幻の編集者を呼び出した。「ほうらできたわよ。お気に召すといいけれどね。あたしは気にいらない！　ひどいものよ！　あたしの書いたものの良し悪しがあなたにわかるもんですか。とにかく警告しておいたわよね。ひどいものだってあなたに言ったでしょ。あなたはこう言ったっけ、『おお！ノー、ノー、そんな、めっそうもない』まあ見てるがいいわ」とオリヴァ夫人は小気味よさそうに言いはなった。「まあ見てるがいいわ」

夫人はドアを開けてメイドのエディスを呼び、小包を渡してすぐ郵便局へ出しに行ってくるように命じた。

「さて、あたしはこれからどうしたらいいでしょう?」とオリヴァ夫人は言った。

夫人はまたもやうろうろと歩きはじめる。

〝まったく〟と夫人は考える。〝このあほらしいさくらんぼより熱帯の鳥のほうがよっぽどましだったわ。まるで熱帯のジャングルにいるみたいな気分だったもの。ライオンとか虎とか豹とかチーターとかいて。さくらんぼの果樹園じゃ、せいぜい鳥を追っぱらう案山子《かかし》の気分にしかなれないじゃない〟

オリヴァ夫人はあたりを見まわす。

「鳥みたいにさえずる、そう、それがあたしのやるべきことなのね」夫人はゆううつそうに言った。「さくらんぼを食べて……いまが旬《しゅん》だといいのにねえ。さくらんぼ、食べたいなあ。でもいまじゃ――」夫人は電話に近づいた。「見てまいりましょう、マダム」とジョージの声がこたえる。ほどなく別の声が聞えた。

「エルキュール・ポアロでございますよ、マダム」とその声は言った。

「どこへいらしてたの？」と、オリヴァ夫人は言った。「一日じゅうお留守でしたね。レスタリックのところへいらしたのね。そうでしょ？　ロデリック卿にお会いになって？　何を突きとめていらしたの？」

「何も」

「まあ、つまらない」

「それほどつまらないとは思いませんがね。何も突きとめられなかったということは、むしろ驚くべきですよ」

「なぜ驚くべきことなの？　さっぱりわからないわ」

「なぜならば」とポアロは言った。「それは突きとめるものが何もないということ、つまり、それは、よろしいか、事実と符合しないということ、かつまた何事かがきわめて巧妙に隠蔽されているということを暗示します。なかなか、興味深いではありませんか。ところでミセス・レスタリックはお嬢さんが行方不明になっておられることをご存じありませんでしたよ」

「というと――彼女は娘の失踪とはなんの関係もないというわけ？」

「そのようですね。あちらである青年に会いましたよ」

「だれの目からみても好ましくない青年？」

「そのとおり。好ましくない青年」

「あなた、彼が好ましくないとお思いになって?」

「だれの観点から?」

「娘の観点からではないことよ」

「わたしに会いにきたお嬢さんは、彼と意気投合していることはたしかですよ」

「ひどい身なりをしているんでしょう?」

「たいそう美しかった」とエルキュール・ポアロは言った。

「美しい? 美しい若者が好きになれるかしらねえ」

「お嬢さん方はお好みになる」

「ええ、まったく。若い女《ひと》は美しい殿方がお好き。美しいといったって、美男子とかスマートとか身だしなみがいいとか身ぎれいだとかいうんじゃないことよ。つまりね、復古時代の喜劇に出てくるような男や、これから乞食商売にでも出かけるようなかっこうをした男が好きなんですからね」

「彼もお嬢さんの居所を知らないようでしたよ——」

「知らないふりをしたのかもしれないわ」

「たぶん。彼はあそこまでわざわざ足を運んだ。なにゆえに? 彼はあの屋敷にいた。

ひとに見られずにひそかにしのびこんでいた。なにゆえに？　いかなる理由で？　お嬢さんを探していたのか？　あるいは何かほかのものを探していたのか？」

「何か探していたとおっしゃるの？」

「お嬢さんの部屋で何かを探していましたよ」とポアロは言った。

「どうしてそれがおわかり？　あなた、現場をご覧になったの？」

「いや、彼が階段をおりてくるのを見かけただけですが。ノーマの部屋で彼の靴底から落ちたと思われる湿った土を見つけたのです。お嬢さん自身があの部屋から何かを持ってきてくれと頼んだのかもしれません――可能性はいろいろあります。あの屋敷にはもう一人若い娘さんがいる――とても美人です――彼はあの娘さんに会いにきたのかもしれません。ええ――さまざまな可能性があります」

「次はどうなさるおつもり？」とオリヴァ夫人は訊いた。

「何も」とポアロは言った。

「まあ、つまらない」オリヴァ夫人は不満そうに言った。

「情報集めを頼んだ人たちから少しばかり情報を仕入れてこようかと思っています。おそらく何もないでしょうが」

「でもあなた、何かなさるおつもりでしょう？」

「時機がくるまでは何もしませんよ」とポアロはこたえた。

「じゃ、あたしがやりましょ」とオリヴァ夫人が言った。

「どうか、どうか、ご用心下さい」彼は哀願するように言った。

「なにを言ってらっしゃるの！　あたしの身になにが起こるというの？」

「殺人があるところ、何が起こるか予測がつきません。これだけはよく言っておきましょう、わたし、ポアロめが」

第六章

1

ゴビイ氏は腰をおろした。こぢんまりと縮んだ小男、現実には存在しないといってもいいようなおよそ特徴のない人物だ。

彼は骨董もののテーブルの、獣の足をかたどった脚をじっと眺めながら、それに向かって話しかけた。彼はだれに対しても面と向かって話しかけることはなかった。

「いろいろ名前を教えていただいて幸いでした、ポアロさん」と彼は言った。「さもなければどえらい時間をくうところでしたよ。まずおもなる事実はつかみました――それに加えて噂を少々……こいつが必ず役に立つもんで。ボロディン・メゾンズからはじめましょうか？」

ポアロはおもむろにうなずいた。

「出入りのものが大勢いまして」とゴビイ氏はマントルピースの時計に向かって報告した。「この線からあたりました、二人ばかり若いもんを使って。高くつきますが、それだけの値うちはあります。ある特定の人物がかぎまわっていると思わせたくないので！　頭文字を使いますか、それとも名前で？」

「この壁のうちなら名前でよろしいですよ」とポアロは言った。

「ミス・クローディア・リース＝ホランドはとても美人の若いご婦人という評判です。父親は国会議員で。野心家。新聞の紙面を賑わせる人物。彼女はそのひとり娘。秘書をしている。生真面目な娘。乱痴気パーティにも行かず、酒も飲まず、ビート族でもない。アパートには二人の同居人がいます。一人はボンド・ストリートのウェッダーバーン画廊に勤めています。芸術家気どりのタイプ。チェルシーの連中とわいわいやり合う口。展覧会やアートショウの開催準備に方々歩くようです。

もう一人がおたくのお目あてで。あそこは長くはないんで。大方の見るところでは、ちょっと〝足りない〟んじゃないかということ。頭にあるべきものがない。ですが、みんな少々曖昧で。門番がゴシップ好きでしてね。酒の一杯もおごってやれば、べらべらとおどろくほどしゃべりますよ！　だれが飲んべだとか、だれが麻薬《ヤク》をやってるとか、だれが税金のことでもめているとか、だれが貯水槽のうしろにへそくりをかくしているとか。むろん全部が全部信用できはしません。ですがまあ、ある晩拳銃が発射されたという噂なんかがありまして」

「拳銃が発射された？　だれか怪我をしたのですか？」

「その点については多少疑問の余地があるようで。彼の話はこうです。ある晩銃声をきいた、とびだしてみるとあの娘、おたくの娘が手に拳銃をもって立っていた。彼女はぼうっとしていた。そこへ同居の娘のひとりが――あるいはふたりだったかもしれないんですが――駆けよってきた。ミス・キャリイ（芸術家タイプのほうで）、彼女がこう言った。『ノーマ、何てことをしたの？』するとそばからミス・リース－ホランドがぴしりと言う。『おだまんなさい、フランシス。ばかなこと言わないで』彼女はおたくの娘の手から拳銃をとって、『わたしがあずかっておくわ』それからハンドバッグに勢いよくほうりこむ。そのとき彼女はこのミッキーという男に気づいて、そばにやってくると笑顔でこう言う。『びっくりしたでしょう』するとミッキーは仰天したよとこたえる。すると彼女は言う。『心配はご無用よ。実をいうと弾がこめてあるとは思わなかったのよ。ちょっといじっていただけなの』それからこうも言った。『とにかくだれかに何かきかれたら、なんでもなかったって言っておいてね』それから、『いらっしゃい、ノーマ』彼女の腕をとりエレベーターのほうへ連れていき、そろって階上《うえ》へあがっていった。

だがミッキーはまだなにやら納得がいかなかった。そこで中庭を見てまわった」
　ゴビイ氏は伏目になりノートの字句を引用した。
「『おれ、たしかにあるものを発見したんだ！　濡れたしみみたいなものだ。ほんとだとも。そいつは血だったよ。指でさわってみたんだ。おれの考えを言ってやろうか。だれかが射たれたんだよ——走って逃げようとしているどっかの男が射たれた……おれは二階へ行ってミス・ホランドと話がしたいと言った。おれはこう言った。〝だれか射たれたもんがいるらしいね、お嬢さん。中庭に血がたれてる〟〝あら、ほんと〟とあのひとは言った。〝おかしなことがあればあるものね。きっと、鳩かなんかの血じゃないかしら〟それからこうも言った。〝おどろかせてごめんなさい。このことは忘れてね〟そして彼女は五ポンド札をおれの手に押しこんだ。五ポンド札だぜ！　だから当然おれは黙ってた』
　それから彼はもう一杯ウイスキーをのんで、さらにこう補足しました。『あんたが訊くなら言うがね、あの娘《こ》は、自分のところに会いにきたあの下層階級の若者をでたらめにねらったんだねえ。彼女とやつが喧嘩してよ、彼女はやつを撃ち殺そうとした。おれの考えはこんなとこだ。だけど口はわざわいのもとだからね、もう二度とは言わねえよ。だれが何をきこうと、連中が何をしゃべったか知らないと言っとくよ』」ゴビイ氏は口をつぐんだ。

「興味深い」とポアロは言った。

「ええ、ですがこれが出まかせというのもありえないことではないので。ほかにだれも知っているものがいないんですから。ある晩、中庭に闖入《ちんにゅう》してきた与太者がいて、ちょっとばかり暴れまわったという話はありますが——とびだしナイフなどをふりまわしたとか」

「なるほど」とポアロは言った。「中庭の血痕もそのときのものかもしれない」

「おそらく娘は愛人といさかいをして、撃つとおどかしたのかもしれません。ミッキーはそれを小耳にはさんで早のみこみしたのかも——ちょうどそのときアクセルをふかす音でもすれば」

「そう」とエルキュール・ポアロは吐息まじりに言った。「それですべて説明がつくでしょう」

ゴビイ氏はノートをめくりながら腹心の友を選びにかかった。今回は電気ストーブだった。

「ジョシュア・レスタリック有限会社。同族会社。創業百年。シティでの評判はよし。財政は健全。際立った業績なし。一八五〇年ジョシュア・レスタリックが創業。第一次大戦後、大資本を投じ、海外、主として南アフリカ、西アフリカ、オーストラリアなどに販路を開拓。サイモンとアンドリュウ・レスタリック――後者はレスタリック家の当主。兄のサイモンは昨年死去。遺児はなし。夫人はその数年前に死去。アンドリュウ・レスタリックは腰の落ち着かない人物のようです。事業に対して熱意はないが、才能は十分あるというのが衆目の一致するところ。しまいには女と駆けおちをした、妻と五歳の娘を捨てて。南アフリカ、ケニア等諸国を流浪。離婚はせず。妻は二年前に死亡。長年病弱でした。ほうぼう旅行したが行く先々で資産を殖やした模様。ほとんどが鉱山の利権。彼の手が触れるものことごとく繁栄をもたらす。

兄の死に遭い、腰を落ち着ける潮時と判断した模様。再婚後は帰郷し、娘のために家庭をつくることが最善の道だと考えるにいたる。目下のところ伯父のロデリック・ホースフィールド卿――婚姻により伯父になった――の屋敷に起居しています。これはほんの一時しのぎで。細君が家さがしにロンドン中を歩きまわっている。費用は問題じゃない。金に埋まっているんですからね」

ポアロは嘆息した。「なるほど。あなたの話は立身出世物語ですな！　だれもかれも金はもうける！　家柄はよし、世間の評判もよい。親類縁者も傑物ぞろい。実業界での信望も厚い。

ただ一片の雲が空にかかっている。ちょっと頭が足りないといわれている娘、一度ならず保護観察となるようなうろんな男友だちとつきあう娘。義理の母親に毒を盛ると十分に考えうる娘、幻想にとりつかれたか、はたまた現実に罪を犯したかした娘！　ところであなた、これはあなたのもたらしてくれた成功物語とは相容れないようだ」

ゴビイ氏は悲しげにかぶりをふり、曖昧に言った。

「どこの家庭にもそんなのがひとりはいるもので」

「レスタリック夫人はたいそう若いですね。彼が最初に駆けおちした婦人とは別人なんでしょうな？」

「ええ、別人です。最初のはすぐ別れました。だれにきいてもかなりの悪《わる》で、まああばずれですな。男が間抜けでまんまと欺されたんですな」ゴビイ氏はノートをぱたりと閉じてポアロをのぞきこむようにした。

「ほかにご用は」

「そう。アンドリュウ・レスタリックの前夫人についてもう少し知りたい。病弱でたびたび入院もしていたようです。どういう種類の病院でしょうか？　精神病院？」

「あなたが言わんとするところはわかりますよ、ポアロさん」

「それから家系——父方にも母方にも——精神病の血統はないかどうか」

「おまかせ下さい、ポアロさん」

ゴビイ氏は立ちあがった。「ではこれにて失礼いたします、お休みなさい」

ゴビイ氏が立ち去った後、ポアロは物思いに沈んだ。眉毛があがったりさがったりする。彼は当惑していた、すこぶる当惑していた。

やがて彼はオリヴァ夫人に電話をした。

「この前も申し上げましたが」と彼は言った。「気をつけて下さい。重ねてご注意申し上げますが――十分に気をつけて下さい」

「気をつけるって、何を？」とオリヴァ夫人は言った。

「ご自分の身のまわりを。危険がしのびよっているような予感がします。いらざる詮議だてをする人物におよぶ危険です。殺人の気がただよっている――それがあなたであっては困ります」

「手に入るかもしれないとおっしゃってた情報は手に入りまして？」

「ええ。少しばかり情報をつかみました。大半は噂やゴシップのたぐいですが、ボロディン・メゾンズで何やらあった模様ですよ」

「何でしょう？」

「中庭の血痕」

「ほんと！」とオリヴァ夫人は言った。「まるで一昔前の探偵小説の題みたい。階段の血痕。近ごろじゃ、あなた、死を求めた女なんていうような題がはやるんですよ」

「中庭に血痕などなかったのかもしれません。単なる想像でしょう、もしかすると単に想像力豊かなアイルランド人の門番が考え出したにすぎないのかもしれません」

「牛乳瓶がひっくりかえったのかもしれないわねえ」とオリヴァ夫人は言った。「夜じゃ見わけがつきませんものねえ。何があったんです？」

ポアロはその質問には答えなかった。

「あのお嬢さんは、自分が〝殺人をおかしたかもしれない〟と考えている。これが彼女のいう殺人でしょうか？」

「彼女がだれかを撃ったとでも？」

「だれかを狙ったのかもしれないが、どう見ても狙いははずれた。血が数滴……それだけです。死体はありません」

「おやおや、ばかにこみいったお話ね。でもそのだれかが中庭から逃げおおせたのなら、殺してしまったなんて考えるわけないでしょ？」

「むずかしい《セ・ディフィシル》問題ですね」とポアロは言って電話を切った。

2

「心配だわ」とクローディア・リース＝ホランドは言った。

彼女はパーコレイターからコーヒーをつぎたした。フランシス・キャリイは大きなあくびをした。二人とも小さなキッチンで朝食をとっていた。クローディアは身仕度をすませ出勤するばかりだった。フランシスはまだパジャマにガウンをはおった服装《なり》でいる。黒い髪が片方の目におおいかぶさっていた。

「ノーマのことが心配なのよ」とクローディアはくりかえした。

フランシスはあくびをした。

「あたしだったら、心配なんかしないわね。いずれ電話をかけてくるか戻ってくるかするわよ」

「そうかしら？　ねえ、フラン、あたし、胸さわぎがするんだけど――」

「どうして」とフランシスは言いながらコーヒーをついだ。そうして怪訝《けげん》そうな顔でそれを飲んだ。「だってさ――ノーマのことなんか知ったこっちゃないでしょ？　彼女をお世話しているんでもなきゃ、保護者でもないんだもん。単なる同居人じゃない。どうして母親みたいにそう気をもむの？　あたしだったらそんな心配なんかしない」

「あなたなら心配しないでしょうね。そもそも心配なんかしたことのないひとだから。でもあなたとあたしじゃ立場がちがうのよ」

「どうして？　あなたがこのフラットの借り主だから？」

「ええ、あたしはかなり特別な立場にいるわ。いうなれば」

フランシスはまたもや大きなあくびをした。

「ゆうべは午前さまよ」と彼女は言った。「バジルのパーティで。ひどい気分よ。ああ、ブラック・コーヒーでも飲めば少しはよくなるかしら。あたしがみんな飲んじゃわないうちにもう一杯飲んだら？　バジルときたらいつも新しいヤクをためさせるのよ――エメラルドの夢だって。あんな愚にもつかないものを飲んだってしようがない」

「お勤めの時間に遅れるわよ」とクローディアは言った。

「ああ、かまわないの。だれかが気がつくわけでもなし」

「そうそう、ゆうべデイヴィッドに会ったわ」とフランシスは言葉をついだ。「彼ときたらすっかり着かざって、ほんとにすてきだったわよ」

「まさかあなたまで彼にいかれちゃったんじゃないでしょうね、フラン。あのひと、ほんとにひどすぎる」

「うん、あんたならそう思うだろうな。保守的だもんね、あんたって、クローディア」

「そんなことないわよ。もっともあなた方みたいな芸術家ぶってる連中が好きだとはいえないけれど。手当り次第にヤクをやったり、失神したり、狂ったように摑みあいをやったりするひとたち」

フランシスはにやにやした。

「あたしはヤク中じゃないわ——ただああいうものがどんなもんか知りたいだけ。それにさ、ああいう連中のなかにだってましなやつはいるわよ。デイヴィッドは、描こうと思えば絵だって描けるしね」

「そうしょっちゅう描こうとは思わないんじゃない？」

「いやに手きびしいのね、クローディア……彼がノーマに会いにくるのが気にくわないんでしょ。そしてナイフのことを話しあうのが……」

「なに？　ナイフがどうしたって？」

「前から気になっていたんだけど」とフランシスは言いしぶった。「あんたに話したもんかどうか」

クローディアは腕時計を一瞥した。

「いまは時間がないわ」と彼女は言った。「話したければ今晩うかがいます。とにかくいまはその気分じゃないわ。あーあ」と彼女は溜め息をつき、「いったいどうすればいいのかしら」

「ノーマのこと？」

「ええ。彼女の居所がわからないという事実を両親に知らせるべきかどうか……」

「そんな意地悪なこと。かわいそうなノーマ、彼女が何を好きこのんで逃げださなくちゃならなかったと思う？」

「でもさ、ノーマってたしかに――」クローディアは口をつぐんだ。

「ね、そうでしょ？　まともじゃない《ノン・コンポス・メンテイス》。あんたは、そう言いたいんでしょ。彼女が働いてるあのひどいとこに電話してみたら。〈ホームバード〉とかいったっけ？　そうか、もうしたんだっけ。そうだったわね」

「じゃあ彼女はどこにいるっていうの？」とクローディアは言った。「ゆうべデイヴィッドは何か言っていなかった？」

「彼、知らないらしかった。けど、クローディア、それがどうして大変なんだか、あたしにはさっぱりわからない」

「あたしにとっては大変なことなのよ」とクローディアは言った。「あたしのボスがたまたま彼女の父親ですからね。彼女の身に万一のことでもあれば、娘が戻ってこなかったと、どうしてひとこと耳にいれてくれなかったのかと責められるわ」

「そりゃ、あんたを責めるかもしれない。だけど一日か二日外泊するたんびにあたしたちに報告しなきゃなんない義務がノーマにある？　たとえ何日も外泊したって。下宿人じゃないんだもの。あんたは彼女の保護者でもないしね」

「ええ、でもね、レスタリックさんは、お嬢さんがあたしたちといっしょでよかったって喜んでらしたのよ」

「それであんた、彼女が無断外泊するたんびにとやかくいう資格があるってわけ？　彼女、きっと新しい男に一目ぼれしちゃったのよ」

「彼女はデイヴィッドに首ったけよ」とクローディアは言った。「彼のところにかくれているんじゃないでしょうね！」

「まあ、そんなはずはないわね。彼のほうじゃ、本気で惚れてるわけじゃないもん」

「あなたがそう思いたいだけよ」とクローディアは言った。「あなたこそデイヴィッドに首ったけなんじゃない」

「とんでもない」とフランシスはつんけんと言った。「そんなんじゃないんだってば」

「デイヴィッドは彼女にご執心よ。さもなければ、なんでわざわざここへ探しにきたりするの？」

「あんたったら、彼をすぐに追いだしちゃったじゃない」とフランシスは言った。「あたしこう思うんだ」と言いながら立ちあがり、決して媚びへつらうことのないキッチンの小さな鏡をのぞきこみながら、「彼がここにやってくるのは、ほんとはあたしがお目あてなのかもよ」

「しようのないおばかさんね、あなたって！　彼はノーマを探しにきたのよ」

「あの娘《こ》は頭がおかしいのよ」

「あたしもときどき、そうじゃないかと思うときがあるけどね！」

「おかしいにきまってる。ねえ、クローディア、さっき話しかけたこと、いま話しちゃうわ。あんただって知っているべきよ。このあいだ、あたし、ブラジャーの紐がきれちゃってね、出がけに。あんたは自分のものをひっかきまわされるのはいやなたちだから――」

「あたりまえよ」

「――でもノーマは平気、気がつきゃしない。そいでね、あたし、彼女の部屋へ行って、引き出しをかきまわしていたら――そしたら、あったのよ。ナイフ」

「ナイフ！」クローディアは声を高くした。「どんなナイフ？」

「こないだ中庭で喧嘩があったでしょ？　不良のガキどもがやってきてとびだしナイフ

でやりあったじゃない。そのすぐあとでノーマが帰ってきた」

「うん、うん、おぼえているわ」

「男の子がひとり刺されたって、新聞記者が言ってた、刺された子も逃げてったたって。そいでさ、ノーマの引き出しに入っていたやつがとびだしナイフなのよ。刃に何かの跡があって——乾いた血みたいな」

「フランシス！　まったく芝居がかりもいいところだわ」

「そうかも。でもあれはたしかにそうよ。いったいどうしてあれがノーマの引き出しにあったのか知りたいもんよ」

「そりゃ——拾ったのかもしれないでしょ」

「へえ——記念に拾ったの？　そいであたしたちにはだまってしまいこんでおくの？」

「あなた、それをどうしたの？」

「もとに戻しておいたわよ」とフランシスはゆっくりと言った。「あたし——どうしていいかわからなかったもん……あんたにも話そうかどうしようかと迷ったんだ。それできのうまた見てみたら、ないのよ、クローディア。影も形もないのよ」

「彼女がデイヴィッドに取りにこさせたと言いたいんでしょう？」

「ま、そういうこともありうるってこと……ねえ、クローディア、あたし、これから夜はドアに鍵かけておこうっと」

第七章

オリヴァ夫人は満たされぬ心地で目をさました。無為の一日が待ちかまえているのがありありと見える。完成した原稿を悟りすました心境で送りだしたいま、仕事は終わったのだ。いまはただ、これまで何度もくりかえしてきたとおり、くつろいで愉しまねばならない。創造的な衝動がふたたび湧きあがるまで休養せねばならない。家のなかを漫然と歩きまわり、さまざまなものに手を触れ、つまみあげ、もとに戻し、それから机の引き出しを開けて、なかに処理しなければならない手紙が山ほどあるのを見つけたが、高邁な仕事を達成した現在の心境では、このような退屈きわまりないしろものを相手にする気にはとうていなれない。何かおもしろいことがやってみたい。やってみたい——が、はて、何を？

夫人はエルキュール・ポアロと交した会話、彼があたえた警告を思いだした。ばかばかしい！　いずれにせよ、なぜ自分が、ポアロとわかちあったこの問題に干渉してはいけないのか？　ポアロなら、椅子にすわりこんで両の指先をあわせ、四方を壁にかこまれて悠然と背筋を伸ばしながら灰色の脳細胞を活動させるほうをえらぶだろう。それはアリアドニ・オリヴァ夫人にとっては魅力あるやり方ではない。自分は少なくとも何かやってみせると力んだではないか。あの謎の娘についてもっと探りだしてみようか。ノーマ・レスタリックはどこにいるのだろう？　何をしようとしているのか？　彼女、アリアドニ・オリヴァは、あの娘について何を探りだせるだろうか？

　オリヴァ夫人はうろうろと歩きまわりながら次第にうつうつとした気分になった。いったいわたしに何ができるのだろう？　容易にきめられることではなかった。どこかへ行って訊きまわるのか？　ロング・ベイジングへおもむくべきか？　だがあそこはポアロがすでに行っている——そして探りだせるだけのことは探りだしてきた。第一、ロデリック・ホースフィールド卿のところへおしかける口実があるだろうか？

　ボロディン・メゾンズをもう一度訪ねてみようか。あそこならまだ何か探りだせる余地がありそうだけれど？　しかしそれにはまた口実を考えださねばならない。どんな口実を使えばよいのかはなはだ心もとないけれど、とにかく、あそこが唯一の情報源のような気がする。時間は何時ごろがいいだろう？　午前十時。いくつかの可能性はある……。

みちみち夫人は口実を考えだした。すこぶる独創的とは言いかねるが。実際はもっと気のきいた口実を考えだしたかったのだが、つらつら考えてみると、ごく日常的なありふれた口実でおしとおしたほうがよさそうだった。堂々としているとはいえ、陰うつにそびえたつボロディン・メゾンズの正面に着くと、そんなことを考えながら夫人は中庭のほうへぶらぶらと歩いていった。

門番が家具運搬用トラックの運転手と話をしている——牛乳屋が手押し車を押してきて、荷物用のエレベーターのそばでオリヴァ夫人といっしょになった。

陽気に口笛を吹きながら牛乳瓶をがちゃがちゃいわせている牛乳屋の横でオリヴァ夫人はトラックのほうを見るともなしに眺めた。

「76号が引っ越しなんですよ」牛乳屋は夫人の関心をとりちがえたようだ。牛乳瓶を車からエレベーターのなかへ移しだす。「まあ、引っ越したってわけでもないけどね」彼はふたたび姿をあらわすとそうつけくわえた。気さくな牛乳屋らしい。彼は親指で上を指した。「窓から飛びおりたんでさ——七階——ほんの一週間前だったな。朝の五時。おかしな時間に飛びおりたもんだね」

オリヴァ夫人はそれほどおかしいとも思わなかった。

「どうして？」

「どうして飛びおりたかって？　だれも知らねえんですよ。頭がおかしくなったらしいですよ」

「そのひと――若いの？」

「てんで！　ばばあですよ。どうみても五十はかたいね」

トラックの上では二人の男が簞笥と格闘している。簞笥は彼らに抵抗し、マホガニー造りの引き出しが二つ地面に落ちた――一枚の紙片がオリヴァ夫人の方にひらひらと舞い落ちてきたのを夫人はつかまえた。

「ぶっこわすなよ、チャーリイ」と気さくな牛乳屋は非難がましくいうと、牛乳の箱といっしょにエレベーターにのりこんだ。

引越し屋のあいだで口論がはじまった。オリヴァ夫人は拾った紙片をさしだしたが、彼らはいらんと手をふった。

オリヴァ夫人はほぞを決めると建物のなかへ入り、67号室へあがった。がちゃりという音とともにドアが開くと、掃除婦らしい中年の女がモップを片手にあらわれた。

「ああ」とオリヴァ夫人は愛用の単音節を用いた。「おはよう。ええと――その――どなたかいらっしゃる？」

「いいえ、いませんよ、奥さん。みなさん出かけてます。お勤めなんですよ」

「ええ、そうでしょうねえ――実はね、このあいだこちらへ小さな手帳を忘れてしまったの。ほんとにいやになってしまう。居間のどこかにあるはずなのよ」

「さあ、そういったものはありませんでしたねえ、奥さん。奥さんのものってわかってるはずはないんですが。お入りになりませんか?」女は快くドアを開けると、キッチンの床をふいていたモップをわきにおいてオリヴァ夫人といっしょに居間に入った。

「そうだわ」とオリヴァ夫人は打ちとけた空気をつくろうと努めながら、「そうだわ、これよ――あたしがレスタリックさんに、ノーマさんにおいていった本は。あのひと、もう田舎からお帰りになって?」

「帰った様子はありませんね。ベッドは寝たあとがないし。田舎のご家族といっしょじゃないですか。先週の週末に行ったんですけどね」

「ああ、そうかもしれないわね」とオリヴァ夫人は言った。「これはあたしがさしあげた本なの。あたしが書いた本の一冊なの」

オリヴァ夫人の書いた本の一冊は掃除婦には何の感興もよびさまさなかったらしい。

「ここに座っていて」とオリヴァ夫人は肘かけ椅子をたたきながら、「たしかここだったと思うんだけれど。それから窓ぎわに行って、それからたぶんソファに腰かけて」

夫人は椅子のクッションのうしろを入念にさぐった。掃除婦もソファのクッションのうしろを探してくれた。

「こういうものを失くすとどんなにいらいらするか、想像もつかないでしょ」とオリヴァ夫人はべらべらとまくしたてた。「いろいろな予定がみんな書きこんであるでしょう。今日だれだったかとても大切な人とおひるに会食するはずなのに、それがだれだったか、場所はどこだったか、ぜんぜん思いだせないのよ。もしかしたら明日かもしれないし。もしそうだとすると今日の会食の相手はぜんぜん別人というわけなんだけれど。やれやれ」

「そりゃほんとにたいへんねえ、奥さん」と掃除婦は同情顔で言った。

「ここはとてもいいお住居《すまい》ねえ」とオリヴァ夫人はあたりを見まわす。

「上にばっかり高くて」

「ということは眺望はいいんじゃないの？」

「ええ、でもね、東向きの部屋は冬は風がひどいんですよ。窓の鉄枠のすきまから吹きこんできて。二重窓にしているひともいますよ。まあ、あたしゃね、冬に部屋がこっち向きだってかまやしません。一階のフラットならいつだって文句なし。子供がいたら、そりゃもう一階じゃなくちゃ。乳母車のことなんか考えるとねえ。ええ、そうですとも、あたしゃ、いつだって一階住まい大賛成、いつだって。火事にでもなってごらんなさいよ」

「そう、ほんとにこわいわねえ」とオリヴァ夫人は相槌をうった。「非常口はあるんでしょ？」

「非常口まで行きつく間《ま》がありゃしませんよ。あたしは火事恐怖症でね。昔からずっとそう。それにここの部屋代ときたらべらぼうなのよ。あの連中が吹っかける部屋代っていったら目の玉がとびでるわよ、奥さん！　それでホランドさんもね、同居人をふたりおいたわけなのよ」

「ああそうね、おふたりにはお目にかかったわ。キャリイさんは芸術家なのね？」

「画廊に勤めているの、あのひと。でも勤めっぷりは悪いわねえ。絵のほうもちょっとばかりやるんですよ——牛だとか木だとか描いてるんだけど、さっぱり見わけがつかなくてねえ。だらしないひとですよ。部屋のなかときたら——すごいもんよ！　ホランドさんはね、あのひとは何でもきちんとしておくひとでね。以前には石炭委員会の秘書をやっていたんだけど、いまはシティの会社の秘書をやってなさるのよ。今度のほうがいいって、あのひと言ってますけどね。南アフリカだかどこだかから帰ってきたばかりの大金持ちの旦那の秘書だって。その旦那が、ノーマさんの父親なんですよ。ホランドさんに娘を同居させてくれと頼んだんですよ、ちょうど前いた娘さんが結婚して出たもんだから――同居人を探していると話したらね。そういわれりゃ断われませんよねえ？　雇い主じゃねえ」

「断わりたかったの？」

女は鼻をならした。

「だと思いますよ――もし知っていたら」

「知っていたらって何を？」質問が性急にすぎたようだ。

「とやかく言いたかありませんよ、あたしゃ。こちらの知ったことじゃないんだから――――」

オリヴァ夫人はやさしく問いかけるようなまなざしで相手をじっと見つめた。雑巾夫《ミセス・モッ》人《プ》は陥落した。

「いい娘さんじゃないっていうんじゃないんですよ。頭がおかしいのよ――そういやあの連中はみんなおかしいわ。でもあのひとはお医者にみてもらったほうがいいと思うのよ。自分のやってることや自分のいる場所がわからなくなっちゃうときがあるのよね。こっちがぎょっとすることがあるのよ、ときどき――だってね、あたしの連れ合いの甥っ子が発作を起こしたときにゃたまげたわ。おそろしい発作でね――信じられないほどよ！　あのひとが発作を起こすのかどうかそりゃ知らないけど。もしかすると何かやっているのかもね、やるのが大勢いるから」

「両親の気にいらない男がいるらしいわね」

「ええ、そう聞いてますよ。一度か二度ここにたずねてきたらしいけど——あたしゃ会ったことないんですよ。ビート族だっていう話だけどね。ホランドさんは嫌っているのよ——でもねえ、この節じゃどうしようもないもんねえ。若い娘は好き勝手にやってるから」

「近ごろの若い娘を見てると、ときどきいてもたってもいられない気がしてくるわね」

とオリヴァ夫人は大真面目な顔をしてみせた。

「育て方がよくなかったって、あたしゃいつも言うんですよ」

「そうねえ。ほんとにそうねえ。ノーマ・レスタリックのようなお嬢さんは、ロンドンなどへひとりで出てきて室内装飾家になって暮らしをたてるよりも家にいるほうがいいのにと思うわねえ」

「あのひとは家にいるのがいやなのよ」

「あらそう?」

「継母だもの。娘は継母を嫌うものよ。人の噂じゃ、何でもその継母があのひとの手綱をひきしめてるって、ちんぴらどもを家へよせつけないようにがんばってるって話。娘が悪い男にひっかかってごたごた起こされちゃかなわないってわけよ。ときどき——」と掃除婦はしみじみした口調で、「——娘がいなくてよかったと思うわよ」

「息子さんなの？」

「ふたりいるんですよ。片方は学校のほうもよくできる子でね、もう片方は印刷屋に奉公してるけどよくやってますよ。ええ、ふたりともいい子。でも男の子も心配の種よ。だけど女の子のほうがもっと心配。まあなんとかしないといけないわねえ」

「そうねえ」とオリヴァ夫人は考えこむように言った。「そう思うわねえ」

掃除婦が掃除に戻りたがっている気配を夫人は見てとった。

「ほんとにしようのない手帳だわ」と夫人は言った。「あなた、ほんとにありがとう、お邪魔したんじゃないといいけど」

「見つかりゃいいですがねえ」と相手は愛想よく言った。

オリヴァ夫人は部屋を出ると次にすることを考えた。今日はこれ以上することはなさそうだが、明日の計画の腹案はできた。

オリヴァ夫人は帰宅するとおもむろにノートをとりだし、〈私が得た事実〉という見出しを書いて、その下にさまざまな事柄を手短かに記した。収穫はあまりなかったが、そこは職業柄で、それからできうるかぎりの推測を行なった。クローディア・リース－

ホランドがノーマの父親に雇われているというのはもっとも驚くべき事実であろう。彼女はまったく知らなかったが、エルキュール・ポアロも知っていたかどうか。電話で知らせようかと思ったが、明日の計画のこともあるので、ここはひとまず自分の脳にしまっておくことにした。実際のところこの一刹那のオリヴァ夫人は推理作家というよりは気負いたった警察犬のような気分だった。鼻を地面にこすりつけて臭跡を追っているのである、そして明日の朝は——そう、明日の朝になればわかるだろう。

予定どおりオリヴァ夫人は早起きしてお茶を二杯とゆで卵の朝食をすませたのち探索に出かけた。ふたたび夫人はボロディン・メゾンズの近くへやってきた。この界隈では顔を知られてしまったような気がしたので中庭へは入らずに二つある出入口の近くをうろうろしながら、朝の霧雨のなかへ小走りにとびだしていく勤め人たちを観察した。ほとんどが若い女性で、どれもまったく似たような化粧をしている。こうした大きなビルから用ありげに出てくる人々を眺めていると、人間とは奇妙なものだ——蟻塚にそっくりだと思われるのだった。蟻塚について真剣に考えた人間はないだろう。靴の先で突つきながら、いつ見ても無駄なものだと考えている。草の切れはしをくわえて気ぜわしく走りまわり、あとからあとからせっせと這いだしてくるあの小さな生き物たちは、おどおどしながらどこへ行くともなく動きまわっているように見えるが、おそらくあの生き物たちも、ここの人間のようにある秩序のもとに動いているのだろう。たとえばいま通りすぎていった男。ぶつぶつと独り言をつぶやきながら気ぜわしく歩いていく。「なにがあなたをそうあわてさせているのかしら」とオリヴァ夫人は胸のなかでつぶやいた。それからなおひとしきりぶらぶらしているうちに、夫人は不意にぴたりと足をとめた。

クローディア・リース－ホランドがきびきびした足どりで玄関から姿をあらわしたのだ。前回と同じようにきりっとして見えた。オリヴァ夫人は気づかれないように顔をそむけた。クローディアとのあいだに十分な間隔を取ってから、くるりと向きなおってあとをつけはじめた。クローディアは曲がり角にくると右に折れて本通りに入った。バスの停留所で行列にくわわった。オリヴァ夫人はあとをつけながら、一瞬不安に駆られた。クローディアがうしろをふりむいて自分に気がついたらどうしよう？　オリヴァ夫人にできるのは音をたてずに何度も鼻をかむことだった。だがクローディアは物思いに沈んでいるらしい。バスを待っている人たちを見むきもしない。オリヴァ夫人は彼女から三人目のところにいる。バスがくると行列が前に動いた。クローディアはバスに乗りこむとさっさと二階へあがっていった。オリヴァ夫人はドアに一番近い席にむりやり割りこんだ。車掌が切符を切りにくると、夫人はあとさき見ずに一シリング六ペンスを車掌の手の中に押しこんだ。なにしろこのバスがどこ行きなのやら、掃除婦が〈セント・ポール寺院の近くの新しいビル〉と漠然と教えてくれた場所までどのくらいの距離があるのやら、見当もつかなかったのだ。荘厳なドームがついに見えてくると、夫人はにわかに緊張した。いつなんどきクローディアが姿をあらわさないともかぎらないので、上からおりてくる人たちに油断なく目をくばった。そらそら、洒落たスーツをきりっと着こんだクローディアが姿をあらわした。彼女はバスをおりた。オリヴァ夫人も当然そのあとからおりると、ふたたびしかるべき間隔を保って尾行を開始した。

〝なかなかおもしろいわ〟とオリヴァ夫人は思った。〝ほんものの尾行をしているのよ、あたしは！　あたしの本に書いてあるみたいに。それになんたって、あたし、とてもうまくやっているらしい。あのひとぜんぜん気づいていないようだもの〟

クローディアはまったく物思いに沈んでいるように見える。〝なかなか有能な娘らしいわね〟とオリヴァ夫人はまたも思った。〝もしあたしが、殺人犯を、有能な殺人犯を見つけださなければならないとしたら、こういうひとを選ぶわね〟

残念ながらまだだれも殺されていないのだ。つまり、もしノーマという娘の、自分は人殺しをしたかもしれないという臆断があたっていないとすればの話だが。

ロンドンのこの界隈は近年ビルがぞくぞくと建ちならび、被害をこうむっているのやら恩恵に浴しているのやらはかりかねる。巨大な摩天楼はオリヴァ夫人の目からみればそのほとんどが忌わしく、四角いマッチ箱さながら天に向かって突ったっている。

クローディアはビルの一角に吸いこまれた。〝さて、正確なところを突きとめなくちゃ〟とオリヴァ夫人はそのあとを追ってなかへ入った。四台のエレベーターが猛烈なスピードであがりおりしているらしい。これは困ったことになったとオリヴァ夫人は思った。だがこのエレベーターはなかがだだっ広く、クローディアの乗りこんだエレベーターに最後にもぐりこむと、背の高い男たちの集団が夫人と尾行の相手とのあいだをへだててくれた。クローディアの行く先は四階と判明した。彼女はエレベーターをおりると廊下をさっさと歩いていく。オリヴァ夫人は長身の二人の男の蔭にかくれながら、彼女の入っていったドアを確認した。はしから三番目のドア。オリヴァ夫人はそのドアの前にたどりつくと、ドアの銘板を読んだ。〈ジョシュア・レスタリック有限会社〉とそれには書いてあった。

ここまで来たものの、次はどうするかオリヴァ夫人ははたと当惑した。ノーマの父親の会社とクローディアの勤め先が判明し、少々謎はとけたというものの、思ったほど重大な発見ではなさそうだ。率直に言ってこれが何の役に立つのか？　おそらく何の役にも立つまい。

夫人は廊下のこちら側から向こうはしまでぶらぶら歩きながら、だれか興味ある人物がレスタリック社のドアへ入っていきはしないかと見張っていた。若い女が二、三人入っていったが、いずれもとくに興味をひく人物には見えない。オリヴァ夫人はふたたびエレベーターで下におり、やや意気消沈の体でビルを出た。次に何をしてよいのやら皆目見当がつかない。付近の通りをぶらつきながらセント・ポール寺院へ行ってみようかと思った。〝ささやきの回廊へ行ってささやいてやろうかしら〟とオリヴァ夫人は思った。〝ささやきの回廊は殺人現場にはもってこいじゃないかしら〟

〝いや〟と夫人はかぶりをふり、〝それはあまりにも冒瀆的だわ。うん、あまり立派なこととは言えないわね〟夫人は物思いにふけりながらマーメイド劇場の方に向かって歩を運んだ。あそこのほうがよっぽど可能性があると夫人は思った。

思い思いにそそり立つ新しいビル群の方へ夫人は踵をかえした。そして朝食よりもっとボリュームのある食事がしたいと思い、近所のカフェへ入っていった。ごく遅い朝食か早目のブランチをたべている人たちでかなりたて込んでいる。オリヴァ夫人は適当な席を探すために何気なくあたりを見まわして、はっと息をのんだ。壁ぎわのテーブルに、あのノーマがすわっており、その向かいには栗色の濃い髪を肩までのばし、赤いベルベットのチョッキに派手なジャケットを着こんだ若い男がすわっているではないか。

〃デイヴィッド〃とオリヴァ夫人は小声でつぶやいた。〃あれはデイヴィッドにちがいないわ〃若い男とノーマは何やら興奮した様子でしゃべっている。

オリヴァ夫人は作戦計画を練り、ほぞを固めるとひとりうなずき、〈婦人用〉と書かれた目だたないドアのほうへ近づいた。

ノーマが自分に気づくかどうか夫人には確信がなかった。いかにもぼんやりした顔の人物がじっさいぼんやりしているとは限らないのだ。ノーマはデイヴィッド以外は眼中にないような様子だが、果してどうだろう。

〃どにかくこのあたしをなんとかしなくちゃ〃とオリヴァ夫人は考えた。夫人は、カフェの経営者が備えつけ、ハエのふんで汚れた小さな鏡に顔を映し、女の容貌の焦点になるものだと日頃から考えているもの、すなわち、髪型を仔細に点検した。これまで髪型を変えるたびに知人にすっかりお見それしてと言われた数知れぬ体験のたまもので、髪型については夫人ほどよくわきまえているものはいないのだ。夫人は自分の頭をほれぼれと眺めたのち作業にとりかかった。ピンを抜いて、巻き毛をいくつかはずしハンケチにくるみバッグに押しこんだ後、髪を真中からわけて左右にぴったりとかしつけ、毛先をくるくる巻いてうなじにほどよい大きさの髷《まげ》をつくる。それからめがねを取りだしてかける。さあ、いかにもきまじめな顔になった！「まあまあインテリといったところね」オリヴァ夫人はご満悦だ。口紅で唇の形をかえると、夫人はふたたび店へ姿をあらわした。めがねは読書用だから、したがってあたりの情景はぼやけてみえるので慎重に歩を運んだ。店内を横切ってノーマとデイヴィッドのテーブルの隣りの空席に近づいた。デイヴィッドに向かいあう位置に腰をかける。ノーマはすぐそばに背を向けてすわっている。したがってノーマは頭をまわさないかぎりこちらは見えない。ウェイトレスが近づいてきた。オリヴァ夫人はコーヒーとバスバンを注文し、目だたぬように縮こまっていた。

ノーマとデイヴィッドはこちらに気づくどころではない。激論の最中である。二人の話についていくまでに数分を要した。

「……そんなものおまえの空想だって」とデイヴィッドが言っている。「想像だよ。そんなもの、てんでてんで、ナンセンスさ」

「そうかな。わからない」ノーマの声は妙に響きがない。

ノーマは向こうむきなので、デイヴィッドの声ほどはっきり聞きとれないが、口調の重苦しさがオリヴァ夫人の胸をついた。なんだかおかしいと夫人は思った。とても変だ。夫人はポアロが最初に聞かせてくれた話を思いだした。「あの娘は自分が殺人をおかしたかもしれないと考えています」いったいこの娘はどうしたというのだろう？　幻覚？

頭が少しおかしくなったのか？　それともそれはまああほんとうのことで、その結果ひどいショックをうけたのだろうか？

「おれに言わせりゃ、メアリがひとりで大さわぎしてんのよ。まったくばかな女だからなあ、病気になったのなんのって、みんな空想の産物さ」

「彼女、ほんとに病気だったわ」

「じゃあいいよ、あいつは病気だった。まともな女なら医者から抗生物質でももらって、ぎゃあぎゃあ騒ぎたてたりはしないぜ」

「彼女、あたしがやったと思っているのよ。お父さまもそう思ってる」

「いいか、ノーマ、みんなおまえの妄想だよ」

「あんたは、あたしにただそう言ってるだけよ、デイヴィッド。あたしを慰めるつもりでそう言うんでしょ。でもほんとに彼女に薬を盛ったんだとしたら？」

「だとしたらってどういう意味？　自分で盛ったか盛らないかぐらいわかるだろ。それほどばかじゃないだろ、おまえは」

「それがわからないのよ」

「また、そんなことを言う、いつだってそこに戻るんだ。そして何度も何度もそう言うんだ、『わからないわ』『わからないわ』ってさ」

「あなたにはわからないのよ。憎しみってものがどういうものか、ちっともわかってない。あたしは、彼女を一目見たときから憎んでいるの」

「わかってる。教えてもらったからな」

「それが奇妙なの。あたしはあんたに話したのね、だのにあたしったら、話したことをおぼえていないのよ。わかる？　ときどきあたし、ひとにいろんなことを話すの。自分がやりたいこととか、したこととか、やろうとしていることなんかを話すらしいの。でもあたし、それをおぼえてないのよ。なんだかそういうことをいつも頭のなかで考えているみたい、ときどきそれがおもてに出て、そして人に話すみたいなの。あたし、そんなこと、あんたにしゃべった？」

「うん——そりゃ——まあ、もうくりかえすのよそう」

「でもあたし、あんたに言ったの？　言わなかったの？」

「よし、よし！　だれだってそんなことは言うものさ。『あたし、彼女を憎んでる、殺してやりたい。毒を盛ってやろうと思うの』なんてね。だけどこりゃほんの冗談さ、わかるだろ、おれの言う意味、大人じゃなけりゃ、ごく自然なのさ。子供たちがよく言うだろ、『あんなやつきらいだ。首をちょんぎってやる！』ガキは学校でそんなことしょっちゅう言ってるよ。気にいらねえ先生のことなんかさ」

「あんた、ほんとにそれだけのことだと思ってるの？　だけど——それじゃまるであたしが大人じゃないみたい」

「ああ、ある点じゃね。頭をひやしてよく考えてみなよ、いかにばかばかしいことだかわかるだろ。おまえがあいつを憎んでたって、それがどうだっていうの？　もう家をおん出てあいつといっしょに暮らす必要もなし」

「なぜ自分の家に住んじゃいけないの——自分の父親といっしょに？」とノーマは言った。「不公平だわ。不公平よ。お母さまを捨てて出ていっておいて、帰ってきたと思ったら、また行っちゃって、メアリと結婚するなんて。あたしが彼女を憎むのはあたりまえよ。彼女だってあたしを憎むわ。あたし、彼女を殺すことばかり考えてるの、どうやって殺そうかって考えるの。そんなこと考えて愉しんでるのよ、あたし。でもね——彼女がほんとに具合が悪くなって……」

デイヴィッドは不安そうに言った。

「おまえ、自分が魔女か何かだと思ってるんじゃないだろうな？　蠟人形をこしらえて針をつきさすような真似はしないだろうな？」

「まさか。それこそばかげてる。あたしのしたことは現実にあったことよ。ほんとに現実の話なのよ」

「おい、ノーマ、それが現実だってのはどういう意味?」

「瓶があったの。あたしの机の引き出しに。ええ、引き出し開けたら、そこにあったの」

「何の瓶?」

「ドラゴン殺虫剤。特選除草剤。そういうレッテルがはってあった。黒っぽい緑色の瓶につまってってスプレイ式になってているの。劇薬注意というレッテルもはってあった」

「おまえが買ったのか? それともただめっけただけ?」

「どこで手に入れたのかわからないんだけど、とにかくそこにあったの、引き出しのなかに、半分からになって」

「そいでおまえ――おまえは――思いだした」

「うん」とノーマは言った。「そう……」その声はうつろで夢をみているようだった。

「そう……はっきり思いだしたのはそのときだった。あんたもそう思う、デイヴィッド?」

「どう考えていいのかわからないな、ノーマ。まったくのところ。おれが思うには、みんな思いすごしさ、自分でそう思いこんでるだけだ」

「だけどあのひと病院へ行ったのよ、診察してもらいに、そしたら病院でもわけがわからないって。どこも悪いところはないって言われたからまた家に戻ってきたのよ——そのうちにまた具合が悪くなったの、それであたしまた怖くなっちゃった。お父さまは変な目つきであたしを見るようになるし、そのうちにお医者がきて、みんなで何か相談してたわ、お父さまの書斎にひっこんで。あたし外にまわって窓の下でこっそり話を聞いたの。何を相談しているのか知りたかったのよ。みんな、こんなことを言ってたわ——あたしを監禁しておけるところへやろうって！〈一連の治療〉を受けられるところ——とかなんとか。みんな、あたしがおかしいと思ってるのよ、だからあたし怖くなって……だって……だってあたし、自分でやったのかやらなかったのか、よくわからなくて」

「それ、おまえが家出したときのこと？」

「ううん——それはもっとあと——」

「話して」

「もう話したくない」

「おそかれ早かれ居場所は教えなくちゃ——」

「いや！　あのひとたちが憎いわ。メアリも憎いし、お父さまも憎い。ふたりとも死ねばいいんだわ。死んじゃえばいいのよ。そうすれば——そうすればあたしはまた幸せになれる」

「そう興奮するなよ！　いいか、ノーマ――」彼は当惑顔で言葉を切って――「おれさ、まだ結婚だとかそういったくだらないことには気が乗らないんだよ……つまり、そういうことはまだ考えてなかったんだけど――うん、あと二、三年はね。縛られるのはいやだもんね――だけどおれたち、そうするのが一番いいんじゃないのかな。結婚するのが。登記所かどっかでさ。二十一すぎたって言わなくちゃならないけど。髪の毛あげて、めがねでもかけてね。もうちょい大人っぽくみせて。結婚しちまえば、おやじだって指一本出せないぜ！　そのなんとかいうところにだって入れたりできないんだ。そんな権利はないもんな」

「お父さまなんか大嫌い」

「おまえときたら、だれもかも嫌いなんだな」

「お父さまとメアリだけよ」

「だけど、男が再婚するのはごく自然だろ」

「お母さまにした仕打ちを考えてよ」

「みんな昔の話だろ？」

「そうよ。あたしが小さい子供のときよ、だけどあたしはおぼえてる。彼はあたしたちを捨てて逃げたのよ。クリスマスにはプレゼントを送ってくれたけど――来てくれたことなんか一度もないのよ。彼が戻ってきて道で会っても、わからなかったんじゃないかしら。それまで、彼なんかあたしにとってなんの意味もない存在だった。お母さまのことだって監禁したんじゃないかしら。病気になるとよくいなくなっちゃったもの。どこへ行ったかわからない。お母さまがどうしたのかわからない。ときどき思うんだけど――あたし思うんだけどね、デイヴィッド。あたしの頭おかしいんじゃないかって思うの。それで、いつかほんとに何か悪いことをしてしまうんじゃないかって気がするの、あのナイフみたいに」

「どのナイフ？」

「別に何でもない。ただのナイフ」

「おい、なんのこと言ってるのかはっきり言ってくれ」

「血痕がついていたような気がするの――あそこに隠してあったの……あたしの靴下の下に」

「そこへナイフを隠したおぼえがあるの？」

「そうだと思うの。でも隠す前にそのナイフを何に使ったのか思いだせない。自分がどこにいたのかも思いだせない――あの晩は一時間がそっくり消えてるの。その一時間どこにいたのかぜんぜん思いだせないの。あたしはどこかへ行って、何かをやったんだわ」

「しいっ！」ウェイトレスがテーブルに近づいてくるのを見て彼はあわてて制止した。

「大丈夫だよ。おまえの面倒はおれがみる。もっと何か食べよう」彼はメニューをとりあげてウェイトレスに向かって大声で言った――「ベークド・ビーンズのトーストふたつ」

第八章

1

エルキュール・ポアロは秘書のミス・レモンと口述筆記のさなかである。

「なお御志はまことにかたじけなく存じますが、遺憾ながら……」

電話が鳴る。ミス・レモンが手を伸ばす。「はい？　どちらさまで？」彼女は受話器の口に手をあてがいポアロに、「オリヴァ夫人」と言った。

「ああ……オリヴァ夫人ね」とポアロは言った。目下のところかくべつ邪魔されたくない心境なのだが、彼はミス・レモンから受話器を受けとった。「もしもし《アロウ》。エルキュール・ポアロです」

「ああ、ムッシュー・ポアロ、つかまってよかった！　彼女を見つけてあげましたよ！」

「なんとおっしゃった！」

「彼女を見つけてあげました。あなたのお目あての！　人殺しをしたとかしたような気がするとかいう娘。またそんなことしゃべっていたわ、べらべらと。あの娘、頭がどうかしているんですよ。まあそんなことはどうでもよござんすけど。ここへいらして捕まえたくはないこと？」

「どこにいるのです、シェール、マダム？」

「セント・ポール寺院とマーメイド劇場のあいだのどこか。キャルソープ通り」とオリヴァ夫人は、電話ボックスの外をきょろきょろ見ながら言った。「大至急お出になれる？　あの連中レストランにいるのよ」

「あの連中？」

「ええ、娘とね、例の不釣合いなボーイフレンドということになっている人物。ほんとはかなりいい子よ、娘に首ったけらしい。どこがいいのかしらね。人間って妙なものね。でもこうしちゃいられないわ、すぐ戻らなきゃ。あたし、尾行してたのよ、それからレストランに入ったら」

「ほう、たいそうおつむのよいことで、マダム」

「あら、そうじゃないのよ。これは単なる偶然、あのね、小さなカフェに入ったら、あの娘がそこにすわっていたというわけ」

「ああ、じゃあ運がよかった。それも重要なことですぞ」

「それでね、隣りのテーブルに陣どったの、ただしあの娘はあたしに背を向けていたわ。いずれにしてもあたしとは気がつきますまいね、髪型を変えたから。ともかく、あのふたりは世界には自分たちしかいないって調子でしゃべっているのよ、それでね、あの子たちが新しい注文だしたから――ベークド・ビーンズ――あたしはごめんだわ、ベークド・ビーンズなんて、なんでみんな、あんなものを食べるのか気がしれ――」

「ベークド・ビーンズはもうよろしい。先をつづけて。ふたりをおいて電話をかけにきたのですね。そうですか？」

「そうですよ。だってベークド・ビーンズを注文したからそのすきに。だからもう戻らなくちゃ。それともおもてで見張っていようかしら。ともかく大急ぎでいらしてね」

「してカフェの名は？」

「〈陽気なつめくさ《メリイ・シャムロック》〉――あんまり陽気でもなさそうだけど。ほんとはむさいお店、でもコーヒーはとてもおいしくてよ」

「それ以上しゃべらないで。お戻りなさい。すぐ行きますから」

「すてき」とオリヴァ夫人は言って電話を切った。

常に有能なるミス・レモンはいち早く通りに出て、タクシーのわきで待ちかまえていた。質問をするでもなく好奇心を示すでもない。お留守のあいだに何をしていましょうかなどという愚問も発しない。訊く必要はないのだ。彼女は常に何をすべきか心得ていたし、そのするところは常に正しかった。

2

ポアロは無事キャルソープ通りの角に到着した。タクシーをおり、料金を支払って、あたりを見まわす。〈陽気なつめくさ《メリィ・シャムロック》〉はすぐ目に入ったが、その近くにはいかにたくみに変装していようともオリヴァ夫人らしき人物は見あたらない。彼は向こうの角まで行ってふたたび戻ってきた。オリヴァ夫人はいない。すると彼らが興味をもつカップルは店を出ていき、オリヴァ夫人は尾行の途についたか、あるいは——この〝あるいは〟に答えるために彼は店のドアに近づいた。ガラスが蒸気で曇ってよく見えないのでドアをそっと開けてなかへ入った。ポアロの両眼が店内を見わたす。

朝食の卓に彼を訪ねてきた娘はすぐに見つかった。壁ぎわのテーブルにひとりですわっている。煙草を吸いながら前方を凝視している。物思いにふけっている様子。いやそうではあるまいとポアロはふんだ。考えこんでいるのではなさそうだ。一種の放心状態だろう。彼女の魂はどこか別の場所にいる。

彼は店内を静かに横切って娘の向かいに腰をおろした。すると娘は顔をあげた。こちらに気づいた様子なので、ポアロは少なからず安堵した。

「またお会いしましたね、マドモアゼル」と彼は快活に言った。「わたしがおわかりになりましたね」

「ええ。ええ、わかります」

「一度だけ、しかもごく短時間しかお会いしなかった若いご婦人におぼえていていただけたとは光栄です」

娘は無言で彼をまじまじと見つめている。

「どうしてわたしがおわかりになったか教えて下さいませんか？　わたしのどこで見わけられました？」

「お髭」とノーマはすかさず答えた。「見まちがえようがありませんもの」

彼はその観察に気をよくし、かかる場合によく見せる得意満面な表情で髭をなでたのだった。

「いやそうですとも。いや、わたしのような髭はざらにはありませんからな。見事でしょう、ね？」

「ええ――そう、ですね――そう思います」

「いや、あなたは髭の鑑定家ではないでしょうからな、しかしです、ミス・レスタリック――ミス・ノーマ・レスタリックでしたな？――これはいかさま見事な髭なのですぞ」

彼はわざとゆっくりと娘の名前を言った。心ここにあらずといった風情でぼんやりしている彼女が果して気づくかどうかは疑問だった。だが彼女は気づいた。そして驚いた顔をした。

「どうしてあたしの名前がわかったんですか？」と彼女は言った。

「たしかに、あの朝わたしをお訪ね下さったときには召使いに名前を言っては下さいませんでしたね」

「どうしてご存じ？　なぜわかりました？　だれが教えたの？」

驚愕と恐怖を、ポアロは見た。

「友人が教えてくれました」とポアロは言った。「友人もときには便利なものでして」

「どなたですか？」

「マドモアゼル、あなたはご自分のささやかな秘密をわたしにお隠しになりたいようだ。わたしも、わたしのささやかな秘密は隠しておきたいのですよ」

「あたしの名前がどうしてわかったのかしら」

「わたしはエルキュール・ポアロです」ポアロは例によって胸をそらした。そのあとは娘に主導権を譲ると、やさしい微笑をうかべて待ちうけた。

「あたし――」と娘は言いさして口をつぐむ。「あのう――」ふたたび言葉をとぎらせる。

「先だっての朝はくわしいお話ができませんでしたね」とエルキュール・ポアロは言った。「あなたが殺人をおかしたというところまででした」

「ああ、あれは！」

「ええ、マドモアゼル、あれ」

「でも――あれ、本気じゃなかったんです。そんなことぜんぜん言うつもりはありませんでした。あれはただの冗談でした」

「ほんとうに《ブレマン》？　あなたは早朝、しかも食事どきに訪ねてこられた。急を要することだと言われた。殺人をおかしたかもしれないからだと。それが冗談だったと言われるのですか、ええ？」

さっきからポアロの顔をじろじろ眺めながらうろうろしていたウェイトレスが不意につかつかと近よってきて、子供たちが浴槽にうかべるような紙の舟みたいなものをさしだした。

「これ、あなたに」と彼女は言った。「ポリットさんでしょう？　ご婦人がおいていきましたよ」

「ああそう」とポアロは言った。「またどうしてわたしだとわかったのです？」

「髭でわかるってそのご婦人が言いました。ああいう髭はちょっと見られないって。まったくほんとですね」そう言って髭をあかずに眺めている。

「いや、ありがとう」

ポアロは舟をうけとり、それを開いて皺をのばした。大急ぎで書かれた鉛筆の走り書きを彼は読んだ。〈彼が出ていく。彼女のことはおまかせして彼を尾けます〉アリアドニの署名がある。

「ああそう」とエルキュール・ポアロは言って紙をたたむとポケットにすべりこませた。「なんの話をしていたのでしたかな？　あなたのユーモアのセンスについてでしたね、ミス・レスタリック？」

「あなたはあたしの名前を知っているだけですか――それともあたしのことを何もかも

ご存じなんですか？」

「少しばかり知っておりますよ。あなたはミス・ノーマ・レスタリック、ロンドンの住所はボロディン・メゾンズ67号。ご本宅の住所はロングベイジング、クロスヘッジス。そこにはお父上と義理のお母上と大伯父さんとそれから——ああ、そうそう、女書生《オーペア》の秘書が住んでいます。ね、よく知っているでしょう」

「あたしを尾けてきたのね」

「いやいや」とポアロは言った。「めっそうもない。その点は神かけて」

「でもあなたは警察の方じゃないでしょう？　そうは言わなかったわ」

「警察のものではありませんよ」

娘の疑惑と挑戦の姿勢がくずれた。

「どうしていいのかわからないんです」と彼女は言った。

「わたしをお雇いなさいとは申しません」とポアロは言った。「わたしは年をとりすぎていると言われましたからね。おそらく仰せのとおりでしょう。しかし、あなたの素姓やら何やらが判明したからには、あなたの悩みごとをざっくばらんに話しあわないという法はありますまい。老人というものは行動力に欠けていると考えられておりますが、一方では豊かな経験の持ち主であることをお忘れにならないように、これを利用せぬ手はありますまい」

ノーマはこのまえポアロを動揺させた、あの大きな丸い目で疑わしそうに彼を見つめつづけている。しかし彼女はいうなれば、動きがとれないのだし、またまさにこの瞬間、話したいという欲求に駆られているとポアロは察した。どういうわけかポアロは、だれでも話のしやすい相手だった。

「みんな、あたしの頭が変だと思っているんです」と彼女はずばりと言った。「それから——それからあたし、自分でも頭がおかしいんだと思っているんです。狂ってる」

「なかなかおもしろい」とエルキュール・ポアロはほがらかに言った。「そういうものにはいろいろな名前がつけられていますね。精神病医や心理学者やその他もろもろの人たちがころころ嬉しがっていくらでも名前をつけてくれますよ。しかしあなた方が狂ってるという場合は、ごくあたりまえの平凡な人間にとって、世間に通用する外見とはどういうものかを如実に物語ってくれますね。さてと《エ・ビアン》、ではあなたは頭がおかしい、あるいは頭がおかしいように見える、あるいは頭がおかしいと自分で思う、あるいはあなたはほんとうに頭がおかしいのかもしれない。しかしいずれにせよ、それは由々しい情況とはいえません。だれでもよくそんなふうになるものですからね。それにたいてい適切な治療でかんたんに治るものです。精神的なストレスがつづいたり、悩みごとがあったり、試験勉強をしすぎたり、くよくよ思いわずらったり、信心の凝りすぎ、あるいは信仰心の悲しむべき欠如、あるいは父親や母親を憎まねばならぬ事情があったりとさまざまな理由がありますね。むろん、悲運な恋という単純明快な場合もありうることですが」

「いまの母は継母なんです。あたし、彼女を憎んでますし、父も憎いと思います。理由としたら十分でしょう?」

「憎みあいは間々《まま》あることです」とポアロは言った。「あなたはきっと実のお母さんを非常に愛しておられたのでしょうね。離婚されたのか、故人になられたのですか?」

「死にました。二、三年前に」

「お母さんをとても愛しておられた?」

「ええ。そう思う。もちろんそう。病身で長いこと入院していました」

「でお父上は?」

「父はその前からずっと外国へ行ってました。あたしが五つか六つのとき南アフリカへ行ったんです。お母さまと離婚したかったんだけど、お母さまがしたがらなかったんだと思うわ。南アフリカで鉱山関係の仕事をやっていたんです。クリスマスには手紙をくれてプレゼントも送ってくれたり、人にことづけてよこしたりしたわ。でもそれだけ。

だから父なんて実感はまるでなかったわ。一年前に戻ってきたのは、伯父さまの問題や経済的な問題にけりをつけるため。戻ってきたときには新しい奥さんを連れていたの」

「そこであなたは憤慨した」

「ええ、そうです」

「しかしあなたのお母さんはすでに故人になっておられる。そうだとしたら男が再婚するのは珍しいことではありませんよ。ことにおふたりは長年別居しておられたのだし。お父上が連れてこられたご婦人は、あなたのお母上と離婚してまで結婚したいと言われたお相手と同一人物なのですか？」

「いいえ、ちがいます、今度のはうんと若いんです。とても美人で、父を独りじめしてるみたいにふるまうんです！」

ノーマはやや間をおいてから言葉をついだ――これまでとはちがう子供じみた口調で。

「父が戻ってきたらあたしをうんとかわいがって、大事にしてくれると思ったの――でも彼女がそうさせないの。あたしを邪魔もの扱い。彼女があたしを追いだしたんだわ」

「しかしあなたの年ごろなら別に困りもしないでしょう。もっけの幸いではありませんか。もう世話をやいてくれるひとが必要な年でもない。あなたは自分の足で立つことができるし、人生を愉しむことができるし、自分で友人を選ぶことができる――」

「あのひとたちのやり方を見たら、あなただってそうは思わないでしょう！　その、自分の友だちを選ぶってことですけれど」

「近ごろのお嬢さんは、ご自分の友人に加えられる批判を耐えしのばねばなりませんね」とポアロは言った。

「とても変わったわ」とノーマは言った。「父はあたしが五つのときにおぼえていた父とはまるでちがうんです。いつも遊んでくれたし、とても陽気な人だったの。いまは陽気じゃないわ。憂鬱そうで、怖い感じで——ええ、まるでちがいます」

「十五年も前のことでしょう。人間は変わるものですよ」

「でもあんなにひどく変わるものかしら？」

「人相が変わったのですか？」

「ううん、そうじゃないの。そんなことはないわ！　父の椅子の上にかかっている絵をごらんになれば、若いころのですけど、いまとそっくり。でもあたしのおぼえている父とはぜんぜんちがうわ」

「しかしねえ、お嬢さん」とポアロはやさしく言った。「人間というものはいつまでも記憶のままというわけにはいかない。日がたつにつれ、こうあってほしいと思うような人物に自分でだんだんつくりかえてしまう、そしてそれが自分の記憶している人物だと思いこんでしまうのです。ある人物を快活で明るくて美男子だったと思う、するとその人物を実際以上に快活で明るい人物につくりかえてしまうのです」

「そう思います？　ほんとにそう思います？」彼女はいったん言葉をとぎらせたが、だしぬけにこう言った。「でもなぜあたしはひとを殺したいんでしょう？」その質問はごく自然に発せられた。その問題はすでにふたりのあいだに存在していた。ふたりはついにその核心に行きついたとポアロは感じた。

「それはなかなか興味深い質問です」とポアロは言った。「またなかなか興味ある答えがあるやもしれません。それに答え得る人間は医者でしょう。経験豊かな医者」

彼女は即座に反応した。

「お医者にいくのはいや。そばによるのもいや。みんな、あたしをお医者のところへやりたがっている、あたしは病院に監禁されて二度と外へ出してもらえない。そんなのまっぴらよ」彼女はよろよろ立ちあがった。

「あなたを病院へ送れる人間はわたしではありませんよ！　怖がる必要はありません。あなたが行きたければご自分で行けばいいのです。わたしに話してくださったようなことを医者に話せばよろしい、そしてなぜかと医者に尋ねれば、原因を教えてくれるでしょう」

「デイヴィッドもそう言ってるわ。そうしろってデイヴィッドも言ってる、でも彼は――彼にはわかっちゃいないのよ。お医者さまに話すなんて――あたしがしようとしたことを……」

「なぜしようとしたと思うのですか？」

「なぜって、あたしいつも自分のしたことや――自分がいた場所をおぼえていないの。一時間も――二時間もブランクがあって、その間のことを思いだせないの。あるとき廊下にいて――ドアの前に、彼女の部屋の前に。手に何か持っていて――どうしてそんなものを持っているのかわからないの。彼女があたしのほうに歩いてきて――でもそばまでくると顔が変わっちゃうの。彼女じゃないのよ。ほかの人間になっちゃうの」

「たぶん怖い夢をみたのでしょう。夢のなかではひとの顔がほかの顔に変わるものですよ」

「夢じゃないわ。拳銃を拾ったんです――足もとにころがってて――」

「廊下に？」

「いいえ、中庭よ。彼女がきて、取りあげられちゃったの」

「だれが？」

「クローディアよ。二階《うえ》に連れてってくれて、なんだか苦い飲み物をくれたわ」

「そのときお義母《かあ》さんはどこに？」

「そこにいたわ——うぅん、いなかった。彼女はクロスヘッジよ。病院だったかもしれない。彼女が毒を盛られているのがわかって——盛ったのがあたしだってことがわかった、あの病院」

「あなたでなくてもいいでしょう——ほかの人間かもしれませんよ」

「ほかのだれがそんなことする？」

「そうですね——彼女のご主人」

「父が？　いったいなぜ父がメアリに毒を盛りたいんですか？　彼女に首ったけなのよ。彼女のこととなるとばかみたいなのよ！」

「お宅にはほかにもひとがいるでしょう？」

「ロデリック伯父さま？　ばかばかしい！」

「そういったものでもありませんよ」とポアロは言った。「精神的に苦しめられておられるのかもしれない。スパイかもしれない美女を毒殺するのは自分の義務だと考えておられるかもしれません。そういったことです」

「それはとてもおもしろそうね」とノーマは一瞬興をそそられて、ごく自然に話しだした。「ロデリック伯父さまはこの前の戦争のとき、スパイやなんかとわたりあったんですって。ほかにだれかいるかしら？　ソニア？　彼女が美人スパイかもしれないけど、およそ、らしくないわ」

「そう、あなたのお義母《かあ》さんを毒殺するいわれも別になさそうだし。召使いや庭師がいるでしょう？」

「いいえ、通いの人たちばかり。まさか——ええ、あのひとたちには動機はないわ」

「彼女が自らやったのかもしれません」

「自殺しようとしたというの？　あのひとみたいに」

「ひとつの可能性です」

「メアリが自殺するなんて考えられないわ。分別のかたまりだもの。それにどうして自殺しなくちゃならないの？」

「そう、もし彼女が自殺するなら、ガス・オーブンに頭をつっこむとか、きちんとしたベッドで睡眠薬をどっさりのむとかするだろうと思うのですね。そうでしょう？」

「ええ、そのほうがずっとあのひとらしい。だから」とノーマは語気を強めて、「あたしにまちがいないんだわ」

「はっは、それはおもしろい。あなたはまるで犯人が自分であってほしいような口ぶりだ。一服盛ったのは自分の手だという考えにあなたはとりつかれているのですな。そうだ、あなたはその考えが気にいっているのですね」

「そんなこと言うなんてひどい！　なんでそんなことを？」

「なぜならわたしはそれが事実だと思うから」とポアロは言った。「自分は殺人をおかしたのかもしれないという考えが、なぜあなたを興奮させ、喜ばせるのだろうか？」

「そんなことないわ」

「そうかな」とポアロは言った。

彼女はバッグをとりあげると震える指でなかを探りはじめた。

「これ以上ここにいてあなたにそんなこと言わせるつもりはありません」彼女がウェイトレスに合図をすると、ウェイトレスはやってきて勘定書をちぎってノーマの皿のわきにおいた。

「失礼」とエルキュール・ポアロは言った。彼はすばやく勘定書をひきよせるとポケットから札入れを取りだした。娘は勘定書を取りかえした。

「あなたに払ってもらうわけにはいきません」

「お好きなように」とポアロは言った。

彼は見たかったものを見た。勘定書は二人分だった。とするとあの美しい衣裳をまとったデイヴィッドはこの放心の娘に自分の分まで平気で払わせたわけだ。

「すると友人にブランチをふるまったのはあなたでしたか」

「連れがいたってどうしてわかるの？」

「いろいろと知っていると申し上げておきましょう」

彼女はテーブルに銀貨をおいて立ちあがった。「失礼するわ」と彼女は言った。「尾《つ》けてきちゃだめよ」

「尾けられるかどうか」とポアロは言った。「なにしろ寄る年波ですからね。走られたら尾いていけるはずがありません」

彼女は立ちあがってドアに近づいた。

「聞こえないの？　あとを尾けてきちゃだめだったら」

「ドアぐらい開けさせて下さい」彼はうやうやしくドアを開けた。「オー・ルヴワール、マドモアゼル」

彼女は疑り深そうな視線を投げると、とっとと歩きだし、ときどきうしろをふりかえった。ポアロはドアのそばで見送っていたが、舗道へ足をふみだすでも後を追うでもなかった。女の姿が見えなくなると彼は店内に戻った。

「これはいったいどういうことなのだ？」とポアロは考えこんだ。

ウェイトレスが仏頂面で近づいてきた。ポアロはテーブルの前にふたたび腰をおろし、コーヒーを注文して彼女のご機嫌をとった。「何やら非常に奇妙なところがある」と彼は呟いた。「ううむ、たしかに奇妙だ」

薄い茶色の液体を入れたカップが彼の前に置かれた。彼はそれをひと口飲んで顔をしかめた。

いまオリヴァ夫人はどこにいるのだろうかとポアロは思った。

第九章

　オリヴァ夫人はバスの座席にすわっていた。懸命の追跡だったが、呼吸がやや乱れている程度である。孔雀を連想させる人物はかなり活発な足どりで歩いた。夫人の足は早くはない。夫人は河岸沿いを二十ヤードほどの間隔をおいて尾行した。チャリング・クロスで彼は地下鉄に乗った。オリヴァ夫人も地下鉄に乗った。スローン・スクエアで彼がおりたので夫人もそれにならった。バスの停留所では三、四人うしろに並んだ。彼がバスに乗ると夫人も乗った。ワールド・エンドで彼がおりたので夫人もおりた。そして彼はキングス・ロードと河のあいだの迷路のような路地裏にとびこんだ。建築屋の中庭とおぼしきほうへ折れていく。オリヴァ夫人は戸口の蔭にたたずんで様子をうかがう。彼がとある小路に入っていったので、夫人は二呼吸ばかりおいてからそのあとを追った――ところが彼の姿はどこにも見えなかった。夫人はあたりの気配をうかがった。どことなくうらぶれた界隈だ。夫人は小路を先へたどった。いくつもわかれ道がある――あるものは袋小路だった。ふたたび建築屋の中庭に戻ってきたときには夫人はすっかり方向感覚を失っており、背後で声がしたときはぎょっとした。その声は丁寧にこう言った。

「おれの歩き方、早すぎやしませんでしたか」

夫人はさっとふりかえった。いまのいままで愉しんでいたことが、心うきうきと意気ごんでやっていた追跡行が、とつぜん様相を一変した。いま感じられるのは、予期せぬ恐怖の脈動だ。そう、夫人は怖かったのだ。空気は不意に脅威の匂いをおびた。声は明るく丁寧だけれど、怒りがこめられているのがわかる。新聞で読むような事件をとりとめもなく思いださせるような唐突な怒り。若者の集団に襲われた中年婦人。非情で残忍で、憎悪と傷つけたいという欲望にかられる若者たち。夫人が尾けていたのも若い男だ。夫人の尾行に感づき、やりすごし、この路地裏にさそいこみ、そしていま目の前に立ちふさがっている。近頃のロンドンの街は危険きわまりなく、いましがた大勢の人間にとりかこまれていたかと思うと、次の瞬間には人っ子ひとりいなくなる。隣りの通りや近くの家にはひとがいても、そばにいるのは、横柄な面構えの残忍な手をもった人間なのだ。彼はいままさに残忍なその手を使おうと思っている……。孔雀。誇り高き孔雀。ビロードのチョッキ、ぴっちりとした黒い優雅なズボン、おだやかに、皮肉をこめて、からかうような、底に怒りを秘めた声……オリヴァ夫人は三度大きく息を吸った。それからとっさに腹をきめると、たちどころに防禦態勢をとった。夫人は早速かたわらの壁によせかけてあったゴミ箱にすわりこんだ。

「ほんとに驚くじゃないの」と夫人は言った。「こんなところにいるなんて思わなかったわ。気を悪くしないでちょうだい」

「じゃあんた、おれを尾けてきたの？」

「うん、そうなの。いい気持ちはしないでしょ。でもまたとない機会じゃないかと思ったんでね。ひどくお腹立ちでしょうけれど、腹を立てるには及ばないことよ。ほんとにいいこと――」オリヴァ夫人はゴミ箱のうえでどっかりすわりなおし、「あたし、本を書いているの。探偵小説なんだけれど、けさはとても苦しんじゃったのよ。お店にいってコーヒーを飲みながら案を練っていたのよ。ちょうどある人物を尾行するくだりなの。つまりあたしの主人公がある人物を尾行するんだけれど、そのときあたしこう思ったのよ、〝このあたしは尾行については知識が乏しい〟、つまりね、尾行という言葉は本の中でしじゅう使っているし、人が人を尾行する場面はいろいろな本で読んでいるけれど、尾行ってものが、ある人たちの本に書かれているようにごくたやすいことかどうか、あるいはある人たちの本に書かれているようにまったく不可能なことなのかどうか思いあぐねたわけなのよ。そこであたしこう考えたの、〝そう、残された唯一の道は自分でやってみることだ〟――だって自分でやってみるまでは、実際のところはわからないものねえ。どんな気分のものか、相手を見失いはしないかとやきもきするのかどうかなんて、考えただけじゃわからないものねえ。ところがあたしがふと顔をあげると、あなたがとなりのテーブルにすわっているじゃないの、そこであたし、あなたこそ――お気を悪くなさらないでね――尾行するにはうってつけだと思ったのよ」

彼はいぜんあの奇妙な冷たい蒼い目で夫人を見つめているが、二人のあいだの緊張はうすらいだように感じられた。

「なぜおれがうってつけなんですか？」

「だってあなた、とても派手だから」とオリヴァ夫人は説明した。「とても目だつかっこうだもの――まるで摂政時代のよう。それでね、あたしこう考えたの、この人なら人ごみでもすぐ見わけがつくからおあつらえむきだって。それでね、あなたが店を出るとあたしも出たの。でもあまり楽なもんじゃないわね」夫人は相手を見上げた。「あたしが尾けていたこと、はじめから気がついていたのかどうか教えて下さらない」

「すぐってわけじゃないけど」

「なるほど」とオリヴァ夫人は考えこむように言った。「でももちろんあたしはあなたみたいに人目《ひと》をひきはしない。他の中年の女たちと簡単に見わけはつかないと思うけど。

あたし、そんなに目だたないでしょ?」

「出版される本を書いてるの? おれ、見たことあるかな?」

「さあどうかしら。たぶんあるでしょう。これまでに四十三冊書いたわ。あたしの名前はオリヴァ」

「アリアドニ・オリヴァ?」

「じゃあ名前はご存じなのね」とオリヴァ夫人は言った。「まあそれはうれしいこと。もっともあなたがあたしの本をそれほど気にいるとは思えないわ。きっとどれも古くさくて――パンチがたりないんじゃない?」

「おれのこと、個人的に知ってるわけじゃないでしょ?」

オリヴァ夫人はかぶりをふった。「ええ、知らない――いいえ、知らなかったわ」

「おれがいっしょにいた女の子は?」

「あのお店で――ベークド・ビーンズだったかしら――いっしょに食べていたお嬢さんのこと? いいえ、知らないと思うわ。だって後ろ姿を見ただけですもの。あのお嬢さん――いえね、いまの娘さんはどれもみんな同じようにみえるから、ね?」

「あいつはあんたを知ってましたよ」と若い男はだしぬけに言った。口調につき刺すような鋭さが加わった。「あいつ、わりかし最近、あんたに会ったそうですよ。一週間ぐらい前かな」

「どこで？　パーティかしら？　会ったかもしれないわね？　名前は何というの？　もしかしたら知っているかもしれない」

彼は言おうか言うまいかと逡巡しているようだったが、決心したらしく夫人の顔をまじまじと見つめながら口を切った。

「名前はノーマ・レスタリック」

「ノーマ・レスタリック。ああ、それなら、田舎のお屋敷のパーティで会ったわ。あそこは――ちょっと待って――ロング・ノートンじゃなかった？――お屋敷の名はおぼえていないけれど。お友だちといっしょにうかがったのよ。いまお目にかかってもおぼえているかどうかわからないけれど、たしかあたしの本のことで何か言ってらしたわ。本を一冊さしあげる約束をしたのよ。でも奇縁だわねえ、多少でもお知り合いの方のお連れさんを尾行の相手にえらんだなんて。ほんとに不思議。あたしの本にだってこういうことは書けないものよ。ほんとに奇遇だわねえ？」

オリヴァ夫人は腰かけから立ちあがった。

「あらあら、あたしったら、何に腰をかけていたのかしら？　ゴミ箱！　あきれた！　あんまりきれいなゴミ箱じゃないわね」夫人はくんくん臭いをかいだ。「あたしのいまいるところはいったいどこなの？」

デイヴィッドは夫人を見つめた。夫人は不意に、いましがた考えたことはみんな思いすごしだったと感じた。〝ばかね、あたしって〟とオリヴァ夫人は思った。〝ばかだったわ。この子が危険だなんて、あたしをどうかするんじゃないかなんて考えたりして〟彼はたぐいない魅力をもって笑いかけてくる。小首をかしげると栗色の巻き毛が肩の上でゆれる。近ごろの若いものときたら、なんとすばらしい創造物なんだろう！

「それじゃあ」と彼は言った。「おれを尾けてきてどこまできちゃったか、教えてあげましょう。あの階段をあがって」彼は屋根裏とおぼしきところへ通じている古ぼけた階段を指さした。

「あの階段？」オリヴァ夫人の心はゆらいだ。ことによると彼はその魅力をもって夫人をあそこへ誘いこみ、おもむろに頭に一撃をくらわせる魂胆かもしれない。〝うまくないわね、アリアドニ〟と、オリヴァ夫人は心中で言った。〝こんなところへとびこんできちゃって。でもまあ行くところまで行って、突きとめられることは突きとめなくちゃ〟

「あれはあたしの重みに耐えられるかしら？」と夫人は言った。「がたがたらしいけれど」

「大丈夫ですよ。おれが先にのぼって案内しますよ」と彼は言った。

オリヴァ夫人はそのうしろから梯子《はしご》のような階段をのぼっていった。これはまずい。心底怖い。孔雀が怖いというよりも、孔雀が自分を連れていこうとしているところが怖かった。いずれ、すぐわかるだろう。彼は突きあたりのドアを押しあけて中へ入った。広いがらんとした部屋で、画家のアトリエらしく間にあわせにこしらえてある。マットレスが二つ三つ床のあちこちに置かれ、カンバスがいくつか壁に立てかけてあり、イーゼルは二脚あった。絵具の匂いが充満している。二人の人間がいて、髭をはやした若い男はイーゼルに向かって絵を描いている。入っていくとふりむいた。

「よう、デイヴィッド」と若い男は言った。「お友だちを連れてきたのかい？」

こんな汚らしい顔は見たこともないとオリヴァ夫人は思った。油じみた黒い髪の毛が、うなじと目の上におおいかぶさっている。顔は口髭のほかは不精髭でおおわれ、着ているものは主として脂じみた黒い革と長靴とで成りたっている。オリヴァ夫人の視線は男の向こうにいるモデルの女に移った。女は台の上の椅子に体を投げだすようにして頭をのけぞらせ、その頭から黒い髪が滝のようにたれている。オリヴァ夫人はすぐに彼女に気づいた。ボロディン・メゾンズの三人の娘のうちの二番目だ。苗字は思いだせないが名前はおぼえている。フランシスという派手な身なりの生気のない顔をした娘だ。

「ピーターです」とデイヴィッドは、何やらぞっとするような顔つきの絵描きを指さした。

「おれたち、芽を出しつつある天才の一人。それからフランシス、堕胎を要求する絶望の乙女のポーズをとっているやつは」

「だまれ、えて公」とピーターが言った。

「お目にかかったことあるわね？」とオリヴァ夫人はつとめて明るく、だが心もとなさそうに言った。「どこかでお会いしたと思うわ！　どこかでごく最近」

「あなた、オリヴァさんでしょ？」とフランシスは言った。

「このひともそう言ってたぜ」とデイヴィッドが言った。「ほんとなんだな、やっぱり？」

「じゃ、どこでお会いしたのかしら？」とオリヴァ夫人は言葉をついだ。「どこかのパーティ？　いいえちがう。ちょっと待って。わかった。ボロディン・メゾンズだわ」

フランシスは椅子の上で起きあがり、ものうげであるが優雅な口調でしゃべりだした。

ピーターが悲痛なうめきをもらした。

「ポーズが台なしじゃないか！　どうしてそうもぞもぞ動きまわるんだよ？　じっとしていられないのかね？」

「うん、もうがまんできない。すごいポーズなんだもん。肩の筋がひきつっちゃった」

「あたし、ひとを尾行する実験をしていたのよ」とオリヴァ夫人は言った。「思っていたよりはるかにむずかしいものね。ここはアトリエなの？」夫人は晴れやかな顔であたりを見まわす。

「近ごろはみんなこんなもんさ、ロフトの一種——床をふみぬかなきゃ幸いというもんだぜ」とピーターが言った。

「必要なものはみんなそろってるよな」とデイヴィッドが言った。「北側の採光で部屋が広くて寝るふとんがあって、下の便所は四軒に一つだしよ——炊事場なるものもあるし。そいから酒が一、二本と」と彼はつけくわえた。そしてオリヴァ夫人をふりかえるとがらり変わった口調、例のばか丁寧な調子で言った。「お酒を召しあがりませんか？」

「いただかないのよ」とオリヴァ夫人は言った。

「このご婦人はお飲みにならない」とデイヴィッドは言った。「信じられませんなあ！」

「ちょっと失礼じゃない、でもおっしゃるとおりなの」とオリヴァ夫人は言った。「あたしのところへやってくる連中はたいてい、『あなたは魚みたいにお飲みになるだろうとかねがね思っておりました』なんて言うんだから」

夫人はハンドバッグを開けた――すると灰色の巻き毛が三つばかりころころと床にころがりおちた。デイヴィッドが拾ってさしだした。

「おや、すみません」とオリヴァ夫人は受けとった。「けさ時間がなかったものだから。ピンはあったかしら」夫人はバッグのなかをごそごそかきまわし、巻き毛をひとつひとつ頭にくっつけはじめた。

ピーターがげらげら笑いだした――「うめえもんだ」と彼は言った。

〝なんて妙なんでしょ〟とオリヴァ夫人は心のなかで言った。〝危険におちこんだなんてばかばかしいこと考えたりして。危険――この連中が？　外見はどうあろうと、このひとたちは根はいいひとたちなのよ。みんながしじゅう忠告してくれるのはまったくあたっている。あたしって想像をはたらかせすぎるんだわ〟

ほどなく夫人が失礼しなければと告げると、デイヴィッドはがたがたの階段をおりる夫人に摂政時代風のいんぎんさで手をさしのべ、それからキングス・ロードへの近道をくわしく教えてくれたのだった。

「そいから」と彼は言った。「バスに乗ればいいですよ――タクシーでもいいけど」

「タクシー」とオリヴァ夫人は言った。「足がもういうことをきかないの。一刻も早くタクシーに乗りたいわ。ほんとにありがとう」夫人はつけくわえて、「あんな奇妙な理由で、あなたを尾けたのに、こんなに親切にしてもらって。もっとも私立探偵かなんかだったら、あたしみたいなへまはやらないでしょうけれど」

「でしょうね」とデイヴィッドは重々しく言った。「ここを左へ――それから右へ曲がって、それからまた左へ曲がって河が見えたら河のほうにまっすぐ歩いて、それからななめ右へ曲がって、それをまっすぐにね」

妙なことにあのうらさびしい路地裏を突っきっているときに、さっきと同じ不安と脅威がのしかかってきた。〃また妄想をたくましくしてはだめ〃夫人は階段とアトリエの窓のほうをふりかえった。デイヴィッドがまだ夫人を見送っている。〃ほんとにさっぱりした三人の若者たち〃とオリヴァ夫人は思った。〃ほんとに気さくで、とても親切。ここを左、それから右。奇妙な風体《ふうてい》をしているという理由だけで、ああいう連中は危険だなんて愚かしいことを考えるのね。また右だったかしら？　それとも左かな？　左だと思うわ――やれやれ、足が棒みたい。雨は降ってくるし〃道のりは果しなく、キングス・ロードは途方もなく遠い。車の往来の音はほとんどしない――いったい河はどこだろう？　夫人はようやく方角を誤ったのではないかと思いはじめた。

〃まあ、いいや〃とオリヴァ夫人は思った。〃いずれどこかへ出るだろう――河かパトニーかウォンズワースかどこかへ〝行きずりの人にキングス・ロードへ行く道を訊ねたら相手は外国人で英語がしゃべれないと言った。

オリヴァ夫人は足をひきずりながら次の角を曲がった、すると前方に水のきらめきが見えた。河に向かって細い路地を夫人が小走りに走りだしたとき、うしろで足音がして、ふりむこうとした刹那、背後から一撃を浴びて世界が火花の中で破裂した。

第十章

1

声がする。

「これを飲んでごらん」

ノーマは身震いをした。目の前がぼうっとかすんでいる。椅子の上で彼女は体をひいた。命令はくりかえされた。

「これを飲みなさい」今度はすなおに飲んだが、ちょっとむせた。

「これ――とても強い」彼女は大きく息をついた。

「これを飲めば大丈夫。すぐに気分もよくなる。静かにすわっていなさい」

彼女を狼狽させたひどい眩暈《めまい》は去った。頰にぽっと紅味がさし、胴震いもやんだ。はじめて彼女は周囲を見まわし、あたりの事物に目を配った。恐怖感にとりつかれていたのが、ようやく正常に戻ったような気がする。ころあいの広さの部屋で、なんとなくどこかで見たような家具調度がおさまっている。机、長椅子、肘かけ椅子、ごく平凡な椅子、サイドテーブルの上の聴診器、検眼器らしい器械。ついで彼女の目は全体から個々のものへと移った。彼女に飲めと命令した人物。

三十をいくつか越したと思われる男、赤毛で、造作は悪いが愛嬌のある顔、無骨だがおもむきのある顔の持ち主だ。彼は力づけるようにうなずいた。

「正気に戻りましたか？」

「ええ——あたし、戻ったみたいです。あたし——あなたは——あたしどうしたんですか？」

「おぼえていない？」

「車が。あの——あれが向かってきて——それで——」彼女は相手を見つめた。「はねられた」

「いや、はねられはしなかった」彼はかぶりをふった。「ぼくが助けたんだ」

「あなたが？」

「うん、車がぐんぐん近づいてくるのにきみが道路の真ん中に突ったってたから、間一髪のところをひき戻したんだ。あんなふうに往来へとびだすなんてどういうつもりだったの?」

「おぼえていない。あたし——ええ、何かほかのことを考えていたんだと思います」

「ジャガーがかなりのスピードで走ってきたし、反対側からバスも近づいていた。あの車がきみを轢き殺すかどうかするつもりだったわけじゃないだろう?」

「あたし——まさか、そんなこと、ぜったいありません。だってその——」

「それではだ——もっと別のことかもしれないな?」

「というと?」

「うん、わざとああしたのかもしれない」

「わざとってどういうこと?」

「腹蔵なくいえばだ、きみは自殺するつもりだったんじゃないかって気がするんだが?」彼はさりげなくつけくわえた。「そうだね?」

「あたし——いいえ——でも——いいえ、もちろんちがいます」

「それじゃ、なんであんなばかな真似をしたの」口調が心なし変わった。「さあさあ、何かおぼえているでしょう?」

彼女はふたたび胴震いをはじめた。「あたし——あたし、あれでおしまいだと思ったのに。あたし——」

「じゃあ自殺しようとしたんだね？　どうして？　話してごらん。ボーイフレンドかい？　それならだれだって惨めな気持ちになることはあるよ。それに自殺すれば彼が悲しむだろうなんて甘い考えもある——でもそんなものはてんであてにならないよ。人間っていうものは、悲しもうがどうしようが、それが自分のせいだとは考えたがらないものさ。ボーイフレンドならこう言うだろうね、『彼女、頭がおかしいと思っていたんだ。何事も神のおぼしめしさ』今度、きみがジャガーにとびこみたくなったら、こいつを思いだすんだね。ジャガーの気持ちだって考えてやらなくちゃ。悩みというのはそうでしょう？　ボーイフレンドに捨てられた？」

「いいえ」とノーマは言った。「違います。その逆です」彼女は唐突に言った。「あたしと結婚したがっているの」

「それはジャガーにとびこむ理由にはならないね」

「ええそう。とびこんだのは——」彼女は口をつぐんだ。

「話したほうがいいんじゃないかな？」

「あたしどうやってここへきたのかしら？」とノーマが訊いた。

「タクシーで運んできたんだよ。怪我はなかったようだし——かすり傷が二、三ヵ所ある程度でね。ものすごく動転していてショック状態にあるように見えた。住所を訊いてもぼくの言うことがわからないみたいに、ぽかんとぼくの顔を見つめているんだ。そのうちに人がたかってきた。それでぼくはタクシーをとめてここへ運びこんだ」

「ここは――病院ですか？」

「ここは病院の診察室で、ぼくは医者。スティリングフリートといいます」

「あたし、お医者さんには会いたくない！　お医者さんとは話したくありません！　いやです――」

「落ち着いて、落ち着いて。きみはいまのいままでこの十分間というもの医者と話していたじゃないか。医者がどうかしたの？」

「怖いわ。お医者さんはきっと――」

「いいかい、きみ、きみは医者としてのぼくに話しているんじゃない。単なる第三者と考えてみたまえ、きみが轢き殺されるのを、いやそれより腕を折るとか足を折るとか、頭に怪我をするとか、きみを一生不自由な体にしてしまったかもしれないきわめて不愉快な事態から、きみを救ったお節介な男と考えてくれればいいんだよ。ほかにもきみにとって具合の悪いことがある。以前なら故意に自殺をはかった場合には法廷に引き出されていた。合意の心中の場合はいまでもそうなんだよ。さあこれでぼくが率直じゃなかったとは言わせないぞ。きみもぼくに率直に言ってくれないとね。それからなぜ医者を怖れているのか、そのわけも話してくれなくちゃね。医者がきみに何をしたの？」

「何も。何もしていません。でもきっとお医者たちは――」

「きっと何だい？」

「監禁するわ」

　スティリングフリート医師は砂色の眉をあげて彼女を見つめた。

「これはこれは」と彼は言った。「きみは医者に対してどうも妙な偏見をいだいているらしいね。なぜぼくがきみを監禁しなくちゃならないの？　お茶を飲む？」と訊いて、「それともパープル・ハートかトランキライザーか。きみらの年ごろの連中がとくに好むやつだが。きみもそのほう、やったことがあるの？」

　彼女はかぶりをふった。「いいえ――そんなものぜったいに」

「信じられないな。どっちにしても、きみのその恐怖と絶望感は何からきているんだろう？　きみはほんとうの精神病というわけじゃないだろう？　ぼくがそんなことを言うべきじゃないな。医者は患者を監禁したがりゃしないよ。病院はもう満員だもの。もうひとり押しこむのは容易じゃないんだ。実際この頃じゃかなりの患者が入院できない状態なんだ――どうしようもなくて――追い出しているとも言える――監禁しておかなければならないような連中をだよ。この国も万事が定員過剰になってきたからね。さて」

と彼は口調をあらため、「きみの好みは？　うちの薬品棚のなかのものか、それとも古きよき英国のお茶か？」

「あたし――お茶がいいです」とノーマは言った。

「インドの、中国の？　これは訊かなくちゃね？　もっとも中国茶があるかどうかな」

「インドのほうがいいです」

「そう」

彼は戸口に近づきドアを開けると大声で言った。「アニー。お茶をふたつ」

彼は戻ってきてすわりなおすとこう言った。「さてきみにはっきりしてもらいたいのはただ、お嬢さん。あなたのお名前は？」

「ノーマ・レス――」彼女は言いさして口をつぐんだ。

「え？」

「ノーマ・ウェスト」

「ではミス・ウェスト。これだけははっきりさせておきましょう。ぼくはあなたの治療にあたっているのでもないし、あなたはぼくの診察を受けにきたのでもない。あなたは交通事故の被害者だ――とわれわれは言うだろうし、きみもそう思わせておきたいと考えている、が、ジャガーに乗っていた人物には納得しがたいだろうね」

「あたし、最初は橋の上からとびおりようかと思ったんです」

「ほう？　そう簡単にはいかなかったでしょう？　橋をつくるほうもこのごろだいぶ用心深くなったから。まず欄干によじのぼらなくちゃならないし、それが容易じゃないものね。だれかが止めるしね。さてぼくの論旨をおしすすめるとだ、ぼくはきみをここへ連れてきた、きみはひどいショック状態なので住所を言うことができなかったから。ところで住まいは？」

「住所ってないんです。あたし——どこにも住んでいないんです」

「おもしろい」とスティリングフリート医師は言った。「警察で〈住所不定〉というやつだな。それでどうしているの——一晩中河岸にすわっているの？」

彼女は猜疑深い目で彼を見た。

「この事故を警察に届けてもよかったんだが、そうまでする義理合いもなかった。きみは乙女心の物思いというやつで左右も見ずに道をわたっちゃったという見方を、ぼくはとりたかったのでね」

「あなたってお医者さんらしくない方ね」とノーマは言った。

「そう？　いやぼくはね、わが国におけるおのれの職業にだんだん嫌気がさしてきたんだ。実際の話、この診療所をやめて、二週間後にはオーストラリアへ行くつもりなんですよ。だからきみはまったく安全なわけだ、桃色の象が壁から出てくるとか、木の枝が伸びてきて首にまきついて絞め殺そうとしているとか、悪魔が人の目からのぞいているのが見えるとか、そういうたぐいの愉快な空想をいくら話したって大丈夫だよ。ぼくはそれについてどうしようもないのだから！　ぼくの目から見たきみは正常らしいが」

「あたしはそうは思いません」

「まあ、きみの言うとおりかもしれない」とスティリングフリートは屈託なげに言った。

「ではその理由をきかせてもらおうかな」

「あたし、自分のしたことをおぼえていないんです……自分のしたことをひとに話したはずなのに、話したことをおぼえていないんです……」

「記憶力が弱いんじゃないのかなあ」

「先生にはわからないんです。あのひとたちはみんな――悪者なんです」

「狂信者かな？　そうだとおもしろいけど」

「信仰とは関係ありません。これはただの――憎しみです」

ドアにノックの音がして、中年の女がお茶をのせた盆をもって入ってきた。女はそれを机の上においていて立ち去った。

「砂糖は？」とスティリングフリートは訊いた。

「ええ、どうぞ」

「いい子だ。砂糖はショックをうけたときによく効くんだよ」彼はふたつのカップに茶を注ぎ、ひとつを彼女の手もとにおき、その横に砂糖壺をおいた。「さて」と腰をおろし、「何を話していたんだっけ？　ああそう、憎しみか」

「こういうことありうると思いますか、相手を殺してやりたいほど憎むってこと？」

「ああ、ありうるとも」とスティリングフリートは相変わらず快活に言った。「ありうるとも。いやごく自然だね。しかしほんとに殺してやりたいと思っても、じっさいそこまで自分を追いこむことができるとはかぎらない。人間には生来、制御装置がそなわっていて、必要なときにはその歯止めが働く仕組みになっているんだ」

「あたりまえみたいに言うのね」とノーマは言った。その声にははっきりと嫌悪のひびきがあった。

「ああ、そうとも、ごくあたりまえのことだよ。子供ならほとんど毎日そんな気持ちになっているよ。かっとなりゃ母親や父親に向かってこう言うだろう、『いじわる、お母ちゃんなんか大嫌いだ、死んじまえ』母親はえてして賢いものだから気にもとめない。きみが大人になって、それでもまだ人を憎んでいるとしても、そのころには殺すなんて面倒なことは考えなくなるよ。それでも殺人を考えているとしたら――そのときは刑務所へ行くんだね。つまりきみが実際にそういう七面倒くさい仕事をやりとげたとしたらの話だけれど。ところできみ、きみは作り話をしているんじゃあるまいね」と彼はさりげなく尋ねた。

「もちろんです」ノーマは背を伸ばした。目が怒りでもえた。「まさか。こんな恐ろしいこと、ほんとうでもないのに、言ったりすると思いますか？」

「それがだね」とスティリングフリート医師は言った。「人間ってやつは言うんだよ。自分自身についてあれこれと恐ろしいことを言って愉しむものなんだよ」彼はからのカップを彼女の手からとった。「さて、なにもかも話してしまったほうがいいよ。だれを憎んでいるのか、なぜ憎んでいるのか、憎んでいる相手をどうしたいと思っているのか？」

「愛情は憎しみに変わるものだわ」

「メロドラマみたいな台詞だな。だけど憎しみが愛情に変わることもあるんだ。両用の働きがあるんだね。それでボーイフレンドじゃないというんだね。彼はきみの恋人で、彼がきみにひどい仕打ちをした。というのとはちがうんだね、え？」

「ええ、ちがいます。そんなんじゃないんです。あたしのは――継母」

「意地悪な継母が動機ね。だけどそいつはばかげているな。きみの年なら継母から逃げだせるじゃないか。彼女はきみのお父さんと結婚したほかに、きみにどんな仕打ちをしたの？　きみはお父さんも憎んでいるのかい、それともお父さんを熱愛していて他人にとられるのがいやなのかい？」

「そんなんじゃないわ。ぜんぜん。昔は父を愛していたけど。とても好きだったけど。父は——父は——とてもすてきな人だと思っていたわ」

「ではと」とスティリングフリートは言った。「よくお聞き。いまきみにあることを提案しよう。きみはあのドアが見えるね！」

ノーマはふりかえり、怪訝《けげん》そうにドアを眺めた。

「ごくごくふつうのドアだろう？　鍵はかかっていない。ふつうに開いたり閉まったりする。さあ自分で行ってためしてごらん。さっきうちのメイドが入ってきて出ていったのを見たよね？　幻覚じゃない。さあ。立って。ぼくの言うようにしてごらん」

ノーマは椅子から立ちあがり、おずおずと近づいてドアを開けた。開いた戸口に立つと彼のほうを物問いたげにふりむいた。

「よろしい。何が見える？　ごくありきたりの玄関、手入れが必要だけど、もうじきオーストラリアへ行っちまうんだからその必要もないんだ。さあ玄関のところへ行って開けてごらん、何の仕掛けもない。表へ出て歩道におりてみれば、きみが完全に自由で、監禁しようなんて意図はまったくないのがわかるよ。好きなときにいつでもここから出ていけることが十分納得できたら戻ってくる、そしてあのかけ心地のいい椅子にすわって、きみのことを洗いざらい話してくれないか。そうしたらぼくが適確なアドバイスをしよう。それに従う義務はないけど」彼はやさしくつけくわえた。「人はめったに忠告というやつを受けいれはしないが、しかし受けいれてもいいいんだよ。わかる？　いいかい？」

ノーマはゆっくりと立ちあがり、かすかによろめきながら部屋を出て——彼が言ったように——ごくありきたりの玄関に出ると、簡単なかけ金をかけた扉を開け、階段を四段おり、瀟洒《しょうしゃ》ではあるが、あまりおもしろみのない家が立ち並ぶ通りに立った。彼女はひとしきりその場にたたずんでいたが、レースのカーテンの蔭からスティリングフリートがのぞいているのには気づかなかった。二分ほどしてからいくぶん気をとりなおしたように踵をかえし階段をあがり、玄関の扉を閉めて部屋に戻ってきた。

「いいかい？」とスティリングフリートは言った。「種も仕掛けもないことがよくわかったね？　なにもかもあけっぴろげさ」

彼女はこくりとうなずいた。

「よろしい。そこにかけなさい。気を楽にして。煙草を吸う？」

「あの、あたしは――」

「マリファナだけ――そういった種類のやつ？　いやかまわない、言わなくていいよ」

「もちろん、そんなもの吸いません」

「こういうことに関しては〝もちろん〟というのはあてにならないんだ、でも患者の言うことは信用しなけりゃいけない。よろしい。さあ、きみのことを話してくれたまえ」

「でも――わからないんです。話すことなんかほんとにないんです。寝台に寝なくていいんですか？」

「ああ、夢の記憶というやつね？　いや別にその必要はない。ただきみの育った環境を知りたいんだ。いいね。きみは田舎育ちか都会育ちか、姉弟があるのかないのか、といったようなことさ。お母さんが亡くなったときひどくおちこんだ？」

「もちろんです」ノーマは憤然として言った。

「きみはもちろんという言葉がとても好きだね、ミス・ウェスト。ところでウェストは本名じゃないね？　あ、いいんだ、本名を知らなくてもいい。ウェスト（西）でもイースト（東）でもノース（北）でもお好きなように。そこで、お母さんが死んだあと、どうなったの？」

「お母さまは死ぬまでずうっと病身でいたんです。長いこと病院に入ってました。あたしはデボンシャーにいる伯母さま、お年寄りなんだけど、そこで世話になっていたの。ほんとは伯母さまじゃなくてお母さまの従姉《いとこ》。それから父が半年ほど前に戻ってきて。とても——とても嬉しかった」顔がぱっと輝いた。そのとき一見屈託なげにみえる青年が投げた鋭い敏捷《びんしょう》な視線に彼女は気づかなかった。「父のことはほとんどおぼえていません。あたしが五つのときに家出しちゃったの。また会えるなんて夢にも思わなかったわ。お母さまは父のことにあまり触れなかった。はじめのうちは父が女と手を切って戻ってくるのを待っていたんだと思います」

「女?」

「ええ。父は女と駆けおちしたんです。とてもたちの悪い女だってお母さまは言ってました。女のことをとても悪く言ってたわ、父の悪口も言ってたわ、でもあたし、きっと——きっと父はお母さまの考えているほど悪い人間じゃなくて、すべて悪いのは女のせいだと思ったわ」

「結婚したの?」

「いいえ。母はぜったい離婚しないとがんばってました。母はあの——聖公会っていうんですか——高教会派なんです。ローマカトリックに似ているの。母は離婚を認めていませんでした」

「ふたりはいっしょに暮らしていたの？　女の名前はなんというの、それともそれも秘密？」

「苗字は覚えていないわ」ノーマはかぶりをふった。「いっしょに暮らしていたのは長くはないと思うけど、あんまりよく知らない。南アフリカへ行って、じきに喧嘩別れしちゃったらしいんです、だって母がそのとき、お父さまは戻っていらっしゃるかもしれないと言いましたから。でも戻ってこなかった。手紙もくれなかった。あたしにだってくれなかった。でもクリスマスには何か送ってくれたわ。プレゼントをいつも」

「お父さんはきみをかわいがっていた？」

「わからない。あたしにわかるはずないでしょ？　父が話題になるなんて一度もなかったし。ただサイモン伯父さまは——父のお兄さんなの。シティで事業をしていたんですけど、父が何もかも捨てていってしまったのをとても怒っていました。いくつになっても相変わらず、ひとつところに腰をすえていられたためしがないって、でも芯は悪いやつじゃないって。ただ気が弱いんですって。サイモン伯父さまにはあまり会ったことはありません。会うのはいつもお母さまのお友だち。みんなおそろしく退屈な人たち。あたしの人生なんて死ぬほど退屈で……。

ああ、お父さまが家に戻ってきたときはなんてすばらしいと思ったわ。昔のお父さまをもっとよく思いだそうとしてみたわ。ええ、父の言ったことや、いっしょにしたゲームなんか。あたしをよく笑わせたの。父の昔の写真も探してみたの。みんな捨てちゃったみたい。きっと母がぜんぶ破いて捨てちゃったんですね」

「じゃお母さんはお父さんを怨《うら》んでいたんだね」

「お母さまが怨んでいたのはルイーズだと思うわ」

「ルイーズ？」

彼女の顔がかすかにこわばるのがわかった。

「おぼえていないわ——さっきも言ったけど——名前なんかおぼえていないわ」

「いいよ。お父さんがいっしょに連れていった女のひとだろう。そうだね？」

「ええ。大酒のみで、薬を浴びるほどのんで、末は悲惨だろうってお母さまが言ってたわ」

「でも彼女がどうなったかわからないんだね？」

「あたし、何も知らない」……感情がたかぶってくる。「もう質問しないで！　あのひとのことなんか何も知らない！　二度と聞いたこともないんですから！　先生が言うまであの女のことなんか忘れていたわ。あたし、何も知らない」

「まあまあ、そう興奮しないで。過去のことにこだわる必要はないんだ。将来のことを考えようじゃないか。きみ、これからどうする？」

ノーマは重苦しい吐息をついた。

「わからない。行くところがないの。もういやです――ああしたほうが――そのほうがよっぽどまし――何もかもおしまいにするほうが――ただ――」

「ただあの試みはくりかえせない、と言うんだね？　あんなことをするのは愚の骨頂さ、ああ、そうとも、お嬢さん。よろしい、きみはどこにも行き場所がない、頼れる人間はだれもいない、お金はあるの？」

「ええ、銀行に口座があって父が三カ月ごとにたくさん振りこんでくれますけど、どうかしら……たぶんいまごろはあたしを探しているでしょうし。見つかりたくないわ」

「いいさ。ぼくが万端手配してあげよう。ケンウェイ・コートというところなんだ。名前ほどのことはないが。回復期の患者の療養所みたいなもので、みんな静養に行くんだよ。医者もいなけりゃ診察台もないし、監禁されるわけでもない、それは約束できる。出たけりゃ勝手に出ていけばいい。ベッドに朝食を運ばせてもいい、一日中ベッドにいたっていい。十分に休養がとれたらぼくのほうから訪ねていくから、そこで話しあっていろいろな問題を解決しようじゃないか。これならお気に召すかな？　その気になれるかな？」

ノーマは医者を見た。身じろぎもせず無表情に凝視した。そしてゆっくりとうなずいた。

2

その晩おそくスティリングフリート医師は電話をかけた。

「お見事な誘拐作戦でしたね」と彼は言った。「彼女はただいまケンウェイ・コートにいます。小羊みたいに行きました。まだ詳しいお話はできませんが。彼女、たっぷりやってますすよ。パープル・ハートやらドリーム・ボムやら、それにたぶんLSDなんか飲んだでしょう……だいぶ長いこと薬づけになってきたらしい。彼女はノーと言っていますが、彼女の言うことはあてにはなりません」

彼は一瞬聞き耳をたてた。「よしてくださいよ！　ここのところは慎重にやりませんと、彼女はすぐに興奮しますからね……ええ、何かに怯えています、もしくは怯えているふりをしているか……。

まだわかりません、どちらとも言えませんね。薬をやっている連中は油断がなりませんから。連中の言うことはぜったい信用できません。われわれがあわてて追いこんだわけでもなし、怖がらせたくもありませんし……。

父親コンプレックスですよ。どうみても陰気な——独善的な殉教者タイプの女だったらしい母親を好いてはいないようです。父親は明るい性格で結婚生活の暗さに耐えられなかった——ルイーズという女を知ってますか？……その名前がどうも彼女を脅やかすらしいんですよ——この女が彼女の憎しみの第一の対象ですね。彼女が五つのときに父親を連れ去った女ですよ。五つやそこらじゃまだ物心のつく年ごろではありませんが、責めを負うべきだと思いこんだ相手に対しては敏感に怒りを感じるんですよ。彼女はそれ以来、つい数ヵ月前まで父親に会うことはなかった。彼女は自分こそ父親の友、掌中の玉だというようなセンチメンタルな夢をもっていたんですね。ところが明らかに幻滅を感じた。父親は奥さんを、若い魅力的な新しい奥さんを伴って帰ってきた。その女はルイーズという名前じゃありませんか？……いや、ただちょっと訊いてみただけです。これで大まかな臨床像を、つまり総合的な臨床像をお話ししたわけですよ」

電話の向こうの声が鋭く言った。「何と言いました？　もう一度言って下さい」

「大まかな臨床像をお話ししたと言ったのですよ」

しばしの間《ま》。

「ところであなたの興味をひきそうなちょっとした事実があるんです。彼女、自殺をはかるというかなりぶきっちょな試みをやらかしましたよ。そんなにびっくりすることですか?……。

ああ、いやいや……アスピリンをひと瓶ぜんぶのんだりガスオーブンに頭をつっこんだりしたんじゃないんだ。法定速度を越えて走ってきたジャガーにとびこんだんですよ……間一髪のところで捕まえました……ええ、まったく衝動的なものですね……彼女もそれは認めました。言いふるされた台詞ですよ……〝すべてから逃げだしたかった〟んだそうです」

相手の早口な言葉に聞きいったのち、彼は口を開いた。「さあ。現在の段階ではたしかなことは言えませんね……与えられた臨床像は鮮明ですが。神経過敏な娘、神経症的で、雑多な種類の薬を服用した結果の興奮状態にある。いや、どんな種類のものかはっきりとはいえません。効果がわずかずつちがうものが何十種類となく出まわっていますから。惑乱、記憶喪失、挑発、混迷、あるいは泥酔状態になることもありますしね！考えうるのはふたつですね。ひとつは彼女は自虐的性向があり、神経症的で神経過敏で自殺したがる傾向があるというような自分像を描いているということ。実際そうなのかもしれない。もうひとつはこれはすべて嘘でかためられているということ。彼女だったら、なにか曖昧な理由から、この話をでっちあげかねないと思いますね――自分自身をまったくちがう人物に見せかけるために。もしそうなら、とても巧妙にやってのけている。ときおり、彼女が説明している絵になにかしっくりこないところがあるように見えるんです。それとも彼女は演技をしている頭のいいかわいい女優なんでしょうかね？　それとも薄ばかな自殺狂か？　そのどちらともいえるし……何ですって？　ああ、ジャガー……ええ、すごいスピードで走ってきたんです。すると自殺しようとしたのではないとおっしゃるんですか？　あのジャガーが彼女を故意に轢き殺そうとしたというわけですか？」

彼は一、二分考えこんだ。「どちらとも言えませんね」と彼はゆっくりと言った。「そういうこともありうる。ええ、その可能性もありますね。しかしぼくはそうは思いませんでした。問題はあらゆる可能性があるってことじゃないですか？　いずれ近いうちに彼女からもっとひきだしてみますが。ぼくをある程度まで信頼させるところまでもっていきましたからね、性急に事を運んで疑念をいだかせないかぎり。早晩、ぼくへの信頼度もましてもっと話をするようになりますよ、そしてもし正真正銘の病人ならなにもかも吐くでしょう――しまいには否応なしにぼくに打ち明けるようなことになるでしょう。現在は何かを怖れている様子ですが……。

われわれを誑《たぶら》かしているのだとしたら、むろんその理由を突きとめねばなりませんね。彼女は目下ケンウェイ・コートです、たぶんあそこに逗留すると思います。一日二日監視させて、もし出ていくようなら彼女に顔を知られていない人間に尾行させたほうがいいでしょう」

第十一章

1

アンドリュウ・レスタリックは小切手を書いている――書きながらかすかに顔をしかめた。

オフィスは広々と、典型的な伝統的重役室風に重厚にしつらえられ――家具調度の類はサイモン・レスタリックが使っていたもので、アンドリュウ・レスタリックは無関心にそれをそっくり受けつぎ、絵を二枚、田舎の屋敷から運ばせた自分の肖像画とテーブル・マウンテンの水彩画にかけかえたほかはほとんど手を加えていない。

アンドリュウ・レスタリックは肉のつきはじめた中年の男だが、背後にかかっている肖像画の、十五年ほど前の容姿と不思議なほど変化が少ない。同じように突きだした顎、きりっと結ばれた唇、もの問いたげにやや上げられた眉。きわだった容貌ではなく――

平凡でいて、あまり幸せそうにも見えない人物。秘書が入ってきて——机の前に進むと彼は顔をあげた。

「ムッシュー・エルキュール・ポアロとかいう方がお見えです。お約束があると申されていますが——わたくしのほうには記録がございません」

「ムッシュー・エルキュール・ポアロ？」どこかで聞いたような名だが、どこだったか思いだせない。彼はかぶりをふった——「思いだせないな——名前は聞きおぼえがあるがね。どんな様子の方かね？」

「とても小柄な方で——外国の方です——フランス人だと思います——たいへんご立派な口髭を——」

「わかった！　メアリが言っていたよ。ロディ伯父さんを訪ねてきた人物だ。だがわたしと約束したというのはどういうことかな」

「お手紙をいただいたとか」

「おぼえていないな——出したにしても。きっとメアリが——いや、まあいい——お通しして。どういうことなのか会って質《ただ》した方がよかろう」

クローディア・リース－ホランドはすぐさま、卵型の頭、大きな口髭、先のとがったエナメルの靴、得意然とした物腰など、彼が妻から聞いたところとぴったり符合する小男を案内してきた。

「ムッシュー・エルキュール・ポアロです」とクローディア・リース゠ホランドは言った。

彼女が出ていくとエルキュール・ポアロは机の前に進みでた。レスタリックは立ちあがった。

「ムッシュー・レスタリック？　わたし、エルキュール・ポアロです」

「はあはあ。先日わたしどもに、というより伯父のところにお訪ね下さったとか家内から伺っております。で、どういうご用件で？」

「ご書状をいただいたので参上したのです」

「書状？　わたしは書状など出さんが、ムッシュー・ポアロ？」

ポアロは彼をまじまじと見つめた。やおらポケットから一通の手紙をとりだし広げると一瞥して、小腰をかがめながらそれをさしだした。

「どうぞごらん下さい、ムッシュー」

レスタリックはそれを凝視した。それはまさしく彼の事務用箋にタイプでうたれたものだ。彼の署名がペンで認《したた》められている。

ポアロ殿

卒爾《そつじ》ながら、左記の場所へ至急お越し願えれば幸甚です。愚妻の話と、ロンドンで行なった諸種の調査を総合した結果、貴殿が信頼にたる人物と判明しました故、慎重を期さねばならないある件につき御相談致したく存じます。　敬具

アンドリュウ・レスタリック

彼は鋭く言った。

「これをいつお受けとりになったんです?」

「けさです。さしあたって用事がなかったので早速おうかがいした次第です」

「それは奇妙だな、ムッシュー・ポアロ。この手紙はわたしが書いたものではありません」

「あなたが書かれたものではないと?」

「ええ。わたしの署名とは似ても似つかぬものだ——ごらんなさい」彼は自分の筆蹟を示すものはないかとその辺に手を伸ばし、何の気なしにいま署名したばかりの小切手帳をぐるりとポアロのほうに向けた。「おわかりですか?　手紙の署名とはまるきりちがうでしょう」

「しかし奇妙ですな」とポアロは言った。「まことに面妖な話です。だれにこの手紙が書けたでしょう？」

「わたしもいまそれを考えています」

「ことによると——失礼ですが——奥さまではございませんか？」

「いやいや。メアリはこういうことはしませんよ。第一なぜあれがわたしの署名を用いねばならんのですか？　そうですよ、もしあれが書いたのであれば、わたしに一言いうはずです、あなたのおいでを待つようにと」

「するとなぜこの手紙がわたしのもとに送られてきたかあなたにはおわかりにならないのですね！」

「いっこうに」

「あなたには想像がつきますか、レスタリックさん、この手紙のなかで明らかにあなたがわたしをお雇いになりたいといわれる問題とはなにか？」

「いったいわたしにどうやって想像がつきましょう？」

「失礼ながら、あなたはまだこの手紙をしまいまで読んでおいでになりません。一ページ目の署名のあとに小さくp・t・o（次ページへつづくの意）とあります」

レスタリックは紙をめくった。次のページにタイプされた文字が並んでいた。

貴殿に御相談申しあげたき件は、娘ノーマに関することです。

レスタリックの態度が変わった。顔が曇った。

「ああ、それか……しかし、いったいだれが――だれがこの問題に干渉しようというのか。だれがこのことを知っているのか？」

「あなたがわたしに相談なさるよう仕向けたのではありませんか？　善意ある友人とか？　これを書いた人物にまったくお心あたりはありませんか？」

「まったくありません」

「それであなたはお嬢さんについてなんのご心配もないわけですか――ノーマとおっしゃるお嬢さんについて？」

レスタリックはのろのろと言った。

「ノーマという娘はおります。一人娘です」最後の言葉を言うとき、声音がちょっと変わった。

「お嬢さんが、何か厄介事をもちこまれた？」

「わたしの知るかぎりではそんなことはありません」だがその語調は心なしためらいが

ちであった。

ポアロは体をのりだした。

「わたしはそうは思いませんですよ、レスタリックさん。あなたのお嬢さんについては、なんらかの厄介事、心配事がおありだと思いますね」

「なぜ、そう思われるのですか？　だれかあなたにそんなことを吹きこんだものがいるんですか？」

「わたしはあなたの口調でその判断をしたのです、ムッシュー。多くの親たちが」とエルキュール・ポアロは言葉をつぎ、「近ごろの娘には手を焼いております。天才的な才能がありますな、若いご婦人には、さまざまな悶着にひきこまれるという点では。こちらでも同様の問題をかかえておられるのではありませんか」

レスタリックはしばし黙りこんだまま机の上を指先でたたいている。

「ええ、ノーマのことは心配しています」と彼はようやく口を切った。「あれは扱いにくい子です。神経質ですぐヒステリーを起こします。わたしは――遺憾ながら、あの子のことがよくわからんのです」

「ご心配とは、若い男のことですね？」

「まあ、そうですが、わたしが心を痛めているのはそればかりじゃない。思うに――」

彼はポアロを値ぶみするように見た。「あなたを信頼してもいいのだろうか？」

「していただかなければ、この商売では渡ってまいれません」

「この件というのはですね、娘を見つけていただきたいということなんです」

「はあ？」

「娘は例によって先週の週末、田舎にあるわたしどもの屋敷に帰ってきました。日曜日の夜、ふたりのお嬢さんと共同で借りているアパートに帰るといって出ていきましたが、どうやらそこへは帰っていないのです。きっとどこかほかへ——行ったにちがいありません」

「というと行方不明になられた？」

「そう言ってしまうと何だかメロドラマじみますが、まあそういうことになるでしょうか。しかるべき理由があるのだろうと思いますが、しかし——いや父親というものは心配性でしてね。同室のお嬢さんのところへ電話もかけてよこさんし、何のことづてもよこさんのですよ」

「お嬢さん方も心配しておられる？」

「いや、心配はしていますまい。その——なんですよ、あの連中はこういうことを気楽に考えているんだと思いますよ。若い娘は独立心が旺盛だから。わたしが十五年前英国を出たころより一段とその傾向が強いようだ」

「あなたのお気に召さない青年についてはいかがです？　お嬢さんがその青年と駆けおちする可能性はありますか？」

「衷心よりそうでないことを願います。可能性はありますが、しかしわたしは――家内はそうは思っておりません。あなた、彼とお会いになったでしょう、伯父を訪ねてこられた日に――」

「ああ、お話の青年だと思いますよ。すこぶる男前でしたが、なんですな、世の父親にはお気に召しそうもないタイプです。奥さまも喜ばれておられないご様子でした」

「家内の話ですと、あの日屋敷うちにこっそりしのびこんだそうですよ」

「あの青年は、お宅で歓迎されないことをわきまえておるでしょうな」

「よくわきまえています」とレスタリックは憂《うれ》い顔で言った。

「ではお嬢さんは彼のもとへ行かれたという公算がもっとも強いとはお考えになりませんか？」

「どう考えたものか。そうは考えませんでした――はじめは」

「警察へは行かれましたね」

「いや」

「どなたにせよ行方不明になった場合は警察へ行かれるのが早道ですよ。彼らも慎重ですし、わたしごとき者が持ちあわせないような多くの手段がありますから」

「警察へは行きたくありません。わたしの娘ですよ、あなた、おわかりですか？　わたしの娘だ。もしあれがしばらく身を隠したいと思っているならそうさせてやりたい。わたしはただ自分の安心のために娘が危険にさらされていると信じる理由は何もない。娘の居所を知りたいだけだ」

「ことによりますと、レスタリックさん――わたしの思いすごしであればよろしいのですが、あなたがお嬢さんのことでご心配しておられるのはそれだけではないのではありませんか？」

「それだけではないなどと、なぜそうお考えになるんです？」

「なぜなら、お嬢さんが両親や同室の友人に無断で、行き先も告げず二、三日外泊するというようなことは、この節珍しいことではありませんからね。それでわたしは、あなたをかくも狼狽《ろうばい》させるには、何か、ほかのことがからんでおるのではないかと考えました」

「まあ、仰せのとおりでしょう。これは――」彼は疑ぐるようにポアロを見た。「こういうことは縁もゆかりもない方にお話ししにくいことで」

「それはちがいます」とポアロは言った。「そういうことは友人知己にお話しになるよりも、縁もゆかりもない者にお話しになるほうが、はるかに気やすいものです。それについてはご異議ありますまい？」

「まあ。まあね。おっしゃる意味はわかります。ええ、娘《あれ》のことでは悩んでいます。その、娘は――娘はよそさんの娘さんとはまったくちがっておって、前々からわたしを悩ましていることがあるんです――わたしども夫婦を悩ましていることがあるんですよ」

ポアロは言った。「お嬢さんはおそらくむずかしい年ごろ、いってみれば、責任をとらされる恐れのない行動に大胆にもふみきるといった精神的思春期の時期ではないでしょうか。わたしの憶測だとしてもどうかお気を悪くなさらないで下さい。お嬢さんは義理の母上がこられたことにつむじを曲げておいでなのではありませんか？」

「恥ずかしながらその通りです。しかし何もつむじを曲げる理由はないんです。さきの家内と別れたばかりというわけでもないんですから。別れたのは何年も前の話です」彼は一息いれてから口を開いた。「包みかくさず申しあげたほうがよいでしょうな。この問題は秘密でも何でもありませんからね。さきの家内とは別居しておりましてね。遠まわしに言うこともありますまい。わたしはある女に出会ってその女にぞっこん惚れてしまいました。その女と国を出て南アフリカへ行きました。家内は離婚に同意しなかったのでわたしも無理強いはしませんでした。家内と子供には相応の仕送りをしていました——あの子は当時五歳でした——」

彼は口をつぐみ、ふたたび話しだした。

「ふりかえってみると、わたしは自分の生活が不満だったんですなあ。旅にあこがれましてねえ、あのころは、事務室の机に縛りつけられているのがいやでたまらなかった。兄はわたしが家業に専念しないといってよく責めました、共同経営ということになっているのにと。わたしがちっとも精を出さんといって怒ったもんです。わたしはそういう生活に嫌気がさしていたんです。変化を求めていたんですよ、世界を、未開の地を見て歩きたかった……」

彼はふと言葉をとぎらせた。

「いやこれは——つまらん身上話などはじめまして。わたしは南アフリカへ行き——ルイーズもついてきました。だが、うまくいかなかった。それは率直に認めます。あれに惚れておったものの、いさかいのしどおしでした。あれは南アフリカの生活をいやがった。ロンドンやパリのような——都会に戻りたがった。それであっちへ行ってから一年たらずで別れました」

彼は吐息をついた。

「おそらくあのとき戻るべきだったんでしょうな、考えるだけでぞっとするような無気力な生活に。だがわたしはそうはしなかった。家内はわたしに戻ってもらいたかったのかどうか、それはわかりません。戻ってもらうのが自分の義務だと心得ておったでしょうな。義務を果すことにかけては立派な女でしたから」

その言葉の底に流れるかすかな苦々しさにポアロは気づいた。

「しかしノーマのことをもっと考えてやるべきだったと思います。でもまあこういうことで、あの子は母親に守られていたし。経済的な援助はしていましたし。ときどき手紙も書き、プレゼントも送ってやったりしましたが、国へ帰って娘に会おうとは一度も考えませんでした。これはわたしの側だけを責めてもらいたくない。わたしはまったく別な生活を選んだので、父親が出たり入ったりするのは子供にとっては落ち着かないだけだろうし、子供自身の心の平和をかき乱すんじゃないかと思ったからなんです。とにかくわたしとしては最善の道をとったと考えていたんですよ」

レスタリックは次第に早口になった。それはあたかも、同情的な聞き手に身上話ができるということに大きな慰めを感じているというようだった。これはポアロがこれまでたびたび経験した反応だったので、彼はそれを鼓舞してやった。

「あなたはご自分では一度も家に戻りたいとは思われなかった？」

レスタリックはきっぱりとかぶりをふった。「ええ。わたしは好きな暮らしを、元来そう運命づけられていた暮らしをしておりましたからね。南アフリカから東アフリカへ行きました。財政的には恵まれましてね。わたしの手の触れるところことごとく盛んになるという按配《あんばい》でした。手をそめた事業は、ときには他人と合同で、ときには独力のこともありましたが、すべて成功しました。牛車で奥地へよく旅行しましたよ。前々からあこがれていた生活でした。根が野性の人間なんですな。さきの家内と結婚したとき、罠にかかって檻にとじこめられたような気がしたのはそのせいかもしれません。いや、何しろ自由を満喫しておりましたからね、ここのような因襲的な生活には戻る気はしませんでしたねえ」

「しかし結局戻ってこられた」

レスタリックは嘆息した。「そう。戻ってきました。その、なんですな、人間だれしも年をとるということです。それにまたある人と共同ではじめた事業が大あたりにあたりましてね。きわめて重大な結果を生むやもしれないある特許を獲得したんですよ。ロンドンで交渉が必要になりましてね。以前ですと兄にやってもらっていたんですが、死んだものですから。わたしはまだこの会社の共同経営者でしたし。わたしさえ望めば自分で万端とりしきれる立場にあったわけですな。そうしようと思いたったのはそのときがはじめてです。つまりシティの生活に戻ろうと考えたのは」

「たぶん奥さまが——二度目の奥さまが——」

「ああ、やはりそうお考えでしょうな。兄が死んだときはメアリと結婚して二カ月たらずでした。メアリは南アフリカ生まれですが、英国へは何度か来ていてこちらの暮らしが気にいっていました。ことに英国風の庭園にあこがれていましてね！

わたしですか？　ええ、わたしも生まれてはじめて英国で暮らしたいと思うようになったんです。それにノーマのことも考えた。あの子の母親は二年前に死んでいる。そこでメアリにすべてを打ち明けると、あれは快く娘のために力をあわせてよい家庭をつくろうと言ってくれました。前途の見通しは明るいと思われたので——」と彼は微笑して——「そこで戻ってきたんですよ」

ポアロはレスタリックの背後にかかっている肖像画を見上げた。田舎の屋敷にあったときより光線の加減がよい。机の前にいる人物を非常に的確に描いている。強情そうな顎、もの問いたげな眉、構えた頭部など、きわだった特徴が目立っている、だが、この絵は絵の下にすわっている男が欠いているものを一つ持っている。若さ！

別の考えがポアロをとらえた。アンドリュウ・レスタリックはなぜこの絵を田舎の屋敷からロンドンのオフィスへ移したのだろうか？　夫妻の肖像画は、当時の肖像画専門の流行画家の手で描かれた双幅の画だった。元来双幅として描かれたものだから、いっしょにしておくのがごく自然だとポアロには思われる。しかしレスタリックは自分の絵をオフィスに移した。これは彼の一種の虚栄心のあらわれだろうか――シティ・マンとしてあるいはシティの大立者としての自己を顕示したいという欲求？　とはいえ彼は未開の地で長年暮らし、原野を愛した男である。それとも自分はシティの人間であると常に自分の頭に銘記するためなのだろうか？　支柱となるものの必要を感じたのだろうか？

〝むろん単なる虚栄心ということもありうる！〟とポアロは考えた。

〝わたしだって〟とポアロは常になく謙虚な気持ちで考えた。〝わたしだってときには虚栄心のとりこになることはある〟

二人が気づかぬままおちいっていた短い沈黙が破られた。レスタリックは弁解めいた口調で言った。

「お許し下さい、ムッシュー・ポアロ。身上話などして退屈させましたね」

「あやまっていただくことなどありません、レスタリックさん。お嬢さんの人生に影響をあたえたかもしれない部分だけをお話しいただいたわけですから。お嬢さんのことではずいぶんとご心労のようですな。だがまだ本当の理由は話して下さらないようです。お嬢さんを探しだしたいとおっしゃいましたね？」

「ええ、探しだしたいのです」

「あなたはお嬢さんを探しだしたいとおっしゃる、だがわたしに探せとおっしゃるのですか？　ああ、ためらいなさるな。礼譲《ラ・ポリテス》――は日常生活では不可欠ですが、ここではその必要はありません。よろしいですか。もしあなたがお嬢さんを見つけだしたいとお思いになるなら、こうご忠告申し上げましょう、わたし――エルキュール・ポアロは――警察へまいります。彼らは種々の機能をそなえております。わたしの知るかぎりでは、慎重でもありますしね」

「警察へはもちこみたくありません、事態が――ええ、きわめて絶望的にならないかぎり」

「私立探偵に頼んだほうがよろしいとおっしゃる？」

「ええ。しかし、私立探偵のことはよく知りませんしねえ。だれが――だれが信頼できるのか皆目わからない。だれが――」

「で、わたしのことはどのくらいご存じですか？」

「ある程度は知っていますよ。たとえばあなたは戦時中情報部で責任ある地位におられた、その点については伯父が保証していますこれは明白な事実ですよ」

ポアロの面上にうかんだかすかな皮肉の色はレスタリックには通じなかった。彼のいう明白な事実とは、ポアロの承知しているとおりまったくの幻影なのだ――レスタリックは、伯父のロデリック卿が記憶や視力の点ではいかに頼りないか知っているはずなのに――ポアロが自己紹介した事柄を鵜のみにしているのだ。ポアロは彼に幻滅をあたえなかった。これは単に他人の言葉を裏づけもなしに絶対信用してはならぬという彼の長年来の信念を裏づけたにすぎない。他人はだれでも疑ってかかれ、これが彼の、全人生といわぬまでも、長年にわたる第一の座右の銘なのだった。

「わたしの口から保証いたしましょう」とポアロは言った。「これまでのわたしの業績はことごとく並々ならぬ成果をおさめております。あらゆる点にわたって他に比類をみません」

レスタリックはこの言葉でやや自信をなくしたような顔をした！　たしかに英国人にとって、このような文句で自己を礼讃する人物は何がしかの懸念を惹起するものだ。

彼は言った。「あなたご自身はどうお思いですか、ムッシュー・ポアロ？　娘を探しだせる自信がおありですか？」

「警察ほど迅速にはまいりますまいが、大丈夫。探して進ぜましょう」

「それで——もしあなたに——」

「しかしもしわたしに探してもらいたいとおっしゃるならです、レスタリックさん、事情を洗いざらいお話し下さらなければいけません」

「もうお話ししましたよ。時間、娘のおるべき場所。友人のリストも作りましょう……」

ポアロは二度三度はげしくかぶりをふった。「いやいや、真実をお話し下さいと申し上げているのです」

「わたしが真実を話さなかったとでも？」

「すべての真実を話してはおられませんね。それについては確信があります。あなたは何を怖れておられるのか？　知られざる事実とは何か——もし成功を期さねばならぬとしたら、知っておくべき事実とは？　お嬢さんは継母を嫌っておられる。これは明白です。別に不思議はありません。ごく自然な反応です。お嬢さんは長い長い年月、あなたを心ひそかに理想化していたのかもしれないということを思いだしてください。これは両親の破婚という憂目にあった子供が、愛情をいたく傷つけられたときにまま見られる現象です。はい、はい、自分の申していることはよくわかっております。子供は忘れるものだとおっしゃりたいのでしょう。そのとおりです。お嬢さんは、あなたに再会した際にあなたの顔や声をおぼえていなかったという意味ではあなたを忘れていたかもしれません。そのかわり自分であなたのイメージを作りあげていたでしょう。あなたは去っていった。お嬢さんはあなたに戻ってもらいたかった。母親はおそらくあなたの話をすることをお嬢さんに禁じたでしょう、それゆえお嬢さんはあなたへの思慕をいっそうかきたてられる。あなたはお嬢さんにとってなおいっそう大切な人となった。そしてお嬢さんは、母親にあなたのことを話せないがために子供としてごく自然な反応を示すようになる——去っていった片親のあとに残った母親を責めること。彼女はこういう調子で自分に言いきかせる、〝お父さんはあたしを可愛がった。お父さんが嫌いなのはお母さんだ〟。そしてそこからある種の理想像が生まれる、あなたと彼女とのひそやかな連帯が生まれる。こうなったのはお父さんの罪ではない。彼女はそう信じてやまないでしょう！

そうです、こういうことはありがちなのです。わたしは心理学を多少心得ておりますので。ですからあなたがお戻りになり再会できると知ったとき、これまで心の隅におしのけて顧みようともしなかったもろもろの記憶がどっとよみがえったのです。お父さんが帰ってくる！　お父さんとあたしと二人して幸せになれる！　お義母《かあ》さんのほうは会うまで実感できない。やがてお嬢さんははげしい嫉妬をおぼえる。これはきわめて自然です。お嬢さんがはげしい嫉妬にかられた理由のひとつは、あなたの奥さまが美貌で洗練された、とても落ち着きのあるご婦人であられるからで、これは若いお嬢さん方が、しばしば己れに自信がないために不愉快に感じる要素なのです。お嬢さん自身は劣等感のゆえに万事がぎごちない。それゆえお嬢さんは、美貌で才女の義母を見た刹那、憎みはじめる。もっともまだ子供である思春期の娘が憎むように憎むのですが」

「いや──」とレスタリックは言いよどんだ。「医者に相談した折も大体そんなようなことを言われました──つまり──」

「ほほう」とポアロは言った。「すると医者にご相談なさった？　医者を訪れるからには何か理由がおありだったのですね？」

「じっさいなんでもないことです」

「おやおや、エルキュール・ポアロにはそうはおっしゃれませんよ。たいしたことではないとは。何か重大なことでしょうから話されたほうがよろしいですよ。お嬢さんの精神状態がどうであったかわかれば、手間が省けます。速やかに事が運べます」

レスタリックはしばし沈黙を守ったが、やおらほぞをかためた様子だ。

「これは極秘にしていただけますか、ムッシュー・ポアロ？　信頼していいですね──お約束いただけますか？」

「誓って。で、どんなご心配です？」

「確かなところは――わからんのですが」

「お嬢さんが奥さまに対して何らかの行動に出られたのですか？　単に子供じみた不躾《ぶしつけ》な振る舞いをするとか不愉快なことを言うとか、そんな単純ではないことを。それより悪いこと――由々しいこと。奥さまを傷つけたのですか――肉体的に？」

「いや、傷つけたんじゃありません――肉体的な危害ではないんですが――何も証拠はありません」

「そうですね。まあそれは認めましょう」

「家内の体の具合が悪くて――」彼は口ごもった。

「ああ」とポアロは言った。「はあ、なるほど……で、奥さまのご病気の性質は？　消化器系統でしょうな？　腸カタルのような症状でしょうか？」

「かんの鋭い方だ、ムッシュー・ポアロ。まったく鋭い。ええ、消化器系統でした。家内があああいう症状を訴えるのは妙なんです、これまで健康そのものでしたから。結局検査のためと医者は申しましたが、入院することになりました。精密検査です」

「結果は？」

「医者たちが完全に納得したとは思いません――家内は健康をとり戻したようにみえた

ので退院しました。だがまた再発しましてね。家内のとる食事を入念に調べました。原因不明の食中毒のような症状でして。さらに一歩進めて、家内の食べた料理の検査をしました。あらゆるもののサンプルをとって検査した結果、ある物質がすべてに混入されていることが確認されたんです。どの場合も家内のとった皿だけにです」

「簡単に申しますと、何者かが奥様に砒素《ひそ》を盛ったのですね。そうですね」

「そのとおりです。微量でもたび重なれば累積効果があるのです」

「あなたはお嬢さんを疑っておられる？」

「いや」

「疑っておられますね？　ほかのだれがそんなことをするでしょうか？　あなたはお嬢さんを疑っておられますね」

レスタリックは重い吐息をついた。

「率直に申せばそうです」

2

ポアロが帰宅するとジョージが待ちかまえていた。

「エディスとおっしゃるご婦人からお電話がございまして――」

「エディス？」ポアロは眉をよせた。

「何でございますか、オリヴァ夫人のお世話をしているとか。オリヴァ夫人がセント・ジャイルズ病院にいるとお伝え下さいというご伝言でございました」

「いったいどうしたわけだ？」

「夫人は――そのう、棍棒でなぐられたとか」ジョージは伝言の後半分は伝えなかった。それはこうである――〈――これもみんなあなたのせいだと伝えてちょうだい〉。

ポアロは舌うちをした。「注意しておいたのに――ゆうべ電話をしたが返事がないので心配していたのだよ、女《レ・ファム》めらが！」

第十二章

「孔雀を買いましょう」とオリヴァ夫人がだしぬけに言った。そう言いながら目も開かず、声は憤《いきどお》りにみちているわりに弱々しい。

三人の人間がぎょっとして見開いた目を夫人に注いだ。夫人はさらに言葉をついだ。

「頭をぶんなぐれ」

彼女は焦点のさだまらぬ目を開き、自分がどこにいるのか見定めようとした。

夫人の目にまず映じたのはまったく見なれぬ顔だ。ノートに何事か書きこんでいる若い男。鉛筆を片手ににぎっている。

「お巡りさん」とオリヴァ夫人は断定的に言った。

「何ですって、奥さん？」

「あなたはお巡りさんだって言ったのよ」とオリヴァ夫人は言った。「そうでしょ？」

「ええ、奥さん」

ときオリヴァ夫人は言って満足そうに目をつぶった。ふたたび目を開いたとき夫人は自分のまわりをとっくり観察した。夫人はベッドに寝ており、それはあの衛生的な外観の背の高い病院のベッドにちがいなかった。上下左右に自在にうごくあれだ。自宅にいるのではない。夫人はあたりを見まわし自分の置かれた環境を見きわめた。

「病院、あるいは療養所かもしれない」と夫人は言った。

シスターが一人戸口に毅然と立っており、枕もとには看護婦がひかえている。夫人は四人目の人物に目をとめた。「この口髭を見まごうものはいませんよ」とオリヴァ夫人は言った。「ここで何をしていらっしゃるの、ムッシュー・ポアロ？」

エルキュール・ポアロはベッドに近よった。「用心するようにと申し上げたはずですよ、マダム」と彼は言った。

「だれだって道に迷うわ」とオリヴァ夫人は口を濁し、さらに言いそえた。「頭が痛い」

「それには立派な理由があります。ご推測の通り頭を撲《なぐ》られたのです」

「ええ。孔雀によ」

警官はそわそわと身じろぎをした。「あのう、奥さん、あなたは孔雀に襲われたというんですか？」

「そうですとも。前々から気にはなっていたの――胸さわぎというやつね」オリヴァ夫人は片手をふりまわして胸さわぎをぴたりと言いあらわすしぐさをしかけて顔をしかめた。「痛い、こんなことしないほうがよさそうね」

「患者を興奮させてはなりませんので」とシスターが異議をはさんだ。

「その暴行事件はどこで起きたのかおわかりですか？」

「どこだかさっぱりわからない。道に迷っちゃったんだから。アトリエみたいなところから出てきたのよ。たいへんなあばら家でね。その汚さといったら。もう一人の若者なんか何日も髭をそらないらしくてね。脂じみた革のジャンパー」

「奥さんを襲ったのはその男ですか？」

「ううん、もう一人のほう」

「ちゃんと話してもらえると――」

「話しているじゃないの？　あたしは彼を尾行したのよ、カフェからずうっと――ただ尾行の仕方が下手なだけだったのよ。訓練を積んでいないから。思ったよりはるかにむずかしいものねえ」

夫人の目が警官に注がれた。「でもあなたはよく知っているでしょ。いろいろな課程があるのね――尾行の方法には？　ああ、いいの、いいの、そんなことはどちらでも。

あのね」夫人は急に早口になって、「ごく簡単なことなのよ。わたしはワールド・エンドでおりたの、と思うわよ。それから当然わたしは、彼がバスをおりなかったか――それとも反対側におりたかしたと思ったのよ。ところがわたしの後にあらわれた」

「彼ってだれですか？」

「孔雀よ」とオリヴァ夫人は言った。「びっくりしたわ、ほんとに。物事が逆さになりゃだれだってびっくりするわよ。尾けていると思っていたら尾けられていたんだもの――ただこの場合、あとのほうだったんだけれど――胸さわぎはしていたのよ。ほんと、怖かったわ。なぜだかわからないけど。彼はとても丁寧な口のきき方をしたんだけれどそれでも怖かった。それでまあ彼が、『アトリエを見てって下さい』なんていうものだから、がたがたの階段をのぼっていったわけなの。梯子みたいな階段なのよ。そしたらもうひとり若い男がいて――汚らしい若者――絵を描いていて、若い女の子がモデルになっていた。女は清潔な感じ。むしろほんとの美人かしらね。そう、そこでみんな顔合わせというわけよ、みんなとてもお行儀がよくていい子だったわ。それからわたしが失礼しなくちゃというと、キングス・ロードへ戻る近道を教えてくれたのよ。けどあのひとたちがあたしにちゃんとした行く先を教えてくれるはずないわよね。そりゃこちらがまちがったのかもしれないけど。だってね、二つ目を左に曲がってそれから三つ目を右に曲がってなんて教え方されちゃ、まちがえないほうがどうかしてるわ。少なくともあたしはまちがえた。とにかく河に近いごみごみした横町に迷いこんじゃったの。そのころには怖さはなくなっていたわね。すっかり警戒心がゆるんだところへ孔雀があたしを襟ったのよ」

「熱にうかされているんですよ」と看護婦が口添えした。

「あら、そんなことないわよ」とオリヴァ夫人は言った。「何をしゃべっているのかぐらいわかっていますよ」

看護婦は口を開きかけたが、シスターの警告的な視線にあってあわてて口をつぐんだ。

「ビロードとサテンと長い巻毛」とオリヴァ夫人は言った。

「サテンを着た孔雀？　ほんものの孔雀ですか、奥さん。チェルシーの近くの河岸で孔雀を見たというんですか？」

「ほんものの孔雀？」とオリヴァ夫人は言った。「まさか。ばかばかしい。ほんものの孔雀がチェルシーの河岸で何をするの」

だれもこの質問に答えるものはいなかった。

「あの子、気どって歩いているのよ」とオリヴァ夫人は言った。「だから孔雀って仇名《あだな》をつけたのよ。見せびらかしちゃって。うぬぼれやだわね。見てくれがご自慢なのよ。

たぶんほかのもろもろも」夫人はポアロを見た。「デイヴィッドとか言ったわ。だれのことかおわかりでしょ」

「デイヴィッドという名の青年が、あなたの頭を撲るという狼藉《ろうぜき》をはたらいたのですか？」

「ええ、そうよ」

エルキュール・ポアロは言った。「彼を見たのですか？」

「見なかったわ」とオリヴァ夫人は言った。「そのへんはさっぱりわからないの。ただうしろで足音がしたなと思ったら、ふりかえる間もあらばこそ――ぼいんなのよ！　一トンくらいの煉瓦が頭の上におっこちてきたみたいだったわ。さあ、ひとねむりしましょうか」と夫人は言った。

夫人は頭を少しうごかし痛そうに顔をゆがめたのち、満ちたりた昏睡状態とでもいうものにおちこんだのだった。

第十三章

ポアロは自宅の鍵はめったに使わない。そのかわり旧態然とベルをおし、かの天晴《あっぱ》れな雑事一切引き受け人のジョージがドアを開けてくれるのを待つ。ところが病院から帰宅した彼にドアを開けてくれたのはミス・レモンだった。

「お客さまがおふたりお待ちです」とミス・レモンは、囁くほどではないけれど、ふだんよりぐっと低い声で言った。「おひとりはゴビイさん、もうお一方はロデリック・ホースフィールド卿とおっしゃるご老人です。どちらに先にお会いになりますか？」

「ロデリック・ホースフィールド卿」と言ってポアロは考えこむ。小首をかしげ、こまどりみたいなかっこうで、この新たな展開が全体の図式《パターン》に影響をおよぼすのではないかと考えたが、そこへゴビイ氏が例によってひょっこりと、ミス・レモンの聖なるタイプ室である小部屋から姿をあらわした。どうやらミス・レモンがそこにおしこめておいたらしい。

ポアロはオーバーを脱いだ。ミス・レモンが玄関の外套かけにそれをかけていると、ゴビイ氏は例によってミス・レモンの後頭部に向かって話しかけた。

「台所でジョージとお茶をいただいておりますよ」とゴビイ氏は言った。「わたしの時間はわたしのもの。適当につぶしておりますよ」

ゴビイ氏はおとなしく台所に消えた。ポアロが居間に入っていくとロデリック卿は室内を闊歩《かつぽ》している最中だった。

「おう、捕まえたぞ」と彼は上機嫌で言った。「すばらしいものだ、電話とは」

「わたしの名前をご記憶で？　光栄のいたりです」

「いや、なに、はっきりおぼえておったわけじゃない」とロデリック卿は言った。「名前をおぼえるのは大の苦手でな。顔は忘れんのだが」と卿は得意気に結んだ。「いやなあに、スコットランド・ヤードへ電話をしたのだよ」

「ほう！」とポアロはかすかな驚きを示したが、いかにもロデリック卿のやりそうなことだと思いかえした。

「だれにつなぐかと訊きおってな。わしは言った、いちばん偉いやつにつなげ。なんでもこうせにゃいかんよ、きみ。二番目などというのはだめだ。いかん。いちばん偉いやつを出せ、とわしは言った。わしのほうだって名乗ったとも。いちばん偉いやつと話したいと言ったら、とうとうつなぎおった。たいそう丁寧なやつだった。わしは訊いた、ある時期にフランスのある場所でわしと対面したことのある連合国の情報部の人間の住所が知りたいとな。やつはちょっと途方にくれたようだった、そこでわしは言った、『だれのことかわかるだろう』フランス人かベルギー人だ。きみはベルギー人だったな？　わしは言った、『名前はアキレスとかいうんだ。アキレスではないが』とわしは言った、『だが、アキレスに似た名前だ。小男で』とわしは言った、『大きな口髭で』するとと思いあたったらしくてな、電話帳に出ているなどとぬかしおった。それはそうだがとわしは言った、『アキレスだかエルキュールでは（これはやつが教えてくれた）出ておらんだろう？　苗字が思いだせんのだから』するとやつは教えてくれた。たいそう丁重なやつでな。まったくいんぎんなやつだった」

「よくおいで下さいました」とポアロは言いながら、ロデリック卿の電話の相手が卿にあたえたかもしれない情報について急遽推測をめぐらせた。幸いなことに相手はいちばん偉いやつではなさそうだ。おそらく自分の知っている人物で、昔日のおえら方にその折々いんぎんに応対するのを任務としているのだろう。

「というわけでここへ来た」とロデリック卿は言った。

「光栄のいたりです。何かお飲み物でもさしあげたいのですが。お茶、赤すぐりのシロップ、ウイスキー・ソーダ、それとも黒すぐりのシロップなどは――」

「いやそいつはご免こうむる」ロデリック卿は黒すぐりのシロップときいて目をむいた。「ウイスキーをいただこう。お許しはないのだがね」と卿は補足して、「だが医者などというやからはどれもばかでね、知ってのとおりだ。やつらのすることといえば、わしらのやりたいことをやらせないだけだよ」

ポアロは鈴を鳴らしてジョージを呼び、しかるべき指示をあたえた。ウイスキーとサイフォンが卿の手元に運ばれ、ジョージはひきさがった。

「さて」とポアロは口を切った。「ご用の向きをお聞かせねがいましょう」

「仕事をもってきたんだよ、きみ」

いささか時が経ってたために卿は過去におけるポアロとの密接な関係について、いっそうの確信を深めたようで、ポアロにとっては好都合だった。というのもロデリック卿の甥の、ポアロの能力に対する信頼度も、それによってより深められるだろうと推察されるからだ。

「文書なんだよ」とロデリック卿は声をおとして、「文書が消えてしまったのだ、ぜひとも探しださねばならん、いいかね？　近ごろは目も昔ほどよくはないしな、記憶もときによるとあやふやになる。まあ、その間の事情に通じているものに相談したほうがよかろうと考えたわけだ。な？　ところが先日きみが折よくあらわれてくれた、その文書は近々吐き出さねばならんのだ、おわかりかな」

「きわめて興味深いお話ですな」とポアロは言った。「その文書とはどういう性質のものです、お尋ねしてよろしければ？」

「そうだな、きみに探してもらうとなれば、訊きたいのも無理はないな？　よいかな、これは極秘なんだぞ。最高機密だ――かつてはな。それが今またそうなりそうなんだよ。内部でやりとりした書簡でな。当時は格別重要というわけではなかった――重要ではないと考えられておったと言っていい、だが政局は変転するものだ。それはきみも承知のとおりだ。連中はぐるりと反対側を向くものさ。戦争が勃発するときというのはどんなものだか知っておるだろう。おたがいにどちらの味方かわかりゃせん。この戦争ではイタリアが盟友であると思えば、次の戦争では敵同士だ。やつらのどいつが最悪の敵なのかわかりゃせん。第一次大戦では日本は同盟国だったが、次の戦争では真珠湾を攻撃しくさった！　われわれはいったいどっちの側にいるのか皆目わからん！　ロシア人と手をつないで戦争をはじめたと思っておったのに、終わってみれば敵同士だ。いいかね、ポアロ、この節、同盟国の問題ほど厄介なものはないぞ。一晩のうちにくるりと変わるからな」

「それで書類を紛失された」とポアロは老人に訪問の目的を思いださせた。

「そう。わしのところには書類がどっさりあるのだ。最近それをひっぱりだしてな。それまでは安全な場所にしまってあった。実をいうと銀行に預けておいたんだが、そいつをそっくりもちだして分類をはじめてな。回想録を書かん手はないと思ってな。近ごろはみんな書きおるんだ。モンゴメリイやアランブルックやオウチンレックあたりが何やかやと活字にしくさってな、きみ、そいつがどれもほかの将軍どもをどう思っておったかというようなことだ。あの尊敬おくあたわざる医者のモーランでさえ、大事な患者の内幕をべらべらしゃべってしまうご時世だ。そのうちに何がおっぱじまるかわかりゃせん！　とまあそういうわけだから、わしも、ある人物たちについてわしの知っておるいくつかの事実を公表したらおもしろかろうと思ってな！　わしだってほかの連中のようにやってみてもいいじゃないか、わしはその渦中におったんだからな」

「世間の人たちにとってなかなか興味のある問題でしょうな」とポアロは言った。

「わっはっは、そうとも。ニュースで大勢報道されて、われわれの知るところとなった。世間の連中はそういうともがらを尊敬の目で見ておる。ああいうやつらがほんとうは阿呆だということを知らんのだ、だがわしは知っとるぞ。いやはや、あいつら金ぴか帽どもがおかした過ちときたら――驚くべきものだよ。そこでわしは資料をひっぱりだして、あの娘に仕分けの手伝いをさせとるんだよ。よくできた子でな、頭もいいし、言葉はそれほどうまくないが、頭は切れるし役に立つよ。資料はどっさりしまいこんであったが、みんなごっちゃごちゃだ。肝心な問題は、わしのほしい文書が消えたということだ」

「消えた？」

「そう。はなはわしらの見おとしかと思ったので、もう一度念入りに探してみたんだが、いいかな、ポアロ君、資料がごっそり抜きとられている形跡があるんだよ。多くは格別重要なものではないんだが――つまりだな、それが重要なものだとは思っておらん、さもなければわしがそいつらを手もとにおくことは許されなかったはずだ。だがともあれその特別な書簡が消えてしまったのだ」

「おさしつかえなければ」とポアロは言った。「問題の書簡の性質を教えていただけないでしょうか？」

「さあどうかねえ、きみ。言えることはだな、近ごろ過去にああしたとかこう言ったとかいうようなことをべらべらとしゃべりまわっている人物に関するものだ。あいつは真実をしゃべっちゃおらん、あの書簡はあいつがいかに大嘘つきかということの証拠になるものだ。いいか、それがいま出版されるということはあるまい。ただ複写をあいつのところに送りつけて、これがかつてお前さんの言っておったことだぞ、われわれはその証拠をにぎっておるのだぞと言ってやるのだ。わしは驚かん、たとえ——その、事態がそのあとでいささかなりと変わろうと。わかるな？　訊くまでもないな？　きみはこの種の話には通じておるだろうが」

「そのとおりです、ロデリック卿。仰せのような件についてはよく存じております。しかし、その何かがなんであるか、それはたぶんいまどこにあるだろうというようなことがわかりませんと、それをとり戻すお手伝いをするのは容易ではありませんな」

「まず先決問題があるぞ。わしはだれがあれを抜きだしたか知りたい、それが肝要な点だ。わしのささやかなコレクションのなかには最高機密に属するものがもっとあるやもしれん、だから何者がそれを狙っておるのか知りたいのだ」

「ご自身のお心あたりは？」

「心あたりがあるはずだというのかね、え？」

「まあ、第一の可能性というようなものがあるかと——」

「なるほどな。あの小娘だとわしに言わせたいのだな。いいか、わしはあの娘だとは思わん。あの娘は自分ではないと言っておるし、わしはあの娘を信じておる。わかったかね？」

「ええ」とポアロはかすかに溜め息をまじえながら、「わかりました」と言った。

「ひとつにはだな、あれは若すぎるよ。ああいうものが重要だとは知らぬだろう。一昔前のことだから」

「だれかが彼女に教えたかもしれません」とポアロは指摘した。

「そうそう、まったくそのとおりだ。だがそれはあまりに見えすいておるな」

ポアロは嘆息した。ロデリック卿の明らかな依怙《えこ》贔屓《ひいき》から考えて、自分の意見に固執するのは無益ではないかと思われた。「ほかにだれか近づいた人間はありませんか？」

「アンドリュウとメアリだが、アンドリュウがああいうものに興味をもつとは思えんな。あれはなかなかきちんとした男だ。かげひなたがない。すっかり知りつくしておるわけではないが。休暇になるとあれの兄と一度か二度顔を見せにきただけだからな。女房を見捨ててどこかの別嬪《べっぴん》と南アフリカくんだりへ駆けおちしくさったが、こりゃだれにもあることとでな、グレイスのような内儀《かみ》さんをもった男ならなおさらだ。内儀さんにもちょくちょく会ったわけじゃないが。人を見くだすような態度で慈善事業など手いっぱいかかえておるやつよ。とにかくじゃ、アンドリュウのようなやつがスパイとは考えられんよ。メアリなら、あれは大丈夫だろう。わしの知るかぎりでは、薔薇の茂み以外には目もくれん女だ。庭師がいるが、こやつは八十三で、あの村で生まれて育った人間だし、女どもが二人、しじゅう家のなかをほっつきあるいて掃除機をがあがあいわせとるが、あいつらがスパイとは考えられんよ。ということは犯人は外部の人間だな。そりゃメアリは鬘《かつら》をかぶっとるが」とロデリック卿は突拍子もないことを言いだした。「つまりじゃな、鬘をかぶっとるから、あれがスパイだときみは考えるかもしれんが、そんなことはないよ。あれは十八のときに熱病にかかって髪の毛がすっかり抜けてしまったんだ。わしも鬘のことは知らなかったが、たまたま薔薇の茂みに髪がひっかかって落ちてしまったときに居合せてな。いや、まったく運の悪いことよ」

「髪の形がどこか妙だなとは思いましたが」とポアロは言った。

「いずれにしても、優秀なる情報部員は鬘なんぞはかぶらんものだよ」とロデリック卿は講釈をのべた。「ああいう手合いは形成外科へいって顔をかえてしまうんだ。ともあれだれかがわしの私有の文書をいじくりまわしたのはまちがいない」

「どこか別の場所にしまいこまれたのではありませんか——引き出しとか別のファイルとか。最後にご覧になったのはいつですか？」

「一年前だな。こういう文書は複写がうまくとれるだろうとそのとき思ってな、その書簡のことは頭にとどめておいたのだよ。それがないのだ。だれかがもちだしたのだ」

「甥御さんのアンドリュウにも、その夫人にも、使用人たちにも嫌疑がないとすると、あのお嬢さんはいかがです？」

「ノーマか？　あの娘は頭がちょっとおかしい。あるいは病的な盗癖があるかもしれんな、無意識に人さまのものに手をだすというやつだが、しかしわしの書類に手をだすとは考えられん」

「ではいったい、いかがお考えなのですか？」

「そう、きみはあの屋敷に来たことがあるな。あの家がどういう家かわかっただろう。だれでも好き勝手に出入りができる。扉にも鍵はかかっておらん。かけたことがないのだ」

「ご自室には鍵をおかけになるでしょう――たとえばロンドンなどにお出かけの節は？」

「これまではその必要を感じたことがないな。むろん今はかけとるが、そんなものがなんの役に立つものか。遅きに失したな。いずれにしろわしの持っとるのはありふれた鍵でな、どの扉にも合う。何者かが外から侵入したにちがいないよ。この節の忍びこみなどというものはこんなものよ。昼日中にやってきて階段をどかどかとのぼりおって、好きな部屋に入りこんで宝石箱をあさって出ていこうと、だれも見とがめるものはおらんのだ。モッズだかロッカーだかビート族だかなんだか知らぬが、髪を長くして汚れた爪をしとる連中と同じような風体だからな。ああいう手合いが近所をうろついているのを一再ならず見かけておるが、だれもいったいお前は何者だなどと訊こうとはせん。あいつらの性別ときたらさっぱりわからん、困ったものだよ。あの屋敷にはそういう連中がしょっちゅう出入りしておる。ありゃみんなノーマの友だちだろう。昔はあんな連中は出入りさせなかったがのう。ところがだ、ああいう連中を追いはらったりすると、それがエンダスレイ子爵だったり、シャーロット・マージョリイバンクス伯爵令嬢だったりする。このご時世じゃ自分の立場も見きわめがつかんよ」卿はひと息いれた。「こいつを突きとめられる人間がおるとしたら、それはきみだな、ポアロ」卿はウイスキーの余りを飲み干すと立ちあがった。「まあ、そんなわけだよ。きみにまかせるよ。頼まれてくれるだろうな？」

「最善をつくします」とポアロは言った。

玄関の呼び鈴が鳴った。

「あの娘《こ》だ」とロデリック卿は言った。「定刻だよ。すばらしいじゃないか？ あの娘なしではロンドンへは来られんのだ。こうもりのように目が見えん。道ひとつ渡れやせんよ」

「めがねはおかけにならないのですか？」

「あるにはあるが、鼻からずりおちるか置き忘れるかが関の山でなあ。そもそも嫌いなのよ。めがねなんぞ持ったためしがない。六十五のときにめがねなしで本が読めたのだから、たいしたものよ」

「なんにだって寿命はありますからね」とエルキュール・ポアロは言った。

ジョージがソニアを案内してきた。ことのほか美しく見える。ちょっとはにかんだような物腰がなんとも好ましいとポアロは思った。彼はゴール人独特の恭々《うやうや》しさで進み出た。

「ようこそ《アンシャンテ》、マドモアゼル」彼は小腰をかがめて相手の手をとった。

「遅れなかったでしょう、ロデリック卿」と彼女は卿に視線を転じた。「お待たせしなかったでしょう。どうぞ、そう願います」

「寸秒たがわずだよ、お嬢さん」とロデリック卿は言った。「実に几帳面なものだ」と卿はつけくわえた。

ソニアはいささか当惑気味である。

「午後のお茶をたのしんだかね」とロデリック卿はつづけた。「お茶でも飲みながら菓子パンかエクレアか、このごろの若い娘の好きなものを食べるように言ったはずだぞ、うん？　言いつけどおりにしたかね」

「いいえ、そうでもありません。靴を買いました。ほら、いいでしょう、いかがですか？」彼女は足をつきだした。

それはたしかにまことに美しい足である。ロデリック卿は目を細めた。

「さあて、汽車に間に合うようにおいとましましょう」と卿は言った。「旧弊のようだが、わしは列車党でな。定刻通りに発車して定刻通りに到着する、そうあるべきものだ。ところがこの自動車というやつは、混雑時はえんえん長蛇の列で、ときによれば一時間半も余分な時間がかかる。自動車め！　ふん！」

「ジョージにタクシーを呼ばせましょうか」とエルキュール・ポアロは訊いた。「わずらわしいこともないでしょう」

「タクシーはもう待たせてあります」とソニアが言った。

「ほうらね」とロデリック卿は言った。「ごらんのとおり、この娘は万事そつがないんだよ」卿は彼女の肩をたたいた。彼女はエルキュール・ポアロがほとほと感じいった、そんな様子で卿を見あげた。

ポアロはふたりを玄関先まで丁重に送り出した。ゴビイ氏が台所から現われ、いうなればガスの検針にきた男といったかっこうで廊下に立っている。

ジョージは客がエレベーターの中へ消えるのを見すましてすぐさま扉をしめ踵をかえしたところで、ポアロの凝視にぶつかった。

「で、きみの意見はどうかね、あの若いご婦人についてだが、ジョージ？」とポアロは言った。ジョージの意見を求めるのが彼の折々の習慣になっている。ある事柄に関するジョージの判断に狂いはないと彼はかねがね言っているのだった。

「そうでございますな」とジョージは言った。「忌憚《きたん》なく申しあげれば、あの方はぞっこん参っておられますな。なんと申しますか、あの娘さんのすべてに」

「きみの言うとおりだと思うよ」とエルキュール・ポアロは言った。

「あの年輩の殿方では珍しくございませんです。マウントブライアン卿がしのばれますな。あのお方は人生経験の豊かな方でなかなか機敏な方でした。ところが驚くではございませんか。さる若い娘がマッサージにやってまいりまして。その娘に何をあたえたとおぼしめす。夜会服とそれは見事な腕輪でございますよ。友愛のしるしに。トルコ玉とダイヤモンドの。高価すぎるというほどではございませんが、それにしてもかなりのお値段です。それから毛皮の衿巻――ミンクではなくてロシア白貂《てん》、それに刺繍をした夜会服用バッグ。その後、娘の兄が負債だかなんだかで悶着を起こしまして、実の兄がいたかどうか怪しいものでございますが。マウントブライアン卿はそれに決着をつけるための金をおあたえになりました――娘がひどく心痛の模様でしたので！ むろんプラトニックなつながりでございまして。殿方もあの年ごろになられると分別を失われるもののようで。ああいう方々のお相手は図太いタイプの女ではなく、頼りに思ってすがってくるような女性のようでございますな」

「まったくきみの言うとおりだよ、ジョージ」とポアロは言った。「しかしわたしの質問に対する完璧な答とは言いかねる。わたしはきみにあの若いご婦人についてどう思うかと訊いたのだよ」

「ああ、あの若いご婦人……そうでございますな、はっきり申したくはありませんが、あのご令嬢は明白なタイプですな。これといってとらえどころはないのですが、自分のやっていることははっきり自覚しております」

ポアロは居間に入っていった。ゴビイ氏もポアロの指示に従ってそのあとにつづいた。ゴビイ氏は相も変わらぬ物腰で背もたれのある椅子にすわった。両膝をきちんとあわせ、爪先を内またにそろえる。ポケットから角のめくれあがった小さな手帳をとりだしておもむろにひろげ、しかるのちソーダーのサイホンをまじめくさって検分しはじめる。

「調査を依頼された背景について。

レスタリック家は由緒ある申し分ない家柄。スキャンダルなし。父親のジェイムズ・パトリック・レスタリックは才気ある実業家という世評。事業は三代続いている。祖父が設立、父親が拡張、サイモン・レスタリックがあとを守っていた。サイモン・レスタリックは二年前から冠状動脈障害で健康を害していた。一年ほど前に冠状動脈血栓症で死亡。

弟のアンドリュウ・レスタリックはオックスフォードを卒業後、直ちに家業に従事、グレイス・ボールドウィン嬢と結婚。一人娘、ノーマ。妻を捨て南アフリカへ出奔。バイレル嬢が同行。離婚手続は行なわれず。アンドリュウ・レスタリック夫人は二年半前に死亡。長らく病身だった。ノーマ・レスタリック嬢はメドウフィールド女学院の寄宿生だった。彼女に不利な点は皆無」

ゴビイ氏はエルキュール・ポアロの顔にようよう視線を注いで言葉をついだ。

「実際、この一族に関する情報はすべてゆるぎないものですな」

「変わり種や精神異常者はいませんか？」

「いないようです」

「がっかりだな」とポアロは言った。

ゴビイ氏はその言葉を無視した。咳ばらいをしたのち指をなめて小さなノートをめくった。

「デイヴィッド・ベイカー。好ましからぬ記録。保護観察の記録が二回。警察は彼に関心をよせている。いかがわしい事件に再々かかわりをもち、ある重要美術品盗難事件に関係ありと見なされているが証拠なし。芸術家気どりの手合い。生計をたてる格別の手段を持たないが、暮らしむきは良好。金持ちの娘を好む。自分に首ったけの娘に金を貢がせてもプライドは傷つくことなし。また娘たちの父親から手切れ金をもらうことも平気。いうなれば根っからの悪人だが、面倒にまきこまれないような才覚は十分にそなえている」

ゴビイ氏はポアロに一瞥を送った。

「彼に会いましたか?」

「うむ」とポアロは言った。

「で、あなたの結論はいかがですか?」

「あなたと同じです」とポアロは言った。「派手なやからだ」と彼は重々しくつけくわえた。

「女にもてるんですよ」とゴビイ氏は言った。「娘たちが勤勉で実直な青年たちをかえりみないのは近頃嘆かわしい風潮です。悪《わる》のほうがいいんですよ——たかりみたいなのが。『運に恵まれなかったのね、かわいそうに』なんて言いましてね」

「孔雀みたいに気どって歩きまわっている」とポアロは言った。

「そういう言い方もありますな」ゴビイ氏はやや疑わしそうに言った。

「人に棍棒をふるうような人物だと思いますか？」

ゴビイ氏は考えた末に、電気ストーブに向かっておもむろにかぶりをふった。

「そういった非難はありませんでした。できないとは言わないが、得手だとは言えませんな。口達者なほうで腕にものをいわせるタイプじゃありません」

「なるほど」とポアロは言った。「いや、わたしもそうは思いませんね。買収はきくわけですね？　それがあなたの意見ですね？」

「自分にとってそれだけの値打ちがあると思えば、どんな女でもぽんと捨てるぐらい平気です」

ポアロはうなずいた。彼はいまあることを思いだした。アンドリュウ・レスタリックが自分の署名を見せるために小切手をこちらへ向けたときのことだ。ポアロは署名だけではなく、小切手を振り出す相手の名前もいちはやく読みとったのだった。小切手はデイヴィッド・ベイカー宛に振り出され、しかも金額は莫大だった。デイヴィッド・ベイカーはあの小切手を受けとることを拒むだろうかとポアロは思った。拒むことはよもやあるまい。ゴビイ氏も明らかに同意見だ。好ましからざる若者はいつの世でも買収されてきたし、好ましからざる若い女もまた然りである。息子は毒づき、娘は涙を流すが、所詮金は金である。デイヴィッドはノーマに結婚を迫っている。彼は本気なのだろうか？　本気でノーマを愛しているというのだろうか？　もしそうだとしたら彼はやすやすと買収されはすまい。いかにも誠実味のある口ぶりだった。ノーマは明らかに彼の誠意を信じている。しかしアンドリュウ・レスタリックとゴビイ氏とエルキュール・ポアロの意見はちがう。どう見てもこの三人の意見が正しいようだ。

ゴビイ氏は咳払いをして口を切った。

「クローディア・リース－ホランド嬢は？　彼女は白です。不利な事実は皆無。疑わしい点も皆無。父親は議員、暮らしは裕福。スキャンダルなし。噂にきくMPらしくない人物。ロウディーン（パブリックスクール）卒、レディ・マーガレット・ホール（オックスフォード大学に所属する女子大学）を卒業後、下って秘書科の課程をとる。まずハーレイ通りの医者の初級秘書を勤め、ついで石炭局の秘書となる。一級秘書。二カ月前からレスタリック氏の秘書となる。特別な恋人はなし、いわゆるボーイフレンドが少数。デートの相手に適任の。レスタリックとのあいだに関係があるような形跡はなし。あたし自身が見て、あるとは言えません。ここ三年ボロディン・メゾンズに居住。あそこは家賃がとても高いので。いつも女三人で共同で使っていますが、親しい友人ではありません。同居人はしばしば顔ぶれが変わります。若いご婦人、フランシス・キャリイはセカンド・ガールでしばらく前からあそこに住んでいます。R・A・D・A（王立演劇学校）にしばらく籍をおいたこともあり、ついでスレイド（演劇学校）へ。ウェッダーバーン画廊に勤務――ボンド・ストリートの老舗。マンチェスター、バーミンガム、ときには外国で展覧会のお膳立てをする。スイスやポルトガルへも出かけていく。芸術家タイプで画家や俳優に知己多数」

ゴビイ氏は一息いれると咳ばらいをし、小さな手帳をちょっと見つめた。

「南アフリカからはいまだ多くを得られず。さしたる期待はかけられず。レスタリックは諸所を転々としています。ケニヤ、ウガンダ、ゴールド・コースト、南米にもしばらく。単に転々と居を移す。尻の落ち着かない人物。彼とくに親しい人物はなさそうです。行きたいところへ行くための莫大な蓄えがある。莫大な一身代もこしらえた。わざわざ辺鄙な土地へ行きたがる。彼と袖すりあった人物はだれしも好感をもつらしい。生れながらの放浪者かと思われる。だれとも音信は絶っていた。三度誤って死亡を伝えられています――奥地へ入ったまま姿をあらわさない――だが結局最後には姿をあらわすわけですな。五、六カ月いなかったと思うと、今度はまったく別な国や土地にひょっこりあらわれる。

ところが昨年ロンドンにいる兄が急逝した。行方を探すのにだいぶ苦労しました。兄の死は彼にショックを与えたようで。金も十二分にこしらえ、相性のいい女にもめぐりあっていたのでしょう。相手の女は彼よりだいぶ年下で、教師だったそうです。堅実なタイプ。ともあれそこで彼は放浪生活に終止符をうち帰国する決意をした。彼自身が大金持ちであるうえに、兄の遺産相続人です」

「成功物語と不幸な娘」とポアロは言った。「娘についてもっとわかるといいんだが。あなたはできる限りのことを、わたしが求めていた事実を突きとめてくれた。あの娘をとりまく人物、あの娘に影響をあたえる人物、おそらくあたえたにちがいない人物。娘の父親、継母、恋人の青年、娘が生活を共にしている人たち、ロンドンの勤務先の同僚。娘がかかわりをもつ範囲で死人が出たという話がないのはたしかですか？　これは重要なことで――」

「気《け》もありませんな」とゴビイ氏は言った。「彼女はホームバードという会社に勤めていますが――これが破産寸前で給料も多くはありません。継母は最近検査のために入院しています――田舎のほうで。さまざまに取り沙汰されてはいますが、根拠のあることでもなさそうです」

「彼女は死ななかった」とポアロは言った。「わたしに必要なのは」と彼は殺気だった口調で言った。「死人です」

ゴビイ氏は遺憾の意をあらわして立ちあがった。「ほかにご用はございませんか？」

「情報の類いでは、ありませんな」

「さようでございますか」ゴビイ氏はポケットに手帳をしまいながら言った。「さしでがましいようですが、いましがたこちらでお会いした若いご婦人は――」

「うん、あのひとがどうかしましたか？」

「いえ、別段――この件にかかわりがあるとは思われませんが、ちょっとお耳に入れておいたほうがよいかと――」

「どうぞ言って下さい。あのひとを見たことがあるのですね？」

「ええ、二カ月前に」

「どこで見かけましたか？」

「キュウ・ガーデンで」

「キュウ・ガーデン？」ポアロはかすかな驚きを示した。

「彼女を尾行していたんじゃないんで。ほかの人物を尾行していたんですが、その人物が彼女と出会いまして」

「それは何者ですか？」

「お話しするほどのことではないと思いますが。ヘルツェゴビナ大使館の下級大使館員です」

ポアロは眉をあげた。「それはおもしろい。いや実におもしろい。キュウ・ガーデン」と彼は考えこんだ。「逢いびきにはかっこうの場所。まことにかっこうの」

「あたしもそのときはそう思いました」

「二人は話し合っていたのですか？」

「いいえ、顔見知りではなかったのでしょう。ご婦人のほうは本を一冊持っておりました。ベンチに腰をかけておりまして。ちょっとばかし本を読んでそれからその本をかたわらにおきました。するとあたしの相手がやってきてそのベンチに腰をおろしました。話はしません――ただご婦人のほうが腰をあげてぶらぶらと立ち去りました。彼はただそこにすわっておりまして、ほどなく立ちあがり歩み去りました。若いご婦人がおいていった本を持って。それだけの話でございますよ」

「ふむ、興味津々だ」とポアロは言った。

ゴビイ氏は本箱を見つめ本箱におやすみと言った。そして立ち去った。

ポアロは深い吐息をついた。

「やれやれ《アンファン》」とポアロは言った。「できすぎている！　まったくできすぎている。スパイと逆スパイか。わたしの探しているのは単純きわまる殺人なのだ。ことによるとあの殺人は麻薬中毒者の頭のなかで起こった幻想にすぎないのではあるまいか！」

第十四章

「シェール、マダム」とポアロは一礼し、オリヴァ夫人にビクトリア風の作法で、型通りの花束をさしだした。

「ムッシュー・ポアロ！　まあ、なんて、ご親切に、それにいかにもあなたらしくて。あたしのお花ときたらいつもだらしなくて」夫人は気むずかしそうな菊がさしてある花瓶を眺めやり、それからきちんと円形にまとめられた薔薇の蕾に視線をもどした。

「それによくいらして下さったこと」

「わたしはね、マダム、快気祝いに参上したのです」

「ええ、もう大丈夫だと思うわ」夫人は頭をおそるおそる前後にふった。「でも頭痛がするの」と夫人は言った。「ひどい頭痛」

「だから言わないことではありませんよ、マダム、危険な真似はおやめなさいと注意したはずです」

「ほんとに、危ないことに首をつっこまないようにってね。ところがまさしくそれをやってしまったわ」夫人はなお補足した。「悪い予感はしたのよ。怖かったわ、でも怖がるなんて愚かしいって思ったのよ、だって、このあたしが何を怖がるの？　しかもロンドンよ。ロンドンのど真ん中よ。まわりには人だっているし。ね——なんであたしが怖がらなくちゃならないの？　淋しい森の中とかいうんじゃないんですからね」

ポアロはつくづくと夫人を見つめた。彼は思った、夫人は現実にそうした不気味な恐怖を感じたのだろうか、まことに悪の存在を直感したのだろうか、何者かが危害を加えようとしているという不吉な予感を感じたのだろうか、それとも、あとになってから勝手にそう思いこんだのか？　その可能性が大いにあることを彼は百も承知している。彼を訪れる客の大半はオリヴァ夫人がいま言ったのと同じ言葉をならべたてるのだ。「何か変だと思っていました。悪い予感がしました。何かが起こることはわかっていたのですが」などと言うのだが実際には彼らはそんなものは感じてはいないのだ。オリヴァ夫人とはどういう種類の人間なのだろう？

彼は夫人をしげしげと眺めた。オリヴァ夫人は自説によると直感に秀でているのだそうだ。ある直感が閃くとすぐさま次の直感が閃くという具合で、またその直感が当ったとなるとそれを正当化する権利を常に主張する。

とはいえ人間はだれしも、嵐の直前に犬や猫が感じる不安、何か変事がありそうだという動物の予感を共有するもので、もっともいかなる変事かというとそれは皆目わからないのだが。

「いつ襲われましたか、その恐怖感に?」

「大通りをはずれてから」とオリヴァ夫人は言った。「それまでは何事もなくてとてもスリルがあって——ええ、愉しかったわ、もっとも尾行というのがいかにむずかしいかということがしみじみわかりましたけれど」

夫人は感慨深げに口をつぐんだ。「ゲームみたいだったわ。それが不意にゲームとは似ても似つかぬものになってしまいましてねえ。だって怪しげな路地に入りこんでしまったの、なんだかうらぶれた場所なのよ。掘立小屋だの、ビルを建てるためにとりはらわれた空地だの——ああ、なんて説明したらいいんでしょうねえ。ただ何もかもすっかりちがうのよ。まるで夢みたい。夢ってどんなものかご存じでしょう。たとえばあることからはじまるでしょ、パーティか何か、するとそれがいきなりジャングルか何かまったく別の場所にいるのよ——とっても不気味なところ」

「ジャングル?」とポアロは言った。「ジャングルとはおもしろいですな。するとジャングルにいるような感じがしたのですね、それで孔雀が怖かったと?」

「彼をとくに怖れていたのかどうかはわかりませんよ。結局、孔雀なんて危険な動物ではありませんものね。だって――いえつまりね、あたしが彼を孔雀といったのは、おそろしく派手な身なりをしていたからなの。孔雀ってとても派手な感じでしょ？　あの恐るべき青年もそりゃ派手なのよ」

「襲われる前にだれかに尾けられているような感じがしませんでしたか？」

「ええ、ええ、これっぽっちも――ただね、彼がわざとちがう道を教えたんじゃないかと思うの」

ポアロは考えこむようにうなずいた。

「でももちろんあたしを撲ったのはあの孔雀ですよ」とオリヴァ夫人は言った。「ほかにだれがいる？　あの脂じみた服を着ていた汚らしい子？　いやな臭いがしたけど、悪《わる》じゃないわ。それにあのフランシスとやらいうぐにゃぐにゃした女がやるはずはないし――荷箱の上におおいかぶさるようなかっこうで、長くて黒い髪の毛をあたりにいっぱい垂らしちゃって。女優か何かみたいだったわ」

「絵のモデルになっていたというのですね？」

「そうそう。孔雀のじゃないの。臭いほうの坊やの。あなた、彼女にお会いになったんでしたっけ」

「まだその機会に恵まれてはいませんよ——恵まれるといってよろしければ」

「そうねえ、芸術家気どりのだらしのないところがあるけれど、なかなかの美人よ。すごい厚化粧。真白に塗りたくってマスカラをこってりつけて、ご多分にもれずへなへなした髪の毛を顔じゅうにたらしているの。画廊に勤めているそうだから、ビート族の仲間に入ってモデルなんかやっているのはごく自然ね。ああいう娘たちのすることといったら！　ことによるとあの娘、孔雀に惚れているんじゃないかしら。それとも臭いほうの坊やかしら。いずれにしてもまさかあの娘が棍棒でなぐるとは思えないわ」

「わたしは別の可能性を考えているのですよ、マダム。何者かが、あなたがデイヴィッドを尾行していることに気づき——あなたを尾行したと」

「だれかがあたしの尾行に気づいてあたしを尾行したですって？」

「あるいは何者かがその掘立小屋のあたりに隠れていて、あなたが尾行していた同一人物を見張っていたのかもしれません」

「それもひとつの考えね」とオリヴァ夫人は言った。「でもそれって、いったい何者かしらね」

ポアロは深い吐息をついた。「ああ、それなのです。むずかしい——実にむずかしい。多すぎる人物、多すぎる事象。何ひとつ明確なものがない。ただひとつはっきりしているのは、殺人をおかしたかもしれないと言っているお嬢さんだけです！　わたしが手をうたねばならぬのはその点についてですが、それがまた数々の難題をかかえていることはおわかりでしょう」

「難題とはどういう意味ですの？」

「よくお考えなさい」とポアロは言った。

熟考はオリヴァ夫人の得手ではない。

「あなたはいつもあたしを混乱させておしまいになるのね」と夫人は不平がましく言った。

「いまわたしは殺人のことに触れましたが、だれが殺されましたか？」

「継母殺しでしょ」

「しかし継母は殺されていません。彼女は生きています」

「あなたってほんとに腹の立つ方ね」とオリヴァ夫人は言った。

ポアロは椅子の上で身を起こした。両の指先を合わせ、愉しむ用意をした——とオリヴァ夫人はかんぐった。

「あなたは熟考を拒否なさる」とポアロは言った。「だが何かに到達するためには熟考が必要です」

「熟考なんてしたくないの。あたしが知りたいのは、あたしが病院にいるあいだにあなたがどんな手をうったかということだわ。何らかの手はうったはずね。何をなさったの、あなた？」

ポアロはその質問を無視した。

「最初からはじめましょう。ある日あなたから電話がありました。わたしはそのとき悩んでいた。ええ、それは認めます、たしかに悩んでいました。ひどいことを言われたのです。マダム、あなたは親切そのものでした。わたしを元気づけ、力づけて下さった。おいしい一杯のチョコレート《タス・ド・ショコラ》をふるまって下さった。そしてわたしに力を貸すと申し出て下さったばかりか、実際に力を貸して下さった。わたしのところへやってきて人殺しをしたような気がするといったお嬢さんを探す手伝いをして下さった！　ここで自問してみようではありませんか。マダム、この殺人とはなんですか？　だれが殺されたのですか？　どこで殺されたのですか？　なぜ殺されたのですか？」

「ああ、やめて」とオリヴァ夫人は言った。「あなたのお蔭でまた頭痛がしてきた、ああ気分が悪い」

ポアロはこの哀訴を一顧だにしなかった。

「われわれは殺人をつかみましたか？　あなたは——継母——だといわれるが、わたしは継母は死んではいないと答える——とすると殺人は現実には起こってはいない。だが殺人があったはずなのです。それゆえわたしは問いましょう、まず第一に、だれが死んだのかと？　ある人物がわたしのところへやってきて殺人について口走ったのです。どこかでなんらかの理由でおかされた殺人。だがわたしは殺人を発見することができない、そしてあなたがいままた言おうとしておられること、つまりメアリ・レスタリックの計画殺人こそ求めるものであるというあなたのご意見は、エルキュール・ポアロを満足させないのです」

「あなたがこのうえ何を望んでいるのかさっぱりわからない」とオリヴァ夫人は言った。

「わたしは殺人がほしいのです」とエルキュール・ポアロは言った。

「あなたがそんなふうにおっしゃるなんて、なんだか血に飢えてるみたい！」

「殺人を探しているのに見つからない。まったくじれったいことです——だからいっしょに考えて下さいと申しているのです」

「すばらしいことを思いついたわ」とオリヴァ夫人は言った。「アンドリュウ・レスタリックが、南アフリカに逃げだす前に、最初の奥さんを殺したのかもしれないわね。その可能性についてはお考えにならなかった？」

「そういうことはまったく思いつきませんでしたよ」とポアロは中腹で言った。

「そう、あたしは思いつきましたよ」とオリヴァ夫人は言った。「とてもおもしろいじゃありませんか。その別の女に恋をしてクリッペンのようにその女と駆けおちしたいと願った、そこで細君を殺したがだれも一片の疑惑もいだかない」

ポアロは長く深い吐息をついた。「しかし細君は彼が南アフリカへ去った後、十一年ないしは十二年間は死ななかったのですし、彼の娘も五歳では母親殺しにかかわりようがなかったでしょうな」

「薬をまちがえて母親にのませてしまったのかもしれませんよ。あるいは母親は死んだんだとレスタリックが言っているだけかもしれない。だってほんとうに死んだのかどうか実際にはわかっていないんだから」

「わかっています」とエルキュール・ポアロは言った。「調査したのです。レスタリックの最初の夫人は一九六三年四月十四日に死亡しています」

「どうしてそんなことがわかるの？」

「事実を調査する人間を雇いましたので。お願いですよ、マダム、そう性急に不可能な結論にとびつかないで下さい」

「あたしとしてはむしろうまくやったと思っていたのに」とオリヴァ夫人は頑強に言った。「もしこれがあたしの本のなかで起こった事件なら、あたしはそうするわ。子供にそうさせる。子供にその意志がなくても、父親に言われてオーセージ・オレンジを砕いて入れた飲み物を母親にあたえてしまうのよ」

「ちくしょう、ちくしょう！《ノム・ダン・ノム・ダン・ノム》」とポアロは言った。

「いいわ」とオリヴァ夫人は言った。「あなたのお話を聞こうじゃありませんか」

「おやおや、わたしに話すことなどありはしません。殺人を探しているのに見つからないだけの話で」

「メアリ・レスタリックが病気で入院して、よくなって退院してきたらまた具合が悪くなったというんでしょ、見つからないとは言わせませんよ。探しさえすればノーマが隠した砒素か何かが見つかるはずだわ」

「それはまさしく発見されました」

「それなら、ムッシュー・ポアロ、これ以上何がお望みなの？」

「あなたが言葉の意味にもう少し注意をはらって下さるのが望みです。あのお嬢さんは、うちのジョージに言ったのと同じことをわたしに言いました。どちらの場合にも、〝あたしはだれかを殺そうとした〟とか〝あたしは継母を殺そうとした〟とかいうふうには言いませんでしたよ。いずれの場合も、すでになされた行為について、すでに起こった事柄について語っています。明らかに起こった事柄について。過去形で」

「お手あげだわ」とオリヴァ夫人は言った。「ノーマは継母を殺そうとしたんだということをあなたはてんから信じようとはしないのね」

「いや、ノーマが継母を殺そうとしたということはきわめてありうることですよ。おそらくそういうこともあったかもしれない——心理学的にもうなずけます。彼女の惑乱した心理状態なら。しかしこれには証拠がありません。ノーマの所持品のなかに砒素を隠しておくことはだれにでもできることですからね。夫が置いた可能性もあります」

「あなたはいつだって、奥さんを殺すのは旦那だと思っているらしいわね」とオリヴァ夫人は言った。

「夫はいつも最有力容疑者ですよ」とエルキュール・ポアロは言った。「だからだれでもまず夫の線を考えます。娘のノーマかもしれません、使用人かもしれません、女書生《オーペア》かもしれません、あるいはロデリック卿かもしれません。あるいはレスタリック夫人自身かもしれない」

「阿呆くさい。でもなぜ?」

「動機はあるはずです。かなりこじつけかもしれませんが、考えられないことではない」

「でもねえ、ムッシュー・ポアロ、すべての人間を疑うことはできなくてよ」

「いやいや《メ・ウィ》、それこそまさにわたしになしうることです。わたしはすべての人間を疑う。まず疑い、しかるのち動機を探す」

「で、どんな動機をあの気の毒な外国人の子はもっているんですの？」

「彼女があの屋敷でしていることや彼女が英国にやってきた理由やその他もろもろの事情によりますが」

「あなたってほんとうに頭がおかしいわ」

「あるいはデイヴィッド青年かもしれない。あなたの孔雀」

「いよいよもってこじつけよ。デイヴィッドはあそこにいなかったんだから。あの屋敷に近づいたこともないのよ」

「いや、ところがあるのです。わたしがあそこを訪れた日にあの家の廊下をうろつきまわっていたのですよ」

「でもノーマの部屋に毒薬を置きにいったわけじゃないでしょう」

「どうしてそう言いきれます？」

「だって彼女とあのひどい青年は恋仲なのよ」

「そう見えますな、たしかに」

「あなたって方はいつでも物事を七面倒くさくしたいんだから」とオリヴァ夫人は不服

そうに言った。

「めっそうな。物事の方が七面倒くさくお膳立てされているのですよ。わたしは情報がほしいのに情報をあたえられる人物はひとりしかいないのです。しかも行方不明だ」

「ノーマのことを言ってらっしゃるの」

「ええ、ノーマです」

「行方不明じゃないでしょ。あたしとあなたで見つけたじゃありませんか」

「あのカフェから出てまた行方不明になりました」

「あなた、黙って行かせたの？」オリヴァ夫人の声は憤怒のあまりわなないた。

「ああ！」

「黙って行かせたんですか？　もう一度見つけようともしなかったの？」

「見つけようとしなかったとは言っていませんよ」

「だっていまだに見つかっていないんでしょ。ムッシュー・ポアロ、あなたにはほんとに愛想がつきてよ」

「あるひとつのパターンがある」とエルキュール・ポアロは夢見るように言った。「そうパターンがあるのです。だがあるひとつの要素が欠けているために、そのパターンは意味をなさないのです。おわかりですか？」

「いいえ」とオリヴァ夫人は言った。夫人の頭は痛みだした。

ポアロは聴き手というより自分に向かって話しだした。オリヴァ夫人を聴き手といえるならばであるが。夫人は夫人でポアロに対してひどく腹を立てており、ポアロは年をとりすぎているというレスタリックの娘の言い分はまったく当を得ていると思った！ やっとあの娘を探しだして逃がさぬうちに電話をしてやったうえ、片割れは自分が尾行したというのに。娘のほうはポアロにまかせたというのに、ポアロがしたことといったら——見失ってしまっただなんて！ ポアロがいついかなるときもまともなことをやってきたのかどうか怪しいものだ。つくづく愛想がつきた。彼がしゃべりおわったらもう一度そう言ってやらなくては。

ポアロは〈パターン〉と呼ぶものの概要を淡々と述べたてた。

「これは連結しあっています。そう、連結しあっている、だからむずかしいのです。ある事柄がある事柄につながっている、ところがそれはまた、パターンの外にあると思われる事柄につながっている。だがこれはパターンの外にあるのではない。それゆえこれはさらに多くの人々を容疑の輪のなかに追いこむことになる。なんの容疑？ ここでふたたびわからない。お嬢さんがまず登場した。そしてわたしはこの錯綜したパターンの迷路からもっとも厳しい問いに対する答を探さねばならないのです。あのお嬢さんは被害者で危険にさらされているのか？　あるいはきわめて狡猾なのだろうか。自己の目的にかなう印象を演出しているのだろうか？　どちらとも受けとれる。これ以上の何かが必要です。何か確実な指標、それはかならずどこかにあるはずです。どこかにあることはまちがいない」

オリヴァ夫人はハンドバッグのなかをかきまわしている。

「あたしのアスピリンときたら、いるときに見つからないのはどういうわけかしら」夫人はじれったそうに言った。

「一連の人間関係ははっきりしている。父親、娘、継母。彼らの生活はたがいにつながりをもっている。それから彼らと生活を共にしている老齢の伯父、いささか耄碌《もうろく》している。ソニアという娘がいる。彼女はこの伯父とつながりがある。老人のために働いている。立居振舞がういういしい。老人はご機嫌だ。彼女に対しては少々甘い。ところであの家における彼女の役割はなんだろうか？」

「英語をならいたいんでしょ」とオリヴァ夫人は言った。

「彼女はヘルツェゴビナ大使館の館員と会っている――キュウ・ガーデンで。そこでその男と会ったが、話しかけはしなかった。彼女は一冊の本を残していき、彼はそれを持ち去った――」

「いったいどういうことですの、それは？」と、オリヴァ夫人が言った。

「これは別のパターンと関係があるのだろうか？　それはまだわからない。およそありえないようだが、ありえないことでもない。あの娘にとって危険なことをメアリ・レスタリックが偶然発見したのだろうか？」

「スパイか何かと関係があるなんておっしゃらないでよ」

「あなたにお話ししているのではありません。わたしは考えているのです」

「ロデリック卿は耄碌してるなんておっしゃったくせに」

「彼が耄碌しているかどうかは問題ではありません。戦争中は要職にいました。重要書類は彼の手を経由しています。彼宛ての重要な書簡があったかもしれません。ひとたび重要性を失ったあかつきに、完全に彼の自由に委ねられた書簡」

「戦争中っておっしゃいますけど、もう何年も前の話ですわよ」

「仰せのとおり。しかし大昔だからといって、過去は常にもうおしまいというわけにはいかない。新たな同盟が結ばれる。これを拒絶し、あれを否定し、そのほかにさまざまな嘘をつきながらの演説が行なわれる。そしてここにある特定の人物の印象を一変させてしまうような書簡ないしは文書が存在するとする。あなたにお話ししているのではありませんよ。わたしは推論をおしすすめているにすぎません。過去においで常に正しかったと立証されている推論ですが。ある種の書簡や文書は焼却すべきだというのはまことに肝要なことでしょうな、さもないとどこかの国の政府に渡る可能性がありますからね。回想録の資料集めに往年の老名士を補佐する役どころとしては魅力的な若い娘ほどかっこうなものはないでしょうな。昨今はだれしも回想録を書きたがりますからね。書かないではいられないらしい！　女書生《オー・ペア》の有能な秘書が料理をした日に継母の食事に何か混ざっていたとしたらどうでしょう？　そしてノーマに嫌疑がかかるように仕向けたのが彼女だとしたらどうでしょう？」

「どういう頭なのかしらね」とオリヴァ夫人は言った。「ひねくれているとしか言いようがない。つまりね、そうあれもこれも起こるはずがないってことですよ」

「それなのですよ。パターンが多すぎるのです。どれが正しいパターンなのか？　ノーマは家を出てロンドンに行く。彼女は、あなたが教えて下さったとおり、ふたりの娘と共にアパートを共有しているサード・ガールです。ここにまたひとつのパターンがあります。ふたりの娘は赤の他人です。だがそこでわれわれが知り得たものは何か？　クローディア・リース＝ホランドはノーマ・レスタリックの父親の秘書です。ここにまた連繋がある。これは単なる偶然でしょうか？　それともこの蔭にまた別のパターンがあるのでしょうか。もうひとりの娘はあなたの話ではモデルをしているそうだが、彼女はノーマの恋人である〈孔雀〉とあなたが称する青年と知り合いです。ここにもまたつながりが見つかる。そしてデイヴィッド——孔雀はこのパターンのなかでいかなる役割を果しているのか？　彼はノーマに恋をしているのだろうか？　はた目にはそう見える。彼女の両親はそれを快く思ってはいない、それはさもあろうことで当然です」

「クローディア・リース＝ホランドがレスタリックの秘書だというのは奇妙ね」とオリヴァ夫人がしたり顔で言った。「彼女、やることにそつがなさすぎるような気がするわ。ことによると七階の窓からあの女を突きおとしたのは彼女かもしれなくてよ」

ポアロはゆっくりと夫人のほうに向きなおった。

「なんと言いました？」と彼は尋ねた。「いまなんと言いましたか？」

「あそこのアパートのひとが——名前も知らないんだけれど、七階の窓からおっこちたんだか、身投げしたんだか、どっちかなのよ」

ポアロの声は甲高く厳しかった。

「あなたはそのことを一言もわたしに言いませんでしたね？」と彼は詰問した。

オリヴァ夫人は驚いて彼を見つめた。

「なんのことかしら」

「なんのことかしらですと？　わたしはあなたに死人はいないかと訊ねたはずです。そのことです、わたしが言っているのは。死人です。ところがあなたは死人なんかいないとおっしゃった。毒殺未遂しか思いつかなかった。しかるにここに死人がいた。死人は――あのアパートの名前はなんといいましたっけ？」

「ボロディン・メゾンズ」

「そう、そう。で、それはいつのことです？」

「あの自殺事件？　だかなんだかわからない事件？　ええと――あれは――ええと、そう、あたしがあそこへ行く一週間前ぐらい？」

「完璧だ！　どうしてそれを知りました？」

「牛乳屋が教えてくれたの」

「牛乳屋、助けの神《ボン・デュウ》！」

「ただのおしゃべりのつもりだったのよ」とオリヴァ夫人は言った。「なんだか哀れっぽい話でねえ。昼間のことで――たしか明け方だったらしいわ」

「そのひとの名前は？」

「さあねえ。彼は言わなかったと思うわ」

「若者、中年、老人？」

オリヴァ夫人は考えこんだ。「そうねえ、はっきりした年は言いませんでしたねえ。

五十がらみとか言っていたような気がするけど」

「さあて。三人のお嬢さんが知っていた人物でしょうか？」

「あたしにわかるはずないでしょ？　だれもそれについてはなにも言っていなかったわ」

「そしてあなたはわたしに話そうとは思わなかったのですね」

「だってね、ムッシュー・ポアロ、それが今度の話によもや関係があるなんてねえ。あるかもしれない——でもそんなこと言ったり考えた人間はだれもいなさそう」

「しかしここにも連繫があります。ノーマというお嬢さんがあのアパートに住んでおり、ある日そのアパートである人物が自殺（だれの目にもそう映るらしいから）をとげる。つまりある人物が、七階の窓から身を投げたか誤って落ちたかして死んだのです。そして？　それで？　数日後このノーマというお嬢さんは、あなたがパーティでわたしの噂をしたのを小耳にはさんでわたしを訪れ、自分は殺人をおかしたかもしれないとわたしに告げたのですぞ。わかりませんか？　ひとつの死——そして日ならずして殺人をおかしたかもしれないと思いこんでいる人物があらわれた。うむ、これこそ求めていた殺人にちがいない」

　オリヴァ夫人は〝阿呆らしい〟と言いたかったが、ぐっとこらえた。にもかかわらず、阿呆らしいと思った。

「これはわたしのもとにいまだ届かずにいた情報のひとつにちがいない。これこそすべてを結びつけるものだ！　そうだ、そうだ、いかように結びつくかはいまだ不明だが、きっとそうにちがいない。わたしは考えねばならない。それがわたしのなすべきことだ。家に帰り、断片がぴったり合わさるまでゆっくりと考えねばならない――なぜならこれこそ、すべてを結びつける鍵となるものにちがいないから……そうだ。ようやく、ようやく光明がさしてきた」

彼は立ちあがって言った。「アデュー、シェール、マダム」そしてそそくさと部屋を出た。オリヴァ夫人はやっと本音を吐いた。

「阿呆らしい」と夫人は人気のない部屋に向かって言った。「阿呆らしいったらありゃしない。アスピリンは四錠じゃ多すぎるかしら？」

第十五章

エルキュール・ポアロの手もとにはジョージの作ってくれた薬湯《ティザン》がある。彼はそれを一口すすっては考える。彼独特のある方法で考える。それはジグソーパズルの一片を選びだすように考えを取捨選択する方法である。一片一片がぴったりとおさまって明確な絵を再構成していく。その際肝心なのは選択、選別である。彼は薬湯をひとすすりしてカップをおき、両腕を椅子の腕木にのせ、ジグソーパズルのさまざまな断片をひとつひとつ頭にうかべた。いったん全部を照合し、しかるのち選択する。空の断片、緑の河岸の断片、そして虎の毛皮のようなだんだら縞の断片。

エナメルの靴をはいた自分の足の痛み、彼はまずそこからとりかかる。朋友オリヴァ夫人によって切りひらかれた道を歩いてゆく。継母。門に手をかけたわが姿を思いうかべる。振りかえった女、かがみこんで薔薇のまばらな繁みに鋏をいれていた婦人が、振りかえって彼を見つめる。そこに目をとめるべき何かがあっただろうか？　何もない。

黄金色の頭。麦畑のように明るい黄金色の頭、オリヴァ夫人の髪型をしのばせる大小さまざまなカールをくっつけた髪。彼は微笑をもらした。だが、メアリ・レスタリックの髪はオリヴァ夫人の髪よりはるかにきちんと結いあげられている。彼女には少々大きめではないかと思われる、顔をふちどる黄金色の額縁。病気のせいで鬘をかぶっているといったロデリック卿の言葉を彼は思いだす。まだうら若い婦人にはさぞ辛かろう。考えてみると彼女の頭は妙に重たそうな感じがした。あまりにも活力がなくあまりにも整いすぎていた。彼はメアリ・レスタリックの髪が――ほんとうに鬘なのかどうかについて検討してみた――ロデリック卿の言葉を鵜のみにできる確信はどこにもないからである。まず鬘がなんらかの意味をもちうるいくつかの可能性を検討してみる。二人が交した会話を思いおこしてみる。何か重要なことを言っただろうか？　そうは思わない。二人が入っていった部屋を思いだしてみる。ごく最近他人の家に入りこんだとでもいうような個性のない部屋。壁には絵が二つ、一つは藤色の衣裳をまとった婦人の肖像画。薄い唇、きゅっと結んだ口もと。霜ふりがかった褐色の髪。先妻のレスタリック夫人。夫より老けた感じ。夫の肖像画は向かい側の壁にかかっている。ともに立派な肖像画である。ランスバーガーは腕のいい肖像画家だった。ポアロの思いは夫の肖像画の上にたゆとう。あの日は念入りに見なかった、後日レスタリックのオフィスで見たときほど……。

アンドリュウ・レスタリックとクローディア・リース＝ホランド。二人のあいだに何かあるだろうか？　二人の関係は単なる社長と秘書以上のものだろうか？　そこまで考えるには及ぶまい。長い不在の後、故国に戻ってきた男がいる、近しい友人や親戚もない、娘の性格や行動に当惑し心を痛めている。最近雇ったきわめて有能な秘書を彼が頼りにし、ロンドンに住む娘のためにいい住居はないかと尋ねるのは当然であろう。秘書はたまたまサード・ガールを探していたのだから、彼女のアパートの一室を提供するのは彼女の側にも好都合であったろう。サード・ガール……オリヴァ夫人から聞いたことの言葉がたえず思いだされる。あたかもそれが、なんらかの理由で彼が見過ごしている意味を隠しもっているかのように。

従僕のジョージが部屋に入ってきて後ろ手にそっと扉を閉めた。

「若いご婦人がお見えでございます。先ごろお出でになりました方で」

その言葉は、ポアロが考えていたことを鋭く突いた。彼はぎくりとしたように体を起こした。

「朝食どきに見えた若い婦人？」

「いえ、ちがいますです。ロデリック・ホースフィールド卿のおともをしてこられた若いご婦人でございます」

「ああ、なるほど」ポアロは眉をあげた。「お通しして。いまどこに？」

「レモンさんの部屋にお通ししてございます」

「ああ。ではこちらへお通ししなさい」

ソニアはジョージの返事を待っていなかった。彼より先につかつかと部屋に入ってきた。

「逃げだしてくるのはむずかしかったんです。でもわたし、あの書類を盗んだのではないことを言いにきました。わたし、何も盗みません。おわかりですか？」

「あなたが盗んだとだれが申しましたか？」とポアロは尋ねた。「おかけください、マドモアゼル」

「すわりたくありません。時間、すこししかありません。それがまったくの真実でないことを言いにきただけです。わたし、とても正直です、言いつけられたことをします」

「おっしゃることはわかります。前からわかっておりましたよ。つまりあなたは、書類も資料も手紙もいかなる種類の文書も、ロデリック・ホースフィールド卿の屋敷から持ちだしてはいないと言われるのですね？　そうですね？」

「はい、それでわたし、そう言いにきたのです。彼はわたしを信じています。彼はわたしがそんなことはしないことを知っています」

「それなら結構です。わたしも心に留めておきましょう」

「あなたはあの書類を探すつもりですか？」

「目下はほかの調査がありますので」とポアロは答えた。「ロデリック卿の書類は順番待ちをしていただかねばなりません」

「彼は心配しています。とても心配しています。わたし、彼には言えないことがあります。あなたにそれを言おうと思います。彼は物を失くします。そこにあると思うところにないのです。彼は物を――なんというのですか――おかしな場所におくのです。ああ、わかっています。あなたはわたしを疑います。みんなわたしを疑います。外国人だから。わたしが外国から来た人間だから、みんな――みんな、ばかげたイギリスのスパイ小説みたいにわたしが書類を盗んだと思います。わたしはそういうのとちがいます。わたしは知識人です」

「ほほう」とポアロは言った。「それは結構なことです」そしてこうつけくわえた。「ほかに何かおっしゃりたいことがありますか？」

「なぜですか？」

「さあなぜでしょう」

「あなたが言うほかの事件とはなんですか?」

「いや、おひきとめはしたくありませんので。今日は休日なのでしょう」

「はい。一週に一度、好きなことのできる日があります。ロンドンへ来ることができます。大英博物館へ行くことができます」

「ああ、そうですね、ビクトリア・アルバート博物館へもでしょう」

「そうです」

「それから国立美術館へ行って絵を見ますね。それから天気のよい日にはケンジントン・ガーデン、それからキュウ・ガーデンなどにも足を伸ばすでしょう」

彼女は顔をこわばらせた……そしてなじるような視線を投げた。

「なぜキュウ・ガーデンと言いますか?」

「なぜかといいますと、あそこには美しい草花や樹木があるからです。ああ! キュウ・ガーデンを見のがしてはいけませんよ。入園料もとても安いのです。一ペンスか二ペンスぐらいだったと思いますよ。それから熱帯樹も見られますし、ベンチにすわって本も読めます」彼は無邪気そうな笑顔を向けながら、彼女がますます落ち着きをなくしたことに興味をもった。「いやおひきとめするつもりはありません、マドモアゼル。もしかするとどこぞの大使館に訪ねるお友だちがいるのかもしれません」

「なぜそんなことを言いますか？」

「別に理由はありません。あなたはおっしゃるとおり外国人ですから、あなたのお国の大使館と関係のある友人がおられるのは当然でしょう」

「だれかがあなたに告げ口をしましたね。だれかがわたしに罪をかぶせようとしているのです！　彼は物をしまい忘れるようなぼんやりした老人です。それだけのことです！　重要なこと、何も知りません。秘密書類など、持っていません。そういうもの、持っていたことありません」

「ああ、しかしあなたはご自分の言われていることについて深く考えてはおられませんね。時は過ぎゆくのです。彼はかつて重要機密を握る重要人物だったのです」

「あなたはわたしを脅しているのですね」

「いやいや。わたしはそれほどメロドラマじみた人間ではありません」

「ミセス・レスタリック。あなたにそんなことを言ったのはミセス・レスタリックです。彼女はわたしを好きではありません」

「あの方が言われたのではありませんよ」

「でも、わたし、彼女が嫌いです。信用できないひとです。彼女は、秘密を持っていると思います」

「ほんとう?」

「ええ。ご主人に隠している秘密があると思います。少なくとも一人の男に会うために」ほかの男に会いにロンドンやほかの場所へ行くのだと思います。少なくとも一人の男に会うために」


「なるほど」とポアロは言った。「それは非常に興味深いですな。あなたはあの方が男に会いに行ってるとお考えなのですね?」

「はい、そうです。しじゅうロンドンへ行きますが、彼女がご主人にいちいち断っているとは思いません、どうしてもしなければならない買い物があるとかそういういろいろな言いわけをね。ご主人は会社が忙しいので、なぜ奥さんが出かけるのか考えたことないと思います。彼女は田舎の家にいるよりロンドンにいるほうが多いです。それなのに庭いじりがとても好きなふりをしています」

「夫人が会いにいく相手の男は何者かご存じですか?」

「わたしにわかるはずないでしょう? あとを尾けたわけではありません。ミスタ・レスタリックは疑り深い人ではありません。奥さんの言うこと信じています。きっといつも仕事のことばかり考えているのですね。それからお嬢さんのこと、心配していると思います」

「そう」とポアロは言った。「お嬢さんのことを非常に心配されていますね。あなたはお嬢さんのことをどれほどご存じですか？　よく知っていますか？」

「よくは知りません。でもわたしがどう思っているかと訊くのでしたら——言います！

彼女は頭がおかしいと思います」

「頭がおかしいと思う？　なぜです？」

「ときどき妙なことを言います。見えもしないものが見えます」

「見えもしないものが見える？」

「いもしない人間とか。ときどきすごく興奮するかと思うと、夢でもみているような様子をしているときもあるのです。話しかけても聞こえないのです。返事もしません。死んでもらいたい人間がいるのだと思います」

「レスタリック夫人のこと？」

「それに彼女のお父さん。お父さんを憎んでいるような目つきで見ます」

「それは両親が、自分の選んだ青年との結婚に反対しているからでしょう」

「はい、結婚してもらいたくないのです。それは正しいと思います、でもそれが彼女を怒らせているのです。いつかきっと」とソニアは勢いよくうなずきながら、「自殺すると思います。そんなばかなことしないでほしいと思いますけど、深く恋をしているひとがやることですから」彼女は肩をすくめた。「さあ——行かなくては」

「ちょっとこれだけ教えて下さい。レスタリック夫人は鬘をかぶっていますか？」

「鬘？ わたし、知るはずないでしょう？」一瞬考えこんだ後、「かもしれません、はい」とうなずいた。「旅行には便利ですし。いま流行ですし。わたしもときどきかぶります。緑色のを！ まあ以前には」彼女はもう一度言った。「さあ、行かなくては」そして立ち去った。

第十六章

「今日はすることが山とある」翌朝エルキュール・ポアロはこうひとりごちながら、朝食の卓から立ち上がりミス・レモンのもとへ行った。「してもらいたい照会。必要な調査、予約、必要な連絡はしてくれたでしょうね？」

「もちろんですとも」とミス・レモンは言った。「全部これに揃っております」彼女は小さな書類鞄を手渡した。ポアロは中身をすばやくあらため、うなずいた。

「あなたに一任しておけば安心です。ミス・レモン」と彼は言った。「素晴らしい《セ・ファンタスティック》」

「とんでもない、ムッシュー・ポアロ、素晴らしいことなんか何もありませんわ。あなたが指示をおあたえになり、わたしはそのとおりにするだけですから。当然のことです」

「いいや、それが当然のことではないのですよ」とポアロは言った。「ガス会社の工事夫や電気屋や修理屋のたぐいに指示をあたえて、彼らが指示のとおりにしてくれるでしょうか？　ごくごく稀です」

彼は玄関に立った。

「少し厚手の外套を、ジョージ。秋の肌寒がやってきたからね」

彼は秘書室のほうをひょいと振りむいた。「ところであなたは昨日ここへ来た若い娘さんのことをどう思いますか？」

ミス・レモンはタイプライターに指を置きかけていたのをはばまれ、すげなく答えた。

「外国人」

「そう、そう」

「明らかに外国人」

「そのほかに何か思いついたことはありませんか？」

ミス・レモンは考えこんだ。「彼女の能力を判定する方法がありませんでしたから」

そして懐疑的な口調でこう補足した。「なんだかとりみだしている様子でしたね」

「そう、盗みの嫌疑をかけられているのですよ！　金ではなく書類です。雇い主の」

「おやまあ」とミス・レモンは言った。「重要書類？」

「その可能性はおおいにあるようです。同様に雇い主が実は何も紛失していないという可能性もあります」

「なるほど」とミス・レモンは言って、彼女がしじゅう雇い主に対して見せる特別の表情、すなわち、さっさと退散してくれれば仕事に専念できるのにという表情を見せた。「かねがね申し上げているとおり、人を雇うときには、ご自分の立場をよくわきまえたほうがよろしいですよ。そして英国製をお買いになることですね」

エルキュール・ポアロは家を出た。最初の訪問先はボロディン・メゾンズである。彼はタクシーを拾った。中庭で車をおりると彼は周囲を見わたした。制服の門番が戸口に立っており、なにやら悲しげな調子の口笛を吹いていた。ポアロが近づくのを見て彼は言った。

「何かご用で？」

「あのう」とポアロは言った。「最近こちらで起こった非常に悲しい出来事についてお教えいただけないかと思いまして」

「悲しい出来事？」と門番は言った。「さあ、いっこうに知りませんね」

「飛びおりたか、上の階から落ちたとかして死んだ婦人のことですが」

「ああ、あれね。あたしは一週間前に来たばかりなんであのことは何も知りませんよ。やあ、ジョー」

通りの向こうから出てきた別の門番がこちらへやってきた。

「あんた、七階から落っこちた女の人のことを知ってるだろう。ひと月前だかの？」「くわしくは知らないがね」とジョーは言った。ゆっくりしゃべる中年の男だ。「いやな話さね」

「即死ですか？」

「ええ」

「名前はなんといいます？　親類のものかもしれませんので」とポアロは説明した。彼は真実を曲げることについて良心の呵責をおぼえたりするような人間ではない。

「それはそれは。お気の毒なことで。ミセス・シャルパンティエとか言いました」

「ここにしばらく住んでおりましたか？」

「ええと、そうですな、一年ぐらい――一年半ぐらいでしたかな。いや二年だったかな。ええ。七階の76号です」

「最上階ですね？」

「ええ、そうです。ミセス・シャルパンティエとか言いました」

ポアロはその女性の容姿などについての説明は求めなかった、というのは親類の者であればそれは知っているはずのことだから、かわりに彼はこう訊いた。

「大騒ぎだったでしょうね、いろいろ取り調べもあったのでしょう？　何時ごろでしたか？」

「朝の五時か六時ごろでしたよ。なんの予告もなしでしてね。降ってわいたように落ちてきたんでさ。そんな朝早くだというのにたちまち野次馬が押しかけてきて、あそこの柵からもぐりこみましてね。どこの連中も同じですよ」

「それから警察も来たでしょうね？」

「ええ、すぐにやってきました。医者と救急車も。いつもどおりですよ」と門番は、毎月一人や二人は七階から身投げがあるようなうんざりした口調で言った。

「このアパートからも騒ぎを聞きつけて大勢出てきたでしょうね」

「いやここからはあまり出てきませんでしたよ。なにしろこの辺は往来の物音やなにやらでたいていのひとが知りませんでした。落ちてくるときに悲鳴をあげたとか、だれやらが言ってましたがね、それも大騒ぎになるほどじゃなかったんです。たまたま往来を通りかかった人たちが見たんです。その連中があの柵によりかかって首を伸ばしていたもんで、それを見たほかの連中が仲間に加わったようなわけで。事故ってやつがどんなものかおわかりでしょうが！」

よくわかっているとポアロは同調した。

「ひとり住まいだった？」と彼はなかば尋ねるように言った。

「そうですよ」

「アパートで親しかった人はおりましたか」

ジョーは肩をすくめ首を横にふった。「いたかもしれませんが、よくわからないな。レストランなんかでここの人たちといっしょのところはあまり見なかったな。ときどき夕食に招待するような外の知り合いはあったですがね。さあ、このなかでとくに親しくしていた人がいたかどうか。ことによると」とジョーはいささか面倒くさくなったように、「あの人のことをもっとお知りになりたければ、管理人のマックファーレンさんのところでお訊きになるのが一番かな」

「ああ、ありがとう。そう、わたしもそうするつもりでした」

「事務所はあそこの建物です。一階です。扉に書いてあるからわかります」

ポアロは指さされた方角へ歩いていった。書類鞄からミス・レモンの用意してくれた書状をとりだす。〈マックファーレン様〉と宛名が記されている。マックファーレン氏は四十五ぐらいの男前の抜け目なさそうな人物であった。ポアロは書状をさしだした。彼は開いて読んだ。

「ああ、そうですか、わかりました」と彼は言った。

机の上に書状を置くとポアロを見た。

「家主さんから、ルイーズ・シャルパンティエ夫人の非業の死に関してできるだけの協力をするようにという指示です。さて、どんなことがお知りになりたいのですか、ムッシュー？」――と書状に目をおとし――「ムッシュー・ポアロ？」

「これは極秘でして」とポアロは言った。「夫人の身寄りは、警察と弁護士から報告を受けたのですが、わたしが英国へ行くというので、ぜひともう少し立ちいった事情を調べてきてほしいと申しましてね、おわかりでしょうか。お役所の報告だけではまどろこしいものでして」

「ええ、まったく。ええ、そうでしょうとも、よっくわかりますよ。わたしの知っておりますことならなんでもお話ししましょう」

「夫人はこちらにはどのくらいお世話になっていましたか、それからこちらを借りるようになったいきさつは？」

「あの方はたしか――調べれば正確な日付けがわかりますが――ここには二年ほどですよ。空室が出ましてね、前の借り主があの方と知り合いで、引っ越す話をしたんじゃないでしょうか。ワイルダー夫人ですよ。BBCにお勤めでロンドンにしばらくいましたが、カナダへ行くことになりましてね。とても気さくな人で――故人とはごく親しいという間柄ではなかったですがね。たまたま部屋が空くからというような話をしたんじゃないですか。シャルパンティエさんはここが気に入った」

「夫人はここにふさわしい住人だったとお思いですか?」マックファーレン氏の返答の前にほんのわずかなためらいがあった。

「まあけっこうな住人でした、はい」

「忌憚《きたん》のないところをおっしゃってください」とエルキュール・ポアロは言った。「どんちゃん騒ぎをしたでしょう、ええ? 少しばかり——そのう——パーティは賑やかすぎたのではありませんか?」

マックファーレン氏は極端に慎重な態度をあらためた。

「折々苦情がもちこまれましたが、おもにお年寄りの方々からでして」

エルキュール・ポアロは意味ありげな身ぶりをした。

「酒をだいぶおたしなみでして——陽気な方々とおつきあいでしたから。そんなわけでときどき面倒を起こされましたが」

「夫人は紳士方がお好きでしたか?」

「いや、そこまでは申しあげたくはないんでして」

「ええ、ええ、わかりますよ」

「むろんそれほどお若くはありませんでしたし」

「外見は概して当てにならないものですよ。いくつぐらいに見えましたか？」

「どうもむずかしいですな。四十か――四十五」彼はさらにつけくわえた。「健康状態はよくなかったようですよ」

「なるほど」

「飲みすぎですよ――それは確かです。なんですか、とても元気をなくされましてね。体のことを気になさって。しじゅう医者通いをしなさってたが、医者の言うことはてんから信じないんですな。ご婦人方は思いこんでしまうんです――ことにあの時期にさしかかった人たちは――あの方は自分は癌だと思いこんでおったんですよ。そう信じこんでおいでででしたよ。医者がそうじゃないと言ってもてんからきかなかった。検死審問のときにも医者は、どこも悪くなかったと証言しているんです。いやねえ、こういうことはよくあるんですよ。なんでもかんでもひとりでのみこんで、ある晴れた日に――」と彼はこっくりをした。

「いたましいことです」とポアロは言った。「ここの住人でとくに親しくしていた人がおりましたか？」

「さあねえ。ここは近所づきあいのいいほうじゃありませんからねえ。大部分が勤め人で仕事に出ていますから」

「ミス・クローディアア・リース‐ホランドはどうでした。つきあってはおりませんでしたか？」

「ミス・リース‐ホランド？　いや、つきあいはなかったでしょう。そりゃ、まあ、エレベーターでいっしょになったとき言葉をかわすぐらいのことはしたでしょうが、それぐらいですよ。つきあいというようなものはなかったと思いますね。何しろ、世代もちがうし。その、つまり――」マックファーレン氏はいささかうろたえ気味であった。ポアロはなぜかとあやしんだ。

彼は言った。「ミス・ホランドと同居のお嬢さんの一人がシャルパンティエ夫人を個人的に知っていたと思いますが――ミス・ノーマ・レスタリックです」

「あのひとが？　さあ知りませんねえ――ごく最近越してきた方で、顔もろくにおぼえていませんが。なんだか怯えたような顔をした娘さんですね。学校を出て間もないんでしょう」彼は言いたした。「ほかに何かございましょうか？」

「いや、ありがとう。お世話さまでした。その部屋を見せていただけませんか。そのう、先方に、伝えたいと――」ポアロは口をつぐみ、何を伝えたいかは言わなかった。

「ああ、さようですか。ただいまはトラバースさんとおっしゃる方が入っています。昼間はシティにお勤めですから。ええ、よろしかったらどうぞ」

彼らは七階にあがった。マックファーレン氏が鍵をとりだすと、扉の番号の数字がひとつぽろりと落ち、ポアロのエナメルの靴にすんでのところであたるところだった。彼はすばやくとびのき、かがみこんでそれを拾いあげた。そして突きだしている鋲を丁寧に扉にさしこんだ。

「この番号はゆるんでいますな」と彼は言った。

「すみませんでした。書きとめておきましょう。ええ、しょっちゅうゆるんじゃいましてね。はい、こちらです」

ポアロは居間へ入った。一見したところ個性的なものに乏しい部屋だ。壁には木目に似せた紙を貼ってある。平凡だが小ざっぱりとした家具が置かれ、唯一の個性的な特色はといえばテレビとわずかばかりの書物だった。

「うちではどの部屋も一部家具付きでして」とマックファーレン氏は言った。「借りる方は、わざわざ家具を持ちこむ必要がございませんで。越してこられるお客さまの要求は十分満たしていると存じますが」

「室内の装飾はどこも同じですか?」

「すっかり同じというわけじゃございませんが。どなたもこの木目の感じがお好みのようで。絵をかけるのによい背景でして。ちがう点と申しますと、戸口と向かい合せの壁でございますね。わたしどもではフレスコ壁を一揃いそろえてございましてお客さまにご自由に選んでいただいております。十点もそろっております」とマックファーレン氏は誇らしげに言った。「日本画もございますですよ――芸術的でしょう?――それから英国風庭園、それから印象的な鳥の図柄、樹木、ハーレクインのまだら模様、アブストラクト風のおもしろ味のあるもの――線や立方体が、きわだったコントラストの色で描かれているという具合でして。全部が腕ききの美術家がデザインしたものです。家具はぜんぶ同じです。色は二色ございます。むろんお好きな家具をお持ちこみになってもけっこうなんですよ。ですがお持ちこみになる方はめったにありませんな」

「ほとんどのひとたちは、まあ言うなれば、家庭的な家づくりをするひとではないというわけですな」とポアロは指摘した。

「はい、どちらかと申しますと渡り鳥タイプの方たちで、完璧な快適さとか、暖房や水道や下水の設備の整っているのをお望みになる、装飾のほうには格別のお好みのない方たちばかりで、もっとも中にはなんでも自分でやる型の人も少数おりますが、こういう方たちは、わたしどもの立場から申しますとあまり歓迎できませんです。賃貸契約書に、すべてを元通りにすること――あるいはなされた損害に対し弁償する旨の一項をいれませんと」

話題はシャルパンティエ夫人の死の問題からすっかり離れてしまったようだ。ポアロは窓に近づいた。

「ここからですか？」と彼は遠慮がちに呟いた。

「はい。その窓です。左手のほうの。バルコニイがついております」

ポアロは窓から下を見おろした。

「七階か」と彼は言った。「長道中ですな」

「はい、即死でしたのが不幸中の幸いで。むろん事故だったのでしょう」

ポアロはかぶりを振った。

「本気でそう言われるのではありますまい、マックファーレンさん。故意になされたのに、ち、が、い、あ、り、ま、せ、ん」

「まあだれでも、安易な可能性のほうをとりたがるものでしてね。あの方はお幸せではなかったようです」

「いろいろとご親切にありがとうございました」とポアロは言った。「これでフランスにいる縁者にはっきりした模様を伝えてやれます」

しかし起こったことについての彼自身の心像は必ずしも鮮明ではなかった。ここまでは、ルイーズ・シャルパンティエの死が重大な意味を持っているという彼の持論を裏付けるものは何もない。彼はルイーズという名前を反芻した。ルイーズ……なぜルイーズという名前に聞きおぼえがあるのだろう？　彼はかぶりを振った。そしてマックファーレン氏に礼を述べて立ち去った。

第十七章

ニール主任警部は机の前にすわり、いやに事務的で格式ばった態度でこちらを眺めている。ポアロに丁重な挨拶をした後、椅子を指し示した。だがポアロを案内してきた青年が立ち去ると、とたんにその態度は一変した。

「今度は何を追いかけているんですかね、隠したがり屋の意地悪じいさん？」と彼は言った。

「そのことなら」とポアロは応じた。「先刻ご承知でしょう」

「ええ、まあね、いろいろ集めてみましたがねえ、あの穴からはたいして獲物は期待できませんよ」

「なぜ穴などというのです？」

「だってあなたは鼠獲りとそっくりだから。鼠が出てくるのを穴の前でうずくまって待っている猫だ。まあわたしにお尋ねになるんなら、あの穴には鼠はおらんと答えましょう。まあね、臭い事件を掘りださないとも限りませんがね。実業家というものをご存じでしょう。鉱山だの利権だの石油だのそういうたぐいの事業は山っけの多いもんですからね。しかしジョシュア・レスタリック有限会社は評判はいいですよ。同族会社——だったが——いまはそうは言わないんだな。サイモン・レスタリックには子供がいないが、弟のアンドリュウにはあの娘がひとり。母方に年とった伯母がいる。アンドリュウの娘は学校を卒業して母親が死んだ後はその伯母にひきとられた。伯母は半年前に脳卒中で死亡した。少々頭のおかしい女だったらしい——特殊な宗教団体に属していた。別に害はない団体だが、サイモン・レスタリックは遣《や》り手の実業家というごくごく平凡な人物で、人あたりのいい細君がいる。わりと晩婚でしてね」

「で、アンドリュウは」

「アンドリュウは放浪癖があったようですよ。彼に不利な事実はないようだ。一ヵ所に腰を落ち着けていたためしがない、南アフリカ、南アメリカ、ケニヤ、その他諸国を放浪して歩いている。彼の兄が帰国するようにと再三説得したが効果はなかった。ロンドンや家業を好まなかったが、レスタリック家の人間特有の金儲けの才能には恵まれていたとみえるな。鉱脈なんかを探しまわってね。彼は象のハンターでも考古学者でも開拓者でもない。彼の扱うものはすべて商取引きで、それはいつでも好調に運んだ」

「すると彼は一応、在来の型にはまった人物ということですか？」

「まあ、だいたいそういうとこですな。兄貴の死後なぜ英国へ舞い戻ってきたのか、そのところはわからんな。おそらく新しい細君が——再婚したんですよ。別嬪《べっぴん》のずっと年下の女でしてね。目下のところはロデリック・ホースフィールド卿、卿の妹がアンドリュウ・レスタリックの伯父にかたづいているんですが、卿の屋敷に同居している。もっともほんの仮住まいでしょうがね。何か目新しい事実がありましたか？　それとも先刻ご承知のことばかりで？」

「おおむねは」とポアロは答えた。「父方や母方の親族に精神病の方はいらっしゃいませんか？」

「なさそうですね、年とったおばちゃんと変てこな宗教を除けば。もっともひとり暮らしの女には珍しいことじゃありませんがね」

「ではあなたに言えることは、金がどっさりあるということだけですね」とポアロは言った。

「どっさりなんてもんじゃない」とニール主任警部は言った。「ぜんぶが正当なものですよ。そのうちの一部は、いいですか、アンドリュウ・レスタリックが会社にもちこんできたものですがね。南アフリカの種々の利権、鉱山、鉱床。それらが開発され、市場に出まわるころには、巨額の金になっているでしょうな」

「で、それを相続するのはだれですか？」とポアロは訊いた。

「アンドリュウ・レスタリックがどう残すかによりますよ。彼の胸先三寸だが、細君と娘のほかに特定な人物はいませんよ」

「すると彼女たちは二人とも、いつかは巨額の遺産を相続することになるわけですな？」

「まあそういうこと。家族信託財産のようなものはそこらにたくさんあるでしょうね。シティの連中の定石ですよ」

「その、たとえば、彼が興味をもっている婦人がほかにいやしませんか？」

「そういう事実はありませんな。第一そりゃありえない、美人の新妻がいるんだから」

「どこかの若い男が」とポアロは考えこむような口調で、「そうした事実を容易に掴むことはできるでしょう？」

「そして娘と結婚するというんですな？　たとえ娘が裁判所の被後見者だって、その男を思い止まらせる方法はありませんよ。むろん父親は娘の相続権を剝奪することはできるが」

ポアロは手にした整然としたリストを見つめた。

「ウェッダーバーン画廊はどうですか？」

「どうやってそれを嗅ぎつけたんです。客から贋作の件で相談でも受けましたか？」

「贋作を売買しているのですか？」

「贋作を売買するやつはいませんよ」とニール主任警部は非難がましく言った。「ちょっと不愉快な事件がありましてね。テキサスからやってきた億万長者があそこで絵を買って、莫大な金を払った。ルノワールとヴァン・ゴッホを売りつけたんです。ルノワールのやつは少女の小さな首で、そいつに疑わしい点がありましてね。ウェッダーバーン画廊がはじめに誠意をもって買いいれなかったと考える理由はなさそうだった。事件になりましてね。美術専門家が大勢やってきて議論百出ですよ。最後には例によってみんな相手の言うことを否定しあうような風向きになった。画廊側はいずれにしても現物をひきとると申し出た。しかし億万長者は決心を変えなかった、というのはいちばん売れっ子の専門家が正真正銘ほんものだと折紙をつけたからなんですよ。それでやっこさん、その絵を後生大事に抱えこんでいたってわけでね。といってもそれ以来あの画廊は疑惑の目で見られるようになりましたがね」

ポアロはもう一度リストを眺めた。

「それでデイヴィッド・ベイカー氏はどうですか？　調べていただけましたか？」

「ああ、やつはどこにでもいるごろつきですよ。人間の屑です――徒党を組んでナイトクラブでいやがらせをする。パープル・ハートを常用している――ヘロイン――コーク――女どもはああいうものに夢中なんだ。あの男は女たちが、あんなにすばらしい天才なのに、あのひとの人生はとても辛いことばかりなの、とよってたかって嘆いてくれる、そういうタイプの男ですよ。彼の絵はほんとうの値打ちがわかってもらえない、とかね。わたしに言わせりゃ、おきまりのセックスがお目当てってとこだ」

ポアロはふたたびリストに目をおとした。

「リース－ホランド議員について何かご存じですか？」

「政治的には辣腕家。話術の天分に恵まれている。シティとは二、三、特別なひっかかりがあったようだが、うまくたちまわって切り抜けている。抜け目のない人物ですな。金をしこたためこんでいるが、かなりいかがわしい遣り口ですよ」

ポアロは最後の要《かなめ》に触れた。

「ロデリック・ホースフィールド卿はいかがです？」

「気のいい爺さんだがぼけてるな。あんたの鼻はどうなっているんですかね、ポアロ、むやみやたらに突っこんでいるが？　ええ、特務課じゃいろいろ厄介な問題がありましてね。近ごろ、回想録ばやりでしょう。この次どんな無思慮な暴露が行なわれるか誰にもわからんのです。ご老体たちは、軍人と言わず、ほかの分野でも他人の無分別な所業を記憶しているという己れの特別商標を公けにしようと躍起になっている始末だから！ふだんは問題にもならないが――まあ、ご承知のとおり、内閣は政策を変更する、そうすりゃだれだってだれかさんのご機嫌をそこねたり、ためにならない宣伝をしてしまうようなことはしたくない、そこでわれわれはそういうご老体たちをおとなしくさせておかなくちゃならない。なかには一筋縄ではいかんやつもいてね。あなたもそっち方面に鼻を突っこみたいなら、特務課へお行きなさいよ。それほどのスキャンダルがあったとは思えないが。厄介なのは、彼らが破棄すべき書類を破棄しないことでね。後生大事にかかえこんでいるんだな。たいしたしろものはないと思うが、さる筋で嗅ぎまわっているという証拠もありましてね」

ポアロは深い吐息をついた。

「お役に立ちましたか？」と主任警部は訊いた。

「その筋からくわしい内幕をうかがってよかったと思いますよ。まあしかし、お話をうかがったところではあまり役に立つことはありませんな」彼はふたたび吐息をつき、「もしだれかがあなたに、ある婦人が――若い魅力的な婦人が――鬘をかぶっているとお話したら、あなたはどう思います？」

「べつに」とニール主任警部はこたえ、無愛想につけくわえた。「うちの女房なんかも旅行のときには鬘をかぶりますよ。そのほうが面倒がないんでね」

「失礼しました」とエルキュール・ポアロは言った。

　別れの挨拶をかわしてから主任警部が訊いた。

「あのアパートで起きた自殺事件に関するお尋ねのネタは届きましたか？　あなたのほうへまわしておきましたが」

「ああ、ありがとう。少なくとも公式な事実。ありのままの記録」

「あなたがさっき話していたことでちょっと思いだしかけたことがあるんだが。ちょっと待って下さいよ。あれはありふれた哀れっぽい物語だ。陽気な女、男好き、生活費は十分ある、心配事もない、酒びたり、もっぱら人生下り坂。そのうち気の病いというやつにとりつかれる。癌か何かにかかったと思いこんで。医者に診察してもらうと医者はなんでもないという、だが医者の言うことは信じない。わたしに言わせれば、もう昔みたいに男を色香に迷わせるような魅力が自分になくなったと悟ったんですな。それで意気消沈しちまう。ごくありふれた話ですよ。ああいった女は孤独です、かわいそうに。シャルパンティエ夫人もご多分にもれない。わたしに言わせれば——」彼はふと言葉をとぎらせた。「ああ、そうだ、思いだした。あなたさっき、わが議員の一人、リース－

ホランド氏についてお尋ねになりましたな。彼氏、人目につかないようにやるが、かなりの遊び人らしい。ルイーズ・シャルパンティエも、その昔彼の愛人でしたよ。それだけの話ですがね」

「由々しい関係でしたか？」

「いや、そうでもないでしょう。いかがわしいナイトクラブに連れだって姿を現わしたりしていた。ご承知のとおり、われわれはそういうたぐいのことには油断なく目を配っていますからね。もっとも新聞には何も出ませんでしたがね。とりあげるほどのことじゃなかったんでしょう」

「なるほど」

「しかし、しばらくつづいていましたね。半年ぐらい、ちょくちょく連れ立っているところを見られているが、彼氏にとって彼女がたったひとりの愛人だったわけじゃないし、彼女にとっても彼がたったひとりの愛人だったわけでもないと思いますよ。それだから、別にとりたてて問題にもできない、でしょう？」

「そんなことはありません」とポアロは言った。「しかしいずれにしろ同じことだ」とポアロは階段をおりながら考えた。「いずれにしろこれは鎖の環の一つだ。マックファーレン氏の当惑を説明づけるものだ。これは環だ、小さな環、エムリン・リース－ホランド議員とルイーズ・シャルパンティエを結ぶ環」それはおそらくなんの意味も持たないのかもしれない。どうして意味があろう？　しかしそれにしても――「わたしは多くのことを知りすぎている」とポアロは腹立たしく思った。「あまりにも多くを知りすぎている。あらゆることについて、あらゆる人間についてほんの少しずつ知っている。それなのにわたしにはパターンが描けない。これらの事実の半分は無関係のものだ。パターンをもて。パターンを。パターンのためなら余の国でもなんでもやるわい」最後の言葉を彼は声にだして言った。

「なんでしょうか」とエレベーター係りがきょとんとした顔で振りかえった。

「いやべつに」とポアロは言った。

第十八章

ポアロはウェッダーバーン画廊の戸口にたたずんで、一枚の絵を、獰猛な顔をしたずん胴の三頭の牡牛の絵を眺めている。その胴体には複雑な形の巨大な風車が影をおとしている。牛も風車もたがいになんの関係もないように見え、またその奇怪な紫の色調も突拍子がないように思われる。

「おもしろうございましょう？」と猫なで声がした。

一目見たとき、ぎっしり並んだ真白な歯をむきだして笑っているように見えた中年の男が、いつの間にかかたわらに立っていた。

「この新鮮さ」

彼は大きな白いぽっちゃりした手をアラベスクの踊りのように振りうごかした。

「才気横溢の作品展。先週終わりました。クロード・ラファエル作品展が一昨日からはじまっております。好評をよぶでしょう。大好評を」

「ほう」とポアロが言ううちに、グレイのビロードのカーテンをくぐって長方形の部屋へと導かれた。

ポアロは二言三言、慎重だが、少々曖昧な言葉をもらした。肥った男は物なれた様子で彼の手をとった。こけおどしで逃がしてしまってはならない客だと直感したのだ。美術商としてはつわものである。たとえお買いあげにならなくとも、お客さまさえその気におなりでしたら、一日中でもこちらでごゆっくりなさってよろしいんでございますよ。ここにあるこのすばらしい絵をたったお一人でご鑑賞願いましょう――もっともこちらへ入られたときには、すばらしいとはお思いになりませんでしたでしょうが。しかしお帰りになるころには、すばらしいという言葉こそこれらの絵を形容するにふさわしいとお思いになりますですよ。そして客がいくつかの有益な芸術的助言を受け、〈わたしはあのほうが好きだ〉という素人のきまり文句がとびだすと、ボスコウム氏はすかさず次のような台詞で煽りたてる。

「なるほど、お客さまがそうおっしゃるとはたいそう興味深うございますな。つまり、こう申してはなんでございますが、たいした見識をおもちでいらっしゃる。もちろんそれは並みの方々のご意見とはちがいますですな。一般の方がお好みになるのは――こちらのような、ややわかりやすいものでございまして」――とカンバスの隅に描かれた青と緑の縞模様を指さし――「しかしこちらになりますと、いやあ、この良さにお気づきになられるとは。わたくし思いますに――むろんこれはわたくし個人の意見でございますが――これはラファエロの傑作の一つでございましょう」

ポアロは彼といっしょに首をかしげ、一見蜘蛛の糸のようなものでぶらさがっている人間の二つの目玉、オレンジ色のゆがんだダイヤモンドに見いった。和気あいあいとした空気が生じ、時間は際限なくたっていくので、ポアロは話題を転じた。

「フランシス・キャリイさんという方がこちらにお勤めですね？」

「ああ、はい。フランシス。利発な娘さんですよ。非常に芸術的で、非常に有能です。ポルトガルから戻ってきたばかりですよ、あちらで美術展のお膳立てをしてきてくれまして。大成功をおさめましたです。彼女自身も芸術家ですが独創的とは申せませんです。ビジネス方面の手腕のほうがまさっておりますね。本人も気づいているようですが」

「彼女は芸術のよき理解者だそうですね？」

「はいそうです。フーン派に興味をもっておりまして。才能あるものたちを力づけています。昨年も、若い絵描きの小さなグループのために作品展を開くようにわたしを説き伏せましてね。これはあたりました――新聞でもとりあげられて――小規模なものでしたが。はい、彼女にはパトロンも何人かいます」

「わたしは、その、どちらかというと旧弊な人間ですので。ああいう若いひとたちは——

——まったく《ブレマン》！」ポアロの両手があがった。

「まあまあ」とボスコウム氏は寛大に言った。「外見で物をご覧なすってはいけません。あれは単なる流行です。髭やジーンズや金ぴかな衣裳や髪の毛なんかは。一時的な現象でございますからねえ」

「デイヴィッドとかいう人物ですが」とポアロは言った。「苗字は忘れましたが。キャリイさんは彼を高くかっているようですね」

「ピーター・カーディフのことじゃございませんか？　フランシスは彼のパトロンですよ。さあわたしは、フランシスほど彼については確信がありませんですねえ。彼はじっさい前衛派というよりも——さあ、なんと申しますか、まったくの反動主義ですな。じつに——まったく——ときにはバーン＝ジョーンズ（エドワード・バーン＝ジョーンズ（一八三三―一八九八）英国のラファエロ前派の画家）とも言えますな」

「デイヴィッド・ベイカー——そうそう、わたしが思いだそうとしていた名前ですよ」とポアロは言った。

「彼は悪くはありません」とボスコウム氏は熱のない口調で言った。「オリジナリティがあまりありませんな、わたしに言わせれば。いまお話しした絵描きのグループの一員ですが、きわだって独創的なものは持っておりませんねえ。腕は立ちますが、目を見はるほどのものじゃございません。派生的なものですよ!」

ポアロは帰宅した。ミス・レモンは署名の必要な書状をさしだし、几帳面《きちょうめん》に署名された書状をもってひきさがった。ジョージは飾りをあしらった香草入りオムレツを、いうなれば、ひそかに同情をよせるような物腰で運んできた。昼食の後、ポアロが四角ばった肘かけ椅子に腰をかけてコーヒーを手元にひきよせたとき電話が鳴った。

「オリヴァ夫人でございます」とジョージが受話器を彼の手元に置いた。

ポアロはしぶしぶと受話器をとった。オリヴァ夫人とは話したくなかった。したくないことをしろとせっつかれるような気がする。

「ムッシュー・ポアロ?」

「はい《セ・モア》」

「いま何をしていらっしゃるの? 何をなさっていたの?」

「ただいま、腰をおろしております」とポアロは言った。「考えています」と彼はつけたした。

「それだけ?」とオリヴァ夫人は言った。

「大切なことです」とポアロは言った。「成果が得られるかどうかは別として」

「でもあなた、あの娘さんを探さなくてはいけませんよ。きっと誘拐されたんですよ」

「たしかにそんなふうに見えますね」とポアロは言った。「父上のほうからも昼の便で手紙がきておりますが、それによると、どの程度進展しているか話しにきてほしいということです」

「それで、どの程度進展してますの?」

「現段階では」とポアロはしぶしぶこたえた。「何も」

「いやですねえ、ムッシュー・ポアロ、ほんとにしっかりして下さらなきゃ困るわよ」

「あなたこそ!」

「あなたこそって、どういう意味?」

「せいぜいわたしを突ついて下さい」

「なぜチェルシーの現場へいらっしゃらないの、あたしが頭を撲られたところ」

「頭を撲られにですか?」

「あなたという方がわからない」とオリヴァ夫人は言った。「あたしはカフェであの娘を見つけて、あなたに手がかりをあたえてあげたのよ。あなたもそうおっしゃったじゃないの」

「そう、そう」

「ところがあなたは出向いていったくせに彼女を見失ってしまった！」

「そう、そう」

「窓から身投げした女の人はどうでした？　何か摑めて？」

「聞きこみはしました」

「それで？」

「別に。あの婦人は数あるなかの一人です。若いころは魅力的で情事をもつ、情熱的に、さらに多くの情事をもつ、年とともに色香を失う、不幸になる、酒びたりになる、癌か何か不治の病いにかかったと思いこむ、そして絶望と孤独の果てについに窓から身を投げる！」

「あなたはあの女の死は重大だって——何か意味があるんだっておっしゃったでしょ」

「そのはずでした」

「まったくあきれた！」二の句がつけずオリヴァ夫人は電話を切った。

ポアロは肘かけ椅子によりかかった、といっても直立型なのでせいぜいできるかぎりだが。ジョージにコーヒーポットと電話を片付けるように手真似で命じた後、自分が知っていること、知らないことについての考察にとりかかった。そして考えを明確にするために声に出して言った。彼は三つの哲学的設問を思い出す。

「我は何を知るや？　我は何を望み得るや？　我は何をなすべきや？」

設問が順序正しく並べられているか、あるいはこれが的を射た設問であるかどうか確信はないのだが、とにかくそれについて考察することにした。

「たぶん、わたしは年をとりすぎているのだろう」とエルキュール・ポアロは絶望の底で言った。「我は何を知るや？」

考えてみるとあまりに多くを知りすぎている！　この設問はひとまず保留にしよう。

「我は何を望み得るや？」まあ、だれでも常に希望はもてる。だれよりもはるかにすぐれている彼の脳細胞が、理解しがたいと思われる問題に対して答を生みだしてくれるだろうという希望はもてる。

「我は何をなすべきや？」これはきわめて明らかである。なすべきことは、娘のことで心を痛め、そしていまにいたるまで娘を連れ戻してくれないポアロを責めているであろうアンドリュウ・レスタリック氏を早急に訪れることだ。氏の心情はわかるし、氏の立場に同情はするものの、このようなきわめて不利な状況にわが身をさらす気にはなれない。そこで彼になしうる唯一のことは、ある電話番号をまわし、その後の進捗《しんちょく》状況を尋ねることだ。

だがその前にさきほど保留した問題にたちもどろう。

「我は何を知るや？」

彼はウェッダーバーン画廊に嫌疑がかかっていることを知った——さしあたりいままでは法を逸脱したことはなくとも、無知な億万長者に素姓の怪しい絵を売りつけることは躊躇しない。

ボスコウム氏のぽってりと白い手とぎっしり並んだ歯を思いだし、いやな男だと思った。ほぼ確実に後ろ暗い仕事に手を染めながら、保身はおさおさおこたりないという感じの人物だ。この事実はデイヴィッド・ベイカーと関係があるかもしれないという理由で役立つかもしれない。そしてデイヴィッド・ベイカーその人、孔雀がいる。彼については何がわかっているだろう？ ポアロは彼に会い、話をし、彼についてある意見をまとめた。彼は金のためなら、いかなる種類の不正な取引きも辞さないだろうし、愛情はなくとも金目当てで富豪の女相続人と結婚もするだろうし、金で追いはらうこともできるだろう。そう、彼ならおそらく金で片がつくだろう。アンドリュウ・レスタリックはそう信じたのであり、おそらく彼は正しい。ただし——。

ポアロはアンドリュウ・レスタリックについて考え、彼本人より、彼の頭上の壁にかかっていた肖像画のほうに思いを走らせた。きわだった容貌、張りだした顎、不屈の面魂などを彼は思いだす。ついで亡きアンドリュウ・レスタリック夫人のうえに思いをはせる。真一文字にひきしめられた口もと……いまひとたびクロスヘッジへおもむいてあの肖像画を見たほうが、もっと仔細に見たほうがいいのかもしれない、ノーマへの手がかりがあそこに秘められているかもしれぬ。ノーマ——いや、まだノーマについて考える時点ではない。ではほかに何があるだろう？

メアリ・レスタリックがいる。しじゅうロンドンに行ってばかりいるから、きっと愛人がいるんですとソニアという娘が言っていた。その点を考えたが、ソニアが正しいとは思えない。購入する不動産の下検分、メイフェアの豪壮なマンションや邸宅や室内装飾店や、天下の金で購《あがな》えるものの下見のためロンドンへ行くことはおおいにありうる。

金……彼の頭をよぎるあらゆる問題は、結局はここへ行きつくようだ。金。金の重要性。この事件には莫大な金がからんでいる。いずれにせよ、なんらかの形で、金が重きをなしている。金がひとつの役割を演じている。ここまでは、ミセス・シャルパンティエの横死がノーマの所業であるという彼の信念を立証するものは何もない。一片の証拠もなく動機もない。とはいえ否定しがたいつながりがあるように思われる。あの娘は〝殺人をおかしたかもしれない〟と言った。そしてあの死はそのほんの数日前の出来事なのだ。彼女が住んでいる建物のなかで起きた死。あの死がなんの関係もないというのではあまりに偶然すぎはしないだろうか？　彼はメアリ・レスタリックを襲った謎の病いについて再考した。あまりにも単純で、その筋書たるやまさに古典的と言える事件だ。毒を盛った人間は——おそらく——家のなかの者だという毒殺事件。メアリ・レスタリックが自ら毒を盛ったか、夫が毒殺をこころみたか、ソニアという娘が毒を盛ったか？それとも犯人はノーマか？　論理的に言ってノーマが犯人であるとすべてが指し示しているのは、エルキュール・ポアロも認めざるを得ない。

「にもかかわらず《トゥ・ド・メーム》」とポアロは言った。「何も発見できないでは、エ・ビアン、その論理も窓からさよならだ」

彼は嘆息をつき、立ちあがると、ジョージにタクシーを呼ぶよう命じた。アンドリュウ・レスタリックとの約束を果さねばならない。

第十九章

　クローディア・リース－ホランドは今日はオフィスにいなかった。かわりに中年の婦人がポアロを迎えた。レスタリックさんがお待ちかねですといって、レスタリックの私室へ導いた。

「それで？」レスタリックはポアロが入っていくなりしびれをきらしたように言った。「娘の行方はわかりましたか？」

　ポアロは両手をひろげた。

「いまだに――何も」

「しかしあなた、何かあるはずだ――何かの手がかりが。娘がひとり、宙に消えうせるなんてありえない」

「いまどきの若いお嬢さん方はそれをやってのけるのです」

「金に糸目はつけんということがあなたにはわからんのですか？　わたしは――こんな

ている。

すっかりじりじりしている様子だ。頰がこけ、血走った眼が眠れぬ夜を如実に物語っている。

生殺しの目にあうのはごめんだ」

「ご心痛はお察ししますが、お嬢さんの行方を突きとめるべくあらゆる手をつくしております。それらは、いかんせん、急《せ》かせるわけにはまいりませんので」

「娘は記憶を失ったのかもしれない——あるいはことによると——その、つまり、具合が悪いのかもしれません。病気とか」

途ぎれた言葉の言外の意味がポアロにはわかるような気がする。レスタリックは〝あるいはことによると——死んでいるかもしれない〟と言おうとしたのだろう。

彼は机の前にすわった。

「よろしいですか、ご心配はよくわかります、しかし警察にご相談になればもっと手っとり早く成果があがるだろうと、わたしはくりかえし進言いたしましょう」

「だめだ！」大音声がとどろいた。

「彼らのほうが機動力は大きい、捜査の手段もいろいろあります。はっきり申して、これは金の問題ではないのですよ。いかに金とても、きわめて有能な組織が生みだしうる成果と同じものを生みだすことはできません」

「いや、あなた、そんな慰めをおっしゃっても無駄です。ノーマはわたしの娘だ。たったひとりの肉身だ」

「あなたはお嬢さんについてすべてを――洗いざらいお話しして下さいましたか？」

「これ以上何を話せとおっしゃるのです」

「何を話すかはあなた次第、わたしが申し上げることではありません。たとえば過去に何か事件はありませんでしたか？」

「どんな？　それはどういう意味です？」

「精神異常という確かな症歴」

「するとあなたは――その――」

「わたしにどうしてわかりますか？　わたしには知りようがないでしょう？」

「わたしにだってどうしてわかりますか？」レスタリックは不意に苦々しい口調になった。「あの子のことをわたしがどれだけ知っているでしょうか？　長い年月です。グレイスは憎みつづける女でした。簡単に許したり忘れたりするような女じゃありません。ときどき思うんですが――彼女はノーマを育てるには不適当な人間だったと思うんです」

彼は立ちあがり部屋の中を行ったり来たりした後、ふたたび腰をおろした。

「そりゃ、わたしが家内のもとを去るべきではなかったことはわかっています。子供の養育は家内にまかせっぱなしでした。しかし当時はわたしなりの考えがあったのです。グレイスはノーマを溺愛していました。娘にとってまたとない庇護者でした。しかし現実は？　現実はどうだったか？　グレイスがわたしによこす手紙は、怒りと復讐に燃えているようでした。まあ、それは無理からぬことです。しかし、わたしはずっと戻らなかった。戻るべきでした。ときどき戻って子供がどんなふうに育っているか見るべきでした。きっと良心がとがめたんでしょうね。いや、いまさらこんな愚痴をこぼしても仕方がありません」

彼は居ずまいを正した。

「そうです。ノーマに再会したとき、娘の態度が神経症的で不安定だというふうに感じました。あの子とメアリのあいだも――しばらく間《ま》をおけば、うまくいくだろうと思いましたが、あの子がまったく正常ではないと感じていたことは認めざるを得ません。ロンドンに勤めに出て週末に帰ってくるようにしたほうがいいんじゃないか、四六時中メアリといっしょにしておくのはよくないんじゃないかと思いました。いや、きっとわたしが、なにもかも目茶目茶にしてしまったのかもしれない。しかし娘はいまどこにいるんでしょう、ムッシュー・ポアロ？　どこなんです？　あの子は記憶を失ったんじゃゃないでしょうか？　よくそういう話を聞きますが」

「ええ」とポアロは言った。「その可能性もあります。お嬢さんの場合、自分がどこのだれであるかわからずにうろつきまわっておられるかもしれませんね。あるいは事故にあわれたか。この可能性は少ないのです。病院やその他の施設はすべてあたってみましたから」

「あなたは娘が——娘が死んでいるとは思わないんですね？」

「死んでいる場合のほうが生きている場合よりはるかに発見されやすいと思いますよ。どうか落ち着いて下さい、レスタリックさん。お嬢さんにはあなたがご存じない友人がおられるのかもしれない。英国のどこかにいる友人、母君あるいは伯母君と暮らしておられたころ知りあった友人、あるいはお嬢さんの学校友だちのそのまた友だち。この種のことは選りわけるには時間がかかります。ことによると——お覚悟が必要ですが——お嬢さんはある種の男友だちといっしょかもしれません」

「デイヴィッド・ベイカー？　もしそうだとしたら——」

「お嬢さんはデイヴィッド・ベイカーといっしょではありません。それは」とポアロは素気なく言った。「まずわたしが保証します」

「あの子にどんな友だちがいるのか知りようもないでしょう？」彼は吐息をついた。

「娘が見つかったら、娘を見つけたときには——と言いたいですね——あの子をこんなところから救いだしてやります」

「こんなところとは？」

「こんな国からです。わたしは惨めでした、ムッシュー・ポアロ、ここへ戻ってきてからずっと惨めでした。シティの生活はまったくご免です。会社の雑務の際限のないくりかえし、弁護士や金融業者たちとのたえまない折衝。わたしの性《しょう》にあった生活は一貫して同じです。旅、あちらこちら転々として未開の未踏の地へわけいることです。それがわたしの生活だ。わたしはそれを捨てるべきではなかった。ノーマをわたしのところに呼びよせるべきだった、ですからあの子が見つかったときは今度こそそうするつもりです。すでに株式の買付けの話がきています。そう、連中は、なにもかもひっくるめてぜんぶを、きわめて有利な条件で手に入れられるはずです。わたしは現金を受けとって、なんらかの意義のある、本物の国へ戻ります」

「ほほう！　それで奥さまはなんとおっしゃるでしょうな？」

「メアリ？　家内はそういう生活には慣れていません。あちら生れですし」

「お金をどっさりお持ちのご婦人方《レ・ファム》には」とポアロは言った。「ロンドンはきわめて魅力的な街ではありませんか」

「家内にはわたしの気持ちがわかるでしょう」

机上の電話が鳴った。彼は受話器をとりあげた。

「うん？　ああ、マンチェスター？　うん。クローディア・リース－ホランドならつないでくれたまえ」

彼は一分ほど待った。

「おう、クローディア。うん、もっと大きな声で、遠くてよく聞こえない。承知した？……そりゃ残念……いや、よくやってくれた……よろしい……それでけっこう。夕方の汽車で帰りたまえ。明日の朝じっくり相談しよう」

彼は受話器を置いた。

「有能な娘です」と彼は言った。

「ミス・リース－ホランド」

「ええ。まれにみる有能な秘書だ。面倒なことはほとんど肩がわりしてくれます。マンチェスターのこの取引きについてはほぼ白紙委任しましてね。わたしがまったく集中できない感じで。よくやってくれましたよ。ある意味では男なみの働きをしますよ」

彼はポアロを見つめ、不意に現実にひきもどされたようだった。

「ああ、そう、ムッシュー・ポアロ。どうも気が散っていけない。もっと経費が必要ですか」

「いいえ、ムッシュー。お嬢さんを無事連れ戻すべく最善をつくすことをお約束いたしますよ。お嬢さんの安全のためには万全の措置がとられています」

ポアロは表の部屋を通って外に出た。歩道におりたつと空を仰いだ。

「ある設問に対する確答」と彼は言った。「それがわたしの求めるものだ」

第二十章

エルキュール・ポアロは旧態然とした市場街の、ごく最近までは閑静だった通りに面したジョージ王朝風のどっしりした構えの家を見上げた。この界隈も急激に開けてはいるものの、新しいスーパーマーケットやギフトショップやマーガーリイのブティックや、ペッグス・カフェや宮殿のような新築の銀行などはクロフト・ストリートに庇を並べ、狭いハイ・ストリートまでは侵入してはこない。

扉の真鍮のノッカーがぴかぴかに磨かれているのをポアロは讃嘆のまなざしで眺めた。彼はその横にある呼鈴をおした。

扉は、長身の、目鼻だちのきわだった、きびきびした物腰の束髪の婦人によって開かれた。

「ムッシュー・ポアロ？　時間厳守でいらっしゃること。さあ、どうぞ」

「ミス・バタースビー？」

「そうです」彼女は扉を広く開けた。ポアロはなかへ入った。彼女はポアロの帽子を玄関の帽子かけにかけ、壁でかこまれた手狭な庭を見おろす明るい部屋へ導いた。

椅子をすすめ、待ち受けるような姿勢で自分も腰をおろした。ミス・バタースビーは、形式ばったやりとりで時間を空費するタイプでないのは明らかだ。

「あなたはメドウフィールド女子学院の元校長先生でいらっしゃいますね」

「はい。昨年退職いたしました。卒業生のノーマ・レスタリックについてお尋ねになりたいとか」

「さようでございます」

「お手紙には、それ以上くわしいことは書いてありませんでしたけれど」ミス・バタースビーはさらにつけくわえて、「あなたがどなたかよく存じあげておりますわ、ムッシュー・ポアロ。ですから、お話しする前にもう少々くわしい事情をお聞かせ下さいましな。あなたは、たとえば、ノーマ・レスタリックをお雇いになるおつもりですの？」

「そのつもりはありません」

「あなたのご職業は存じあげておりますから、なぜわたくしがくわしいことを知りたいかおわかりになりますね。あなたは、たとえばノーマの縁者の紹介状をお持ちですか？」

「ふたたび、否です」とエルキュール・ポアロは言った。「わたし自らご説明いたしましょう」

「恐れいります」

「じつはわたし、ミス・レスタリックの父上のアンドリュウ・レスタリック氏に雇われております」

「ああ。長いこと外国にいらして最近こちらへお帰りになったとか」

「そうです」

「それでその方の紹介状もお持ちになりませんでしたか？」

「わたしがお願いしませんでしたので」

ミス・バタースビーは問いかけの視線をポアロに送った。

「わたしに同行したいと言われるだろうと思いまして」とエルキュール・ポアロは言った。「わたしが先生にお尋ねしたい質問を妨げられるのではないかと思いましてね。なぜかと申しますと、それらの質問に対する答は、あの方に苦痛をあたえるのではないかと恐れるからです。現在すでに心を痛めておられるのにことさら苦痛をあたえるのはどうかと思うのですよ」

「ノーマの身に何かあったのでしょうか？」

「ないようにと念じております……しかしながらその可能性はあります。あのお嬢さんをおぼえておいでですか、ミス・バタースビー？」

「わたくしの生徒は、一人のこらずおぼえておりますわ。記憶力はいいんですの。それにメドウフィールドはさして大きな学校ではございませんし、生徒数は二百人ちょうどです」

「なぜご退職になられたのです、ミス・バタースビー？」

「それはあなたのお仕事とは関係のないことでしょう、ムッシュー・ポアロ？」

「いや、ごく自然な好奇心にすぎません」

「わたくし、七十になります。これが理由にはなりませんか？」

「先生の場合は理由になりますまい。まだまだ矍鑠《かくしゃく》としておられるから、この先何年も校長の職務を十分果していかれるようにお見受けしますが」

「時世は変わるものでございましてね、ムッシュー・ポアロ。その変わり方をだれもが好むというわけではありません。あなたの好奇心を満足させてさしあげましょうね。わたくしね、生徒の親たちにほとほと嫌気がさしましたの。娘たちに対する親の期待ときたら、近視眼的で、およそ愚かしいものですわ」

ミス・バタースビーは、ポアロが調査した経歴によれば、著名な数学者である。

「わたくしが怠惰な生活を送っているとお思いにならないで」とミス・バタースビーは言った。「ただいまははるかに性《しょう》にあった仕事をしながら暮らしております。上級の生徒の受験指導をしているのです。さてノーマ・レスタリックになぜ関心をおもちなのかその理由をお聞かせ願えませんか？」

「憂慮すべき事態になっておるのです。悪く申せば行方知らずなのです」

ミス・バタースビーは動揺の気色をいささかもみせなかった。

「なるほど。〈行方知らず〉とおっしゃるが、行き先を両親に告げずに家を出たということなのでしょうね。ああ、たしか母親はなかったはずですから、父親に行き先を告げなかったわけですね。それなら近ごろ珍しいことじゃございませんよ、ムッシュー・ポアロ。レスタリックさんは警察に相談なさらなかった？」

「その点に関しては我《が》をはっておられましてね。断固拒否なさるのです」

「わたくしは、あの子がどこにいるかとんと存じません。なんの便りもありませんし。メドウフィールド卒業以来音沙汰なしですね。ですから、いずれにしてもお役には立てませんね」

「わたしの望んでいる情報はそういうたぐいのものではありません。彼女がどんなタイプの生徒だったか知りたいのです——あなたなら彼女をどう説明なさるか。容貌ではありません。そういう意味ではないのです。彼女の個性、性格といったものですね」

「ノーマは学校ではごく平凡な生徒でした。成績も抜群というほうではなく、中どころでした」

「神経症的なところはありませんでしたか?」

ミス・バタースピーは考えこんだ。そしておもむろに言った。「いいえ、あったとは申せませんね。つまり、あの子の家庭環境がもたらしたものをさしひいての話ですが」

「病身だった母親のことを言っておられるのですか?」

「はい。あの子は両親が離別した家庭の子ですよ。父親は、あの子が非常に慕っていたらしいのですが、ある日とつぜん、よその女と駆けおちをしてしまった。当然母親は憤慨しました。おそらく自制心もなくやたらに憤懣《ふんまん》をぶちまけて、必要以上に娘を動揺させたのではないでしょうか」

「亡くなられたレスタリック夫人についてお尋ねするとしたら、それはなかなか要を得たご意見でしょうな?」

「あなたがお尋ねになるのはわたくし個人の意見ですか?」

「おさしつかえなければ」

「いっこうにさしつかえはございませんよ。家庭環境というものは娘の人生にとって非常に重要なものです。わたくしの耳に入るささやかな情報から、そういったことをいままでにもできるだけ勉強いたしました。レスタリック夫人は一本気な気性の方でしたね。独善的で口うるさく、自らをまったく愚かしい女に仕立てることで人生にハンディキャップを作っているような！」

「ああ」とポアロは得心顔に言った。

「それにまた、気病《マラード・イマジネール》みでもありましたね。ごく軽い病気を大げさにいうタイプ。病院を出たり入ったりする女性。娘にとっては不幸な家庭環境ですわ——ことにこれという個性をもたない少女にとっては。ノーマには知的な覇気というものも格別なかったし、自分に対する自信もなかったし、専門的な職業をすすめるような子ではありませんでした。ごく平凡な職について、それから結婚して子供をもうけるというのがあの子に対するわたくしの希望でした」

「先生は——こんなことをお尋ねして申しわけありませんが——情緒不安定の徴候にお気づきになられたことはありませんか？」

「情緒不安定？」とミス・バタースビーは言った。「ばかばかしい！　それから神経症的な傾向もない」

「なるほど、そういうご意見なのですね。ばかばかしい！

「どんな娘でも、いいえ、たいていの娘が神経症的になる可能性はあります、ことに思春期の、最初に世間というものに直面したときは。彼女はまだ未成熟で、異性との最初の出逢いについては導いてやる必要があります。少女たちはしばしばまったく不適当な、ときには危険な若者たちに惹かれがちです。この節はこうした危険から娘たちを救ってやれるようなしっかりした親御さんはおりませんね、ええ、ほとんど見当りません。ですからお嬢さん方はときにヒステリーになる時期を通らねばならないし、また遠からずして破局に終わる不幸な結婚をしてしまうのです」

「しかしノーマは情緒不安定の徴候はなかったのですね？」とポアロは執拗に質問をくりかえした。

「感情に走りやすかったけれどノーマルでしたよ」とミス・バタースビーは言った。

「情緒不安定だなんて！　さいぜんも申し上げたとおり――ばかばかしい！　あの子はきっとどこかの若い男の子と駆けおちしたんですわ、これほどノーマルなことはないでしょう？」

第二十一章

ポアロはがっしりとした大きな肘かけ椅子にすわっている。両手は腕木に置かれ、目は正面のマントルピースを見るともなく見ている。小さなテーブルが手元に置かれ、その上にきちんとクリップでとめたさまざまな書類がのっている。ゴビイ氏の報告書、友人のニール主任警部から得た情報、〈世評、ゴシップ、噂〉という見だしとその出所の記された幾組かの資料。

目下それらの資料と首つきあわす必要はなかった。実をいえばすでにすみからすみまで熟読しており、とくに参照したい項目が出てきたときのために手元においたままである。彼はいま、自分が知っていること、学んだことを総括したいと思っていた。というのはそれらがあるひとつの図式《パターン》を形づくることを確信しているからだ。必ずパターンがあるはずだ。彼はいま、どの角度からそれに近づくべきかを検討中だった。彼は直感を盲信するタイプではない。直感のするどい人間ではない――しかし豊かな感覚には恵まれている。肝心なのはその感覚そのものではなく——何がその感覚の誘因となったかということだ。おもしろいのはその誘因であり、しばしば常人が思いもよらぬものであることが多い。常人はおおむねそれを論理と良識と知識とによって考えださねばならない。

彼はこの事件をどう感じているか？——これはいかなる種類の事件か？　まず普遍的なものからはじめ、ついで特性に移るのだ。この事件に関して明白な事実とは何と何か？

金はそのひとつであろうが、それがどんなふうにかかわっているかはわからない。いずれにしても金……そしてまたいずれかに悪がひそんでいるにちがいないという確信は日増しに強まっている。彼は悪を知っている。これまでに何度も出あっている。その匂い、その味を、それのたどる道筋を知っている。問題はこの際それがどこに存在するのかはっきりしないという点だ。彼はこの見えざる悪と闘うためにある手段をこうじた。それで十分であれかしと願っている。何かが起ころうとしているのだ、何かが進行しつつある、だがまだ成就はしていない。だれかがどこかで危険にさらされている。

問題はこの事実が二つの方向を指していることだ。危険にさらされていると彼が考える人物が現実に危険にさらされていようとも、なぜという理由が見当らぬのだ。なぜ、その特定の人物が危険にさらされねばならないのか？　動機がない。もし危険にさらされていると彼が考える人物が実は危険にさらされていないとしたら、すべてのアプローチを逆行させなければならない……ある方向を示していたすべての事柄を、彼はまったく逆の観点から見なおさねばならない。

そこでその問題は暫時保留とし、人物の性格——人物そのものにうつることにする。彼らはいかなるパターンを形成するか？　彼らはいかなる役割を演じているか？

第一に——アンドリュウ・レスタリック。アンドリュウ・レスタリックに関しては相当量の情報が集まった。外国へ出奔する前後の生活の概要。腰の落ち着かない人物。ひとつところ、ひとつことに執着しない、おおむね人には好かれている。やくざな人物ではない、いかさま師や策略家でもない。おそらく強い性格ではないのではないか？　さまざまな点で弱い？

ポアロは不服そうに眉をしかめた。そういう像は、彼が会ったアンドリュウ・レスタリックにはどうもぴったりしない。たしかに弱いという感じはない。張りだした顎、落ち着いたまなざし、決然たる挙止など。彼は明らかに成功した実業家だった。若くして事業に辣腕をふるい、南アフリカや南アメリカで数々の事業に成功した。資産は膨大になった。これは彼が故郷に錦をかざった成功譚であり、挫折の物語ではない。だとしたらなんで、弱い性格でありえようか？　弱いというのはおそらく女がからんでくる場合のことだろう。彼は結婚に失敗した――性《しょう》のあわない女を娶《めと》ってしまった……家族におしつけられたのだろうか？　そしてほかの女に出逢った。あの女ひとりだろうか？　ほかにも何人もいたのだろうか？　この種の事実は昔にさかのぼって探りだすのは容易ではない。彼がなうての蕩児でなかったことは確かだ。人並みの家庭を持ち、小さな娘を、どうみても可愛がっていた。ところが家庭を捨て国を出奔してもいいと思うような女にめぐりあった。それはほんものの恋だった。

だがそれはその他の動機と合致するだろうか？　会社の実務やシティやロンドンの日常生活に対する嫌悪と？　合致するかもしれないと彼は思った。パターンには合致する。彼はまた孤独なタイプのように思われる。この土地でも異国でもだれしも彼に好感はもつが、親しい友人はいなかったようだ。もっともひとつところに居すわらないのだから親しい友人もできるはずはない。一攫千金を狙って投機をし、しこたま儲け、それに飽きると別の土地へ行く。遊牧の民！　放浪者。

しかしそれはポアロの目に映じた人物像と合致しない……像？　この言葉はレスタリックのオフィスで見た、机の上の肖像画を思いださせた。あれは同じ人物の十五年前の肖像だ。十五年という歳月はあそこにすわっていた人物にどれだけの変化をもたらしただろう？　総じて驚くほど変化は少ない！　髪に霜をおき、肩に肉がついた程度で、性格をあらわす顔の輪郭はほぼ昔と同じだった。きりりとした顔だち。自分の欲するものを知り、それを必ず手にいれようとする人物。危険を辞さない男。ある種の冷酷さをもつ男。

何故にレスタリックはあの肖像画をロンドンへ持ってきたのか？　あれは夫妻で一対になる絵だ。厳密に芸術的見地からいえば、二つ揃えておくべきものだ。心理学者なら、レスタリックは潜在的に先妻から自分をひきはなしたい、隔てたいという欲望をもっていると言うだろうか？　先妻が死んでいるにもかかわらず、いまだに彼女から精神的に逃れようとしているのだろうか？　興味深い点……。

あの肖像画はおそらく、さまざまな家具調度類といっしょに倉庫から出てきたものだろう。メアリ・レスタリックは、クロスヘッジ邸の家具調度を補うために、身のまわりの家具を選び、その置き場所をロデリック卿が都合してくれた。新夫人であるメアリ・レスタリックが、あの双幅の肖像画を進んでかけるだろうか？　先妻の肖像画は屋根裏部屋にかけるほうが、まだしも自然だろう！　もっともクロスヘッジには好ましからぬものを押しこんでおくような屋根裏部屋はないのかもしれぬ。おそらくロデリック卿は帰国した夫妻に、ロンドンに適当な住まいが見つかるまでの仮寓を提供したわけだろう。だから別にわだかまりもなく、双幅の肖像画を気安くかけておいたのかもしれない。それにメアリ・レスタリックは分別に富んだ婦人らしい——嫉妬深い、感情的なタイプではない。

「しかしながら《トゥ・ド・メーム》」とエルキュール・ポアロは考える。「女めら《レ・ファム》は、だれしも嫉妬はするものだ、ときにはこの人がと思うような人でも！」

彼の思いはメアリ・レスタリックに移り、こんどは彼女について考えてみる。夫人についてこれまであまり考えなかったのはまったく奇妙だった！ ただ一度逢っただけだが、いずれにしろ強い印象は受けなかった。ある種の如才なさ、そしてある種の——なんと表現すべきか？——不自然さ？ （「いや、まちたまえよ」とエルキュール・ポアロはふたたび心の中で言う。「ほらほら、彼女の鬘のことを考えているではないか！」）

ひとりの女性についてほとんど何も知らないというのは実におかしい。鬘をかぶり、美人で分別があって、如才なく、ときには怒りをおぼえることのできる婦人。そうだ、孔雀青年が無断で邸内をうろついているのを発見したとき夫人は怒っていた。怒りを露骨に示していた。そしてあの青年は——彼はどうだったか？ おもしろがっていた、というところか。しかし夫人は青年を見つけると怒った、ひどく怒った。まあそれは自然だろう。あの青年は、母親が娘の相手に選ぶような人物ではない——。

ポアロははっと思考を中断して、じれったそうに首をふった。メアリ・レスタリックはノーマの母親ではない。義理の娘が釣合わぬ不幸な結婚をしたとて、ぐうたらな父親をもった私生児を生んだとて、その苦悩や不安は夫人には無縁のものだろう！　メアリはノーマをどう思っているのか？　おそらく最初から厄介なお荷物だと思っているにちがいない――アンドリュウ・レスタリックに心痛の種をもたらすような男にいれあげたりして。だがその後は？　自分を毒殺しようとはかった継娘をどう思い、どう感じているのか？

夫人の態度は分別ありげにみえる。ノーマを家から出し、自分を危険の外におこうとした。そしてすでに起こってしまったことについては醜聞にならぬよう夫に協力したいと思っている。ノーマは世間体をとりつくろうために週末にたまに帰宅はするが、彼女の生活の本拠はロンドンに移された。レスタリック夫妻が、目下物色中の屋敷に移り住むようになっても、ノーマにいっしょに住めとは言いだすまい。昨今の若い娘はたいてい家族とはなれて暮らしている。それゆえこの問題は解決しているわけだ。

しかし、ポアロにとって、メアリ・レスタリックに毒を盛ったのは何者かという問題は解決にほど遠いのだ。レスタリック自身は娘だと思いこんでいるが――。

しかしポアロは思い迷った……。

彼の心はソニアという娘のさまざまな可能性を弄んでいる。彼女はあの屋敷で何をしているのか？　なぜあそこへ入りこむようになったのか？　彼女はロデリック卿をうまく手なずけた――おそらく故国へ帰る意志はないのではないか。彼女の目算は案外結婚だけなのかもしれない――ロデリック卿のような老人と若く美しい娘が結婚するのは日常茶飯事である。世間一般の感覚からいえばソニアは玉の輿というわけだ。確固たる社会的地位、十分な収入を保証された未亡人生活――それとも彼女の目的はまったく別のところにあるのか？　ロデリック卿が見失ったという文書を本のあいだにはさんでキュウ・ガーデンへおもむいたのだろうか？

メアリ・レスタリックは彼女を疑っているのか――彼女の行動について、その忠実さについて、彼女が休日をすごす場所について、会う人々について？　それでソニアは、少量ずつあたえればただの胃炎としかみえないような薬物をメアリにあたえたのだろうか？

ポアロは、クロスヘッジの一族はひとまず頭からしめだすことにした。

ノーマのように彼もロンドンへおもむいてアパートを共有している三人の女について考えることにした。

クローディア・リース‐ホランド、フランシス・キャリイ、ノーマ・レスタリック。

クローディア・リース＝ホランド、著名な国会議員の娘、順境に育ち、有能にしてよく訓練された美貌の一級秘書。フランシス・キャリイ、地方の事務弁護士の娘、芸術家肌、王立演劇学校にほんのしばらく籍をおいたことがあり、その後スレイドへ行き、これまたすぐやめて、芸術家協会でときどき仕事をし、現在は画廊で働いている。かなりの高給をとり、芸術家肌で、ボヘミアンとの交遊もある。例の青年、デイヴィッド・ベイカーとのつきあいもある。もっとも明らかに軽いつきあい程度のものだ。彼を恋しているのだろうか？　あの青年は娘の親たちからはおおむね嫌われるタイプで、施設や警察のご厄介にもなっている。育ちのよい娘たちにとって、どこにそれほどの魅力があるのか、ポアロにははかりかねた。だがそれは事実として認めねばならぬ。自分はデイヴィッドをどう思っているのだろう？

男前で、小生意気な、ちょっとばかりおもしろそうな人物というのが、ノーマの使いであらわれた（あるいは、偵察だったのかもしれないが）彼とクロスヘッジの二階ではじめて顔を合せたときの印象だった。車に乗せてやったときにもう一度顔を合せている。個性的な青年でこうと思うことはやりとげる才覚を持っているという印象だった。とはいえ明らかに好ましからぬ面もある。ポアロはかたわらの書類をとりあげて目を走らせる。厳密には犯罪ではないが、芳しからぬ経歴である。自動車修理工場での詐欺まがいの行為の数々、無頼な行為、器物損壊、二度の保護観察。これらはすべて当世の風俗だ。彼らはポアロの悪の範疇には入らない。彼は将来性のある絵描きだった。だがその道を捨てた。地道な仕事のできないタイプ。うぬぼれが強く、虚栄心が高く、わが姿に見ほれている孔雀。それ以外になにか隠されているだろうか？　ポアロは考える。

彼は手をのばし、カフェでノーマとデイヴィッドが交した会話のあらまし――つまりオリヴァ夫人の思いだせるかぎりの――あらましを書きつけた紙をとった。どこまで正確に思いだしたのだろうかとポアロは思った。そして疑わしそうに首をふった。どこまでオリヴァ夫人の想像力が補っていることやら！　あの青年はノーマを愛しているのか、本心で結婚したいと思っているのか？　彼に対するノーマの気持ちは疑いようがない。彼は結婚をほのめかしている。ノーマには自分の金があるのだろうか？　金持ちの娘だから金を持っているとは限らない。ポアロは舌うちをした。亡きレスタリック夫人の遺書について調査を依頼するのを忘れていた。彼はノートをぱらぱらと繰った。いや、ゴビイ氏はこの明白な必要性を見逃してはいなかった。レスタリック夫人は存命中、夫から十分な仕送りをうけている。また少額だが年千ポンドほどの夫人自身の収入もあった。財産はすべて娘に遺している。だが結婚の目当てとなるほどの額ではないだろう。おそらく父親の死後は唯一人の遺子として莫大な金を相続することになろうが、これもまた別問題だ。父親は娘の配偶者が気にいらなければ金はちょっぴりしか遺さないかもしれない。

それならディヴィッドは彼女と結婚の意志があるのだから、彼女を愛しているとしてみよう。だが――ポアロはかぶりをふった。彼が首を横にふったのはこれで五度目だった。こうしたことがどうしてもしっくりと結びつかない、満足すべきパターンを形づくらないのだ。彼はレスタリックの机の上を思いうかべ、レスタリックが書いた小切手を思いだした――明らかにあの青年を買収するため――そしてあの青年はよろこんで買収されるだろう！　それゆえここでもまた食いちがいが生じる。小切手はたしかにデイヴィッド・ベイカーに振りだされたものであり、莫大な金額――途方もないほど――だった。それは金のない小悪党の若者を誘惑するには十分すぎる金額である。にもかかわらず彼はその前日に娘に結婚をほのめかしている。むろんこれはゲームのなかの一手段かもしれぬ――要求する額をつりあげんがための手段。ポアロは、唇をひきむすんですわっていたレスタリックを思いだす。彼なら娘可愛さで、あれだけの大金を惜しげもなく支払うにちがいない。また娘があの青年と結婚する決意をすることを恐れているにちがいない。

ポアロの思いはレスタリックからクローディアに移った。クローディアとアンドリュウ・レスタリック。彼女がレスタリックの秘書になったのはまったくの偶然だろうか？　二人のあいだには何かのつながりがあるかもしれない。クローディア・リース＝ホランドのことを考える。三人の若い女が、一つのフラットに、クローディア・リース‐ホランドのフラットにいる。彼女がそのフラットを借り、まず友人に一部を貸し、さらにもう一人の娘、サード・ガールに貸した。第三の女《サード・ガール》。これが、結局彼の行きつくところだった。いかいかいかねばならないところ。さまざまなパターンから思索が導くところ。ノーマ・レスタリックのもとへ。

朝食の座にいた彼に相談をもちかけてきた娘。ついさっきまで恋人といっしょにベークド・ビーンズを食べていたカフェのテーブルでポアロと顔を合せた娘。（あの娘《こ》とはどうもいつも食事時に顔を合せる羽目になるようだ）。ポアロ自身は彼女をどう思っているのか？　その前に他の人間は彼女をどう思っているのか？　レスタリックは彼女を愛している、いたく心を痛め、かつ恐れている。娶《めと》ったばかりの妻に娘が毒を盛ったのではないかという疑いをいだいているばかりでなく——明らかにそう確信している。娘のことを医者に相談している、その医者に会ってみたいような気がしたが、会ってどれほどの収穫があろうか。医者は、両親のような正当と認めた人間以外には、患者の容態などは話したがらないものだ。しかし医者がどんなことを言ったかポアロにはほぼ見当はつく。医者の常として慎重にものを言っただろう。えへんとか、うーんとか言いながら、治療法などを並べただろう。精神病的な点は強調しないまでも示唆はしたにちがいない。医者はおそらく、事実はそうだと心ひそかに確信していただろう。しかし医者はまたヒステリー症の娘についてもよくわきまえており、彼女たちがしていることは、精神病に起因するものではなく、単なる気むずかしさ、嫉妬、気まぐれ、ヒステリーなどに起因するものだということを知っている。彼はおそらく精神病医でも神経病医でもないだろう。おそらく一般開業医で、確信のないものに診断を下す危険は冒さず、用心深くある事柄をほのめかすにとどめるだろう。どこかで就職――ロンドンで就職、そのあとで専門医の治療を受けるように。

ほかの連中はノーマ・レスタリックのことをどう思っているのだろうか？　クローディア・リース－ホランドは？　わからない。彼が得たわずかな知識からではわかるはずがない。彼女ならいかなる秘密も隠しおおせるだろうし、洩らすまいと思ったら何ひとつ洩らさないだろう。あの娘をアパートから追いだしたいようなそぶりはなかった――彼女ならあの娘の精神状態に危惧をいだけば、追いだしかねない。フランシスが、ノーマは週末の帰省から戻っていないという事実をいとも気軽にしゃべったところをみると、彼女とフランシスのあいだでこの問題について協議を重ねた節はない。クローディアはこのことで気を悪くしていた。クローディアは意外にパターンのなかに深くはまりこんでいるのかもしれない。彼女は賢さと有能さとを兼ねそなえているとポアロは思った……ここで彼はふたたびノーマに、第三の女《サード・ガール》にたちもどる。パターンの中における彼女の位置はどこか？　すべてをまとめる要《かなめ》。オフィリアを彼は思いうかべる。ノーマについて二様の意見があるように、これについても二様の異論があるだろう。オフィリアはほんとうに気が狂っていたのか、それとも狂人をよそおっていたのか？　この役がどう演じられるべきかについては女優の意見はさまざまにわかれている——あるいは演出家のと言うべきかもしれない。彼らはそれぞれ一家言をもっている。ハムレットは狂人か正気か？　どちらでもご自由に。オフィリアは狂人か正気か？

レスタリックは娘のことを考えるときも、〈狂っている〉という言葉は使いたがらないだろう。情緒障害というのが一般に好んで用いられる用語だ。ノーマについて用いられたその他の言葉は〈足りない〉である。〈あの娘、ちょっと足りない〉〈少しばかり頭がお留守〉〈ちょっと足りないんじゃないか〉。〈通いの掃除婦〉はよき判定者だろうか？　さもあろうとポアロは思う。たしかにノーマにはおかしなところがあるが、見かけとはちがう点でおかしいのかもしれない。彼女がうつむきかげんに部屋に入ってきたときの情景を彼は思いだす。この節の若い娘、そこらにいくらでもいる娘と変わらない近代的な感じの容貌、肩まで伸ばしたぼさぼさの髪、個性のないワンピース。膝小僧のあたりの貧相な感じ――すべて、彼の旧弊な目には、幼さをよそおっている成熟した女というふうに映った。

「すみません、でもあなたではお年寄りすぎるから」

おそらくそれは真実だろう。彼はどこかの老人の目を借りて彼女を見たのだが、忌憚のないところ、彼にとっては、単に見るものの目を喜ばすという明白な意志をもたぬ、媚を知らぬ娘としか映らなかった。自分の女らしさというものになんの自覚もない娘――魅力も魔力も誘惑も感じない、あたえられるものは単に生物学的なセックスしかないという娘。その意味では彼に対する彼女の非難はあたっているのかもしれない。自分は彼女を助けることができない。なぜなら彼女を理解できないから、なぜなら彼女のよさを理解することは不可能だから。これまでに彼女のために最善をつくしてきたが、それがどんな意味があったろう？　彼女のあの哀訴の瞬間からこのかた、自分は彼女のために何をしたか？　その答は彼の頭にたちどころにうかんだ。彼女の安全をはかってきた。少なくともそれだけのことはした。もし彼女の安全がはかられねばならないとしたらの話だが。ここにあらゆる点がかかっている。彼女は安全をはかられねばならないのか？　あの突拍子もない告白！　いや告白というよりは宣言というべきか。〝あたしは殺人をおかしたかもしれないんです〟

この言葉にしがみつくべし、なぜならこれこそこの事件の鍵なのだから。これこそ彼の専門《メテイエ》である。殺人を手がけ、殺人を解明し、殺人を防ぐ！　殺人をかぎつける俊敏な犬たること。殺人が宣告された。殺人がいずこかで行なわれた。彼はそれを探しているが見つからない。スープに砒素のパターン？　若い与太者たちがナイフで刺し合うパターン？　中庭の血痕という不可解にして不吉な言葉。自動拳銃から発射された弾丸。だれに、なぜ？

これは、彼女の言った〝あたしは殺人をおかしたかもしれない〟という言葉に適合するような、不自然きわまりない犯罪の形ではない。彼は暗闇を手さぐりしながら、犯罪のパターンを見つけようと試み、このサード・ガールがパターンのどこにあてはまるかを見つけようと試みるのだが、結局はこの娘の正体を知る必要性を痛感させられるのがおちだった。

ところがアリアドニ・オリヴァ夫人が、何気なくもらした言葉が、彼に光明をあたえてくれたのだ。ボロディン・メゾンズにおけるさる婦人の自殺とみられる死。これなら適合する。ボロディン・メゾンズはサード・ガールが住居にしている場所だ。これこそ彼女のいう殺人にちがいない。同じときに発生した別の殺人ではあまりにも偶然すぎる！　しかもそのころほかに殺人が発生した痕跡はない。友人のオリヴァ夫人がパーティで吹聴した彼の業績に対する手放しの讃辞を耳にして、早速彼女をして彼のもとに相談に駆けつけさせた死亡事件は、これをおいてはないのだ。それゆえオリヴァ夫人が、窓から身を投げた婦人の話を何気なくもらしたとき、彼は求めていたものをついに探しあてたと思ったのだった。

　ここに手がかりがある。彼の当惑に対する答。ここにこそ彼は求めていたものを見出すだろう。なぜ、いつ、どこで。

「なんたるまやかし《ケル・デセプシオン》」とエルキュール・ポアロは声にだして言った。

　彼は手をのばしてある女性の生活状況をきれいにタイプした書類をひきだした。ミセス・シャルパンティエの生活の赤裸々な事実。社会的にはまともな地位にいる四十三歳の女、放縦な女性だったと報告されている——結婚歴二回——離婚歴二回。男好きな女。ここ数年酒浸りになっていた女。パーティが好きな女。ずっと年下の若い男と歩きまわっていたといわれる女。ボロディン・メゾンズでひとり暮らしをしていたというその女がどんな種類の女であるか、またあったか、ポアロは肌で理解することができ、そのような女が、ある朝目ざめ絶望におしひしがれ、高い窓から身を投げたいと願ったわけもポアロには得心できる。

なぜなら彼女は癌だった、それともそう思いこんでいただけなのか？　検死審問における医者の証言は癌ではなかったことを裏付けている。

彼が求めているのは、ノーマ・レスタリックとのつながりだ。それがどうしても見つからない。彼はふたたび無味乾燥な報告書を読みかえした。

身元の確認は検死審問において事務弁護士によってなされた。ルイーズ・カーペンター、もっとも姓の方はフランス風にシャルパンティエと言っていた。そのほうが名前と釣り合うからだろうか？　ルイーズ。ルイーズという名前に聞きおぼえがあるのはなぜか？　どこかで耳にしたか？——何かの文書で見たのか？——指がぱらぱらとタイプ用紙をめくる。ああ……あった！　ただ一句。アンドリュウ・レスタリックが妻子を捨て駆けおちした相手の女がルイーズ・バイレルという名前だった。レスタリックの最近の生活ではさほど意味をもたないと判明した人物。二人は一年そこそこで喧嘩別れをしている。これは同じパターンだとポアロは思った。かの婦人の一生をたどって得られたパターンと同じものだ。男をやみくもに愛し、家庭を破壊し、同棲し、それから喧嘩別れをする。ポアロはこのとき確信した、ぜったい確信した、このルイーズ・シャルパンティエこそルイーズ・バイレルであると。

それにしてもこれがノーマとどう結びつくのか？　レスタリックは帰国後ふたたびル

イーズとよりをもどしたのか？　それは疑わしいとポアロは思う。二人の生活は数年前に破綻している。ふとしたきっかけでよりをもどすということはありえないと断言してもいい！　二人の仲はほんのしばらく、現実にはとるにたらぬ一時の迷いにすぎない。レスタリックの現夫人は、夫のもとの愛人を窓からつきおとしたいと思うほど夫の過去に嫉妬したりはしないだろう。ばかげている！　見わたしたところ、家庭を破壊した女に怨みをもって復讐を思いたつような人物はただ一人しかいない、レスタリック前夫人だ。だがこれもまたありえない、前夫人はとうにこの世を去っているのだ。

電話が鳴った。ポアロは身じろぎもしない。いまのこの瞬間を邪魔されたくはない。なんらかの手がかりがつかめそうな予感がする……彼はそれを追いつめたい……電話は鳴りやんだ。やれやれ。ミス・レモンがうまくさばいてくれるだろう。

ドアが開いてミス・レモンが入ってきた。

「オリヴァ夫人がお話があるそうです」と彼女は言った。

ポアロは手をふった。「いまはだめ、いまはだめ……おねがいだ、いまは話せない」

「たったいま思いついたことがあるそうです——お話するのを忘れていたとか。紙片が一枚——書きかけの手紙、家具運搬車にのっていた机の引き出しから落ちたらしいものだとか。なんだか要領を得ないお話ですわ」とミス・レモンは不満の意を声音にしのばせながら言った。

ポアロはいっそうはげしく手をふった。

「いまはだめ」と彼は力んだ。「たのむ、いまはだめ」

「お忙しいからとお伝えしておきます」

ミス・レモンはひきさがった。

平和がふたたびよみがえった。疲労の波が彼を包みこむようにしのびよってくる。頭を使いすぎた。休息をとらねばならない。そう、休息は必要だ——くつろぎの中からパターンが生れる。彼は目をとじた。すべての構成分子はそろった。これ以上外から学べるものは何もないことは確かだ。あとは内から生まれてくるだろう。

そしてまったく唐突に——まぶたがそろそろととじかかったとき——それが浮かんだ。すべてがそこにあり——彼を待っていた！　彼はそれらを解き明かさねばならないだろう。だがいまこそ彼は知った。ばらばらになっていた断片が、ぴたりとあわさったのだ。鬘、絵、午前五時、女と髪型、孔雀青年——すべてが、ことのはじまりの一句に通じていた。
すなわちサード・ガール……。

「殺人をおかしたかもしれない……」そうだとも！
おかしな童謡が頭に浮かんだ。彼はそれを口ずさんだ。

　ごしごしこする、湯舟の三人
　いったいだれだと思うかな？
　肉屋にパン屋にローソク屋……

まずいな、最後の一節が思いだせない。
パン屋、それはよし、かなり突拍子もないが、それから肉屋は——
ポアロは、女でパロディをこしらえてみた。

　ぺたぺたケーキをこねまわす、フラットの三人娘、
　いったいだれだと思うかな？
　秘書と美術家の娘と、
　それから三番目は——

ミス・レモンが入ってきた。

「ああ――思いだした――（そうしてみんなはちっちゃなじゃがいもから出てきた）」

ミス・レモンは心配そうに彼を見つめた。

「スティリングフリート先生がぜひお話ししたいそうです。至急とおっしゃってます」

「ではスティリングフリート先生に伝えて――スティリングフリート先生だと？」

彼はミス・レモンをおしのけると受話器をつかんだ。「もしもし、ポアロです！　何かあったのですか？」

「彼女が出ていってしまったんです」

「なに？」

「聞こえたでしょう。出ていったんです。門から出ていったんですよ」

「黙って行かせたのですか？」

「ほかにどうしようがありますか？」

「止めてくれればよかった」

「それはできない」

「出ていかせるなどとは正気の沙汰ではない」

「いいや」

「きみにはわかっておらん」

「それが条件だったでしょう。いつでも自由に出ていっていいというのが」

「何が起こるかきみにはわかっておらん」

「ああ、そうですよ、わかっていませんよ。だけどぼくは自分のしていることはわきまえていますよ。もし彼女を出ていかせなかったら、この一週間彼女にしてやったことがすべて水の泡ですよ。ぼくは彼女に治療をほどこしたんです。あなたの仕事とぼくの仕事は同じじゃない。ぼくたちは同じ目的を目指しているわけじゃないんだ。いい線までいっていたんですよ。いい線まで。だからうちから出てはいくまいと思ってましたがねえ」

「ああ、そう。ところが、あなた《モナミ》、出ていってしまった」

「正直いって解《げ》せないんですよ。なぜセットバックがきたのかわからないんです」

「何かあったにちがいない」

「ええ、しかし何が？」

「だれかを見たとか、だれかが電話をかけてきたとか、だれかが彼女の居所をつきとめたとか」

「そんなことはないはずですがね……しかし、あなたはおわかりになっていないようですが、彼女の身柄は自由です。自由でしかるべきです」

「だれかが彼女に通じたのだ。何者かが彼女の居所をかぎつけた。手紙、電報、電話などがありませんでしたか？」

「いや、そういうたぐいは何も。それは確かです」

「では、どのようにして——そうだ！　新聞だ。お宅には新聞がおいてあるでしょう？」

「ありますとも。ノーマルな日常生活、それがぼくの仕事場での信条ですからね」

「ではそれを使って彼女に近づいたのです。ノーマルな日常生活。お宅の新聞はなんですか？」

「五種類です」彼はその名をあげた。

「出たのはいつ？」

「けさ。十時半」

「なるほど。新聞を見たあとだ。これで手がかりは十分だ。彼女がいつも読んでいた新聞は？」

「これという特定なものはなかったと思います。ときにはこれ、ときにはあれ、ときにはぜんぶ——あるときにはちらりと眺めるだけというぐあいで」

「無駄口をきいている時間はありません」

「広告を見たというのですね。そんなところでしょう?」

「ほかにどんな説明がつきますか?　さようなら、いまはこれ以上言えません。探さねば。これという広告をさがしだして大至急手をうたねば」

彼は受話器をおいた。

「ミス・レモン、新聞を二つともってきて。《モーニング・ニュース》と《デイリー・コメット》。それ以外の新聞を全部買ってくるようにジョージにいってください」

新聞の個人広告欄を開き丹念に読みながら、彼は考えを追った。

間にあうだろう。間にあわせねばならない……すでに殺人事件が起きている。さらにもう一件ふえるかもしれぬ。だが彼、エルキュール・ポアロはそれを食いとめたい……間にあいさえすれば……彼はエルキュール・ポアロである――無実のものの証しをたてる人間。彼は言わなかったか(言えば世間は笑う)、「わたしは殺人を容認しない」と。世間ではそれを控え目な言葉だと思っている。だがこれは控え目な言葉ではない。メロドラマぬきの単なる事実の所述だ。彼は殺人を容認しない。

ジョージが新聞の束をかかえて入ってきた。

「朝刊はこれでぜんぶでございます」

ポアロはかたわらで待機しているミス・レモンをかえりみた。「見おとしているかもしれないから、わたしが目を通したものをもう一度見て下さい」

「個人広告欄ですね？」

「そう。たぶんデイヴィッドという名前があるはずだ。女の名前。ペットの名前やニックネーム。ノーマという名は使わないだろう。助けを求めるアピール、あるいは逢いたいというアピール」

ミス・レモンは若干の嫌悪を示しながら従順に新聞をとりあげた。このような仕事では彼女の有能さも発揮できないが、当面これ以外にあたえる仕事はなかった。彼自身は《モーニング・クロニクル》を広げた。これは調査範囲がもっとも広い。広告欄は三つあった。彼は開いた紙面におおいかぶさった。

毛皮のコートを処分したい婦人……外国自動車旅行のパートナーを求む……売り美邸……下宿人……あつかいにくい子供……自家製チョコレート……〈ジュリア、決して忘れない、永遠にきみのもの〉。これは探しているものに近い。だがちょっと考えてから先にすすんだ。ルイ十五世風家具……ホテル経営を援助したい中年の婦人……〈面倒なことになった。会いたし。四・三〇までにフラットに必ずこられたし。合い言葉はゴリアテ〉

「ジョージ、タクシー」とどなったとたんに玄関のベルが鳴った。外套をはおり玄関に出ていくと、ドアを開けにいったジョージがオリヴァ夫人と鉢合せをしたところだった。三人はせまい玄関であたふたと体をかわしあった。

第二十二章

1

　フランシス・キャリイは旅行鞄をぶらさげて町角でばったり出会った友人としゃべりながら、マンデビル・ロードをボロディン・メゾンズに向かって歩いていた。

「フランシス、まったく、あれじゃ刑務所に住んでるみたいね。ワームウッド刑務所もいいところ」

「何言ってんのよ、アイリーン。だってね、あそこのフラットはとっても住み心地がいいのよ。あたし、運がよかったわ、クローディアは、共有《シェア》するにはもってこいの人だもん――ぜったい干渉しないしね。それに彼女んとこ、通いのとてもいいお手伝いさんがいるのよ、あのフラットはほんとにうまくいってる」

「あんたたち二人だけだったっけ。サード・ガールがいたんじゃなかった？」

「ああ、それがね、あたしたちをおいて出ていっちゃったみたい」

「部屋代はらわないで？」

「ううん、部屋代は大丈夫らしい。ボーイフレンドと情事進行中だと思うわ」

アイリーンは興味を失った。ボーイフレンドなんて陳腐すぎる。

「どこからの帰り？」

「マンチェスター。招待展があったの。盛況だったわ」

「あんた、来月ほんとにウィーンへ行くつもり？」

「ええ、そのつもり。もうだいたい手はずはととのってんの。たのしみってものよ」

「絵が盗まれたりしたらたいへんじゃない？」

「ううん、みんな保険がかかってるの」とフランシスは言った。「とにかく高価なものはみんなね」

「あんたの友だちのピーターの展覧会はどうだったの？」

「大入りってわけにはいかなかった。でも《アーティスト》の批評欄でなかなかいい批評してくれたわよ。これってたいしたことなのよ」

フランシスはボロディン・メゾンズに入り、友人はもう少し先の厩《うまや》を改造した住居へと歩み去った。フランシスは門番に今晩はを言ってエレベーターで六階にあがった。何やら歌を口ずさみながら廊下を歩いていく。

フラットのドアに鍵をさしこむ。玄関の明りはまだついていない。クローディアが会社から帰宅するにはまだ一時間半もある。それなのに居間のドアが細目に開いて明りがもれていた。

フランシスは言う。「電気がついている。おかしいな」

コートを脱いで旅行鞄をおき、居間のドアを押しあけてなかへ入る……。

入った刹那《せつな》彼女は立ちすくむ。口がぱくんと開いて、閉まる。体全体が硬直し——目は床に倒れている人間を凝視する。そろそろと壁の鏡を見あげると、鏡は恐怖にひきつった自分の顔を映している……。

それから彼女は深く息を吸う。一時的な麻痺状態が去ると彼女は頭をそらして悲鳴をあげる。玄関にあった旅行鞄にけつまずく、それをけとばすと部屋からとびだし廊下を一目散に走って隣りのフラットのドアを狂ったようにたたいた。

中年の女がドアを開けた。

「いったい——」

「死んでる——ひとが死んでる。あたしの知ってる人らしいけど……デイヴィッド・ベイカー。床に倒れて……刺されてるみたいで……刺されたにちがいないわ。血が……血がほうぼうに」

彼女はヒステリックにすすりあげた。ミス・ジェイコブズは彼女の体をゆさぶっておちつかせ、ソファに腰かけさせた後、重々しい声でいった。

「静かになさい。ブランディをあげるから」彼女はフランシスの手にグラスをおしこんだ。「ここでこれをお飲みなさい」

フランシスはおとなしく酒をすすった。ミス・ジェイコブズは大急ぎで廊下に出ると、明かりのもれているドアの内へ入っていった。居間のドアが大きく開いていて、ミス・ジェイコブズはその中へつかつかと入った。

彼女は悲鳴をあげるようなタイプの婦人ではなかった。ドアを一歩入ったところで立ちどまると唇をきゅっとむすんだ。

彼女が見たものはまるで悪夢のようだった。床にハンサムな青年が両腕を投げ出して倒れており、栗色の髪が肩にかぶさっている。深紅のビロードの上着を着ており、白いシャツは朱《あけ》にそまっている……。

そのとき部屋にもうひとりの人間がいるのに気づいて彼女はぎょっとした。若い女が壁に張りつくようにして立っており、その頭上で巨大な道化者《ハーレクイン》が彩られた空を飛んでいるように見えた。

若い女は白いウールのワンピースを着ており、薄茶色の髪が顔の両わきにべったりとおおいかぶさっている。手にはナイフをもっていた。

ミス・ジェイコブズは彼女をまじまじと見つめ、若い女はミス・ジェイコブズを見かえした。

それから女は静かに考えこむような声でいった、まるでだれかの問いに答えるかのように。

「ええ、あたしが殺したの……ナイフの血が手にべっとりついちゃった……だからお手洗いにいっておとそうと思ったの――でもこういうものっておちないものね？ それからまたここへ戻ってきて、ほんとにあったことなのかどうなのか見にきたの……でもほんとだった……かわいそうなデイヴィッド……でもこうしなければならなかったのよ」

衝撃がミス・ジェイコブズの口から思いもよらない言葉をおしだした。その言葉を口にしながら彼女はなんとばかげたことを訊くのだろうと思った。

「ほんとに？ なぜこんなことをしたの？」

「さあ……とにかく――あたしはそうしたの――ほんとに。このひと、とても面倒なことにまきこまれていて。あたしに迎えをよこしたの――だから、あたし来たの――でもあたし、このひとから自由になりたかった。逃げだしたかった。ほんとは、こんなひと愛してなんかいなかった」

彼女はナイフを用心深くテーブルにおくと椅子に腰をおろした。

「無事ですみっこないわね?」と彼女は言った。「ひとを憎むってことは……何をしでかすかわからないもの、無事じゃすまないわね……ルイーズみたいに……」

それから彼女は静かに言った。「警察に電話したほうがいいんじゃない?」

言われるとおりミス・ジェイコブズは九九九番へ通報した。

2

室内には壁の道化者《ハーレクイン》をいれて六人の人間がいた。長い時間が経過していた。警察が来て引きあげていった。

アンドリュウ・レスタリックは虚脱したようにすわっていた。二度ほど彼は同じ言葉を呟いた。「信じられない!」電話で呼びだされ会社から駆けつけてきたクローディア・リース - ホランドが付き添ってきた。彼女は沈着に、とめどなく有能ぶりを発揮した。弁護士に電話をいれる、メアリ・レスタリックに連絡をとるためにクロスヘッジと二軒の不動産屋へ電話をする。フランシス・キャリイに鎮静剤をあたえて寝かせる。二人は警察とエルキュール・ポアロとオリヴァ夫人はソファに並んですわっていた。同時にここへ到着したのだ。

ほとんどの人が帰ったあと、しんがりにあらわれたのは、灰色の髪の物静かな男、スコットランド・ヤードのニール主任警部で、入ってくるとポアロに軽く会釈をし、アンドリュウ・レスタリックに引き合わされた。長身の赤毛の青年が一人、窓ぎわに立って中庭を見おろしている。

みんな何を待っているのかしらとオリヴァ夫人は訝しんだ。死体が片づけられ、写真係りや警察の連中が仕事をすませた後、クローディアの寝室におしこめられていたポアロたちはふたたび居間に入ることを許された。ここでスコットランド・ヤードの男が到着するのを待っているのだろうと夫人は思った。

「あたし、ここにはいないほうが」とオリヴァ夫人がおぼつかなげに言いかけると――。

「アリアドニ・オリヴァさんでしたね？　いやおさしつかえなければ残っていただきたいですな。愉しいことではないが――」

「現実とは思えない」

オリヴァ夫人は目をとじて――これまでの経過を思いおこした。孔雀青年は、その華やかな死ゆえに舞台俳優のようにみえた。そしてあの娘は――ちがって見えた――クロスヘッジからやってきたおどおどと自信のないノーマではなく――魅力のないオフィリアとポアロはいみじくも言ったが――悲劇的な威厳をもった静かな姿で――運命を受けいれていた。

ポアロは電話を二つばかりかけたいと申し出たのだった。ひとつはスコットランド・ヤードで、これは、不審顔の巡査部長があらかじめ電話で確かめたのちに許された。巡査部長はポアロをクローディアの寝室にある切りかえ電話のところへ案内すると、ドアをしめて出ていった。

巡査部長は不信の色をうかべながら低声で部下にささやいた。「あちらさんはわかったというんだが。何者だね、あれは？　妙ちくりんな顔をした爺さんだが」

「外人じゃないですか？　特務課かもしれませんよ」

「そうじゃないね。彼が呼びだしたかったのはニール主任警部だよ」

部下は眉をぐいとあげて口笛を吹くまねをした。

二つの電話をかけおわったポアロはドアを開けて台所でそわそわしていたオリヴァ夫人を手まねきしたのだった。二人はクローディア・リース‐ホランドのベッドに並んで腰をかけた。

「何かできればいいんだけど」とオリヴァ夫人はいった——常に行動の人。

「ご辛抱を、シェール、マダム」

「あなたなら何かおできになるでしょうね？」

「そう。電話すべきところへ電話をしました。警察が予備捜査をおえるまではこちらは手だしができません」

「警部さんのあとに電話なさったのはどなた？　あの娘《こ》の父親？　父親に来てもらって保釈かなんかの手続きをするわけ？」

「こと殺人となると保釈は許されないでしょう」とポアロはすげなく言った。「父親には警察のほうからもう知らせてあるでしょう。ミス・キャリイから電話番号をきいて」

「彼女はどこ？」

「お隣りのミス・ジェイコブズの部屋でヒステリーをおこしているでしょう。死体の発見者ですからね。だいぶ動転したらしい。悲鳴をあげてとびだした」

「芸術家タイプじゃない、あの娘？　クローディアだったら冷静なはずよ」

「同感ですね。なかなか落ち着きのあるお嬢さんです」

「じゃあ、だれに電話なさったのよ？」

「まず、お聞きおよびでしょうが、スコットランド・ヤードのニール主任警部」

「あなた、彼にお節介やきに来てもらいたいの?」

「お節介をやきにくるのではありませんよ。このたびわたしのためにある調査をしてくれまして、それがこの事件に光明を投げるかもしれないのです」

「ああ――そう……そのほかにはどなたにお電話なさったの?」

「ドクター・ジョン・スティリングフリート」

「何者? かわいそうなノーマは頭が狂っていて人殺しをするのもやむをえなかったと証言しにくるわけ?」

「彼は必要があれば法廷で証言しうる資格をもっています」

「彼女のことを何か知っているんですか?」

「かなり、知っているでしょうな。彼女はあなたがシャムロック・カフェで見つけたとき以来、彼の庇護のもとにおかれていたのです」

「だれがそこへやったの?」

ポアロは微笑した。「わたしです。あなたに会いにあのカフェへ行く前に、電話である手筈をととのえておいたのです」

「なんですって? わたしがあなたに失望して何かなさいとあなたをたきつけているあいだに――あなたは何かをしていたとおっしゃるの? そしてわたしにはだまっていら

したの！　まったくひどいわ、ムッシュー・ポアロ、ただの一言も言わないなんて！　あなたって方はどうしてそう――意地悪なの」

「お怒りめさるな、マダム。すべてよかれとしたことです」

「素頓狂なことをやらかした人間はだれでもそう言うわ。ほかにどんなことをなさったのよ？」

「彼女の父親にわたしを雇ってもらうよう手筈をしました、そうすれば彼女の身を守るために必要な対策をこうじることができますから」

「スティリングウォーター先生のことをおっしゃっているの？」

「スティリングフリート。そうです」

「いったいどうやってそんなことをやってのけたの？　あなたって、彼女の父親が必要な手をうつために依頼したいと思うような人物だとは、とうてい思えませんけれどねえ。外人なんてひどく警戒するタイプじゃないかしら」

「こちらから押しかけたのです――手品師がお客にカードを押しつけるように。彼をたずね、たずねるようにという彼からの依頼の手紙を受けとったと言ったのです」

「で、彼は信じたの？」

「信じましたとも。手紙を見せたのですから。社用の便箋にタイプしたもので署名もある——もっともこれは自分の筆蹟ではないと言いましたが」

「あなた、その手紙はご自分で書いたとおっしゃるの」

「ええ、その手紙は彼の好奇心もかきたてるだろうと、そしてわたしに会いたがるだろうと思いましてね。そこまでいけばあとは自分の才能を信じておりましたから」

「そのスティリングフリート先生のこともお話しになったの？」

「いや、それはだれにも話しておりません。危険がありましたから」

「ノーマに対する危険？」

「ノーマに対する危険、あるいはノーマがある人間にとって危険なのかもしれない。最初から常に二様の可能性があったのです。事実はいつも二通りに解釈できた。レスタリック夫人毒殺の企ては納得のいくものではない——時期的に遅すぎますよ、本気で殺すという気もなかったし。それからボロディン・メゾンズで自動拳銃が発射されたとかされないとかいう曖昧な噂——それからとびだしナイフと血痕の一件。それらが起こったときときまってノーマにはおぼえがなかった。思いだすことすらできなかった、等々。彼女は自分の引き出しに砒素を発見するが、自分でいれたおぼえはない。自分がしたことをおぼえていないとき、記憶を喪失したとか、長い時間の脱落があるとか言う。そこでだれしも自問せざるをえない——彼女の言うことは真実か、あるいはなにか理由があってこういう話をでっちあげたのか？　彼女は、ある恐るべき、そしておそらくはとんでもない企みに巻きこまれうる餌食なのか――それとも首謀者なのか？　情緒障害に悩まされる女を演じているのか、それとも、責任軽減をたてに殺人を計画しているのか」

「あの娘、今日は人が変わったよう」とオリヴァ夫人はのろのろと言った。「お気づきにならなかった？　まるでちがうわ。その――足りないという感じがないのよ」

　ポアロはうなずいた。

「オフィリアでなく――イフィゲエネイア」

　表が急にさわがしくなり二人はそちらに気をとられた。

「もしや――」オリヴァ夫人は口をつぐんだ。ポアロは窓ぎわに近づき眼下の庭を見おろした。救急車が横づけになっていた。

「あれをもっていくのね？」とオリヴァ夫人は震え声で言った。それから不意に哀れをもよおしたような口調で、「かわいそうな孔雀」と言った。

「とうてい好ましい人物ではなかった」とポアロは冷たく言いはなった。

「きれいに着飾って……あんな若い身空で」とオリヴァ夫人は言った。

「ご婦人方《レ・ファム》にはそれで十分なのですね」とポアロは言いながら寝室のドアを細目にあけて外をうかがった。

「すみませんが」と彼は言った。「ちょっと失礼しますよ」

「どこへいらっしゃるの？」とオリヴァ夫人は疑ぐり深く言った。

「そのような質問は、このお国では慎み深いものとは申せますまい？」とポアロは反駁した。

「あら、失礼。でもそちらはおトイレじゃないことよ」とオリヴァ夫人もまたドアの隙間に目をあてがいながら小声で捨て台詞をなげた。

それからまた眼下で進行中の情景を眺めるために窓ぎわに近づいた。

「レスタリック氏がいまタクシーで着いたところ」とオリヴァ夫人はほどなくしのびやかに戻ってきたポアロに告げた。「クローディアもいっしょ。ノーマの部屋だかどこだか知りませんけど、行きたいところへ行っていらしたの？」

「ノーマの部屋は警察に占領されています」

「そりゃお気の毒でしたこと。ちょいと、あなた、その手にもっている黒い紙ばさみみたいなものの中に何が入っているんです？」

ポアロも負けずに訊きかえした。

「そのペルシャ馬模様の布袋には何が入っています？」

「この買物袋？　残念ながら、アボカドが二つばかり入っているきりよ」

「ではおさしつかえなければこの紙ばさみをお預けしましょう。どうか手荒にあつかわないで下さいよ、もみくちゃにしないように」

「なんなの、いったい？」

「わたしが見つけたかったもの――それが見つかったので――ああ、ものごとが向こうから動きだしましたよ――」と彼は騒然とした気配を指して言った。

ポアロの言葉はどんな表現より言いえて妙だと、オリヴァ夫人は感心した。レスタリックの大きな怒声。電話に近づくクローディア。フランシス・キャリイとミス・ジェイコブズという謎めいた人物の供述をとりに隣りへ出かけていく警察の速記者の姿が垣間見える。指図のやりとり、そして最後にカメラをもった男二人の退場。

ついでクローディアの寝室に赤毛で長身の手足のたががゆるんだような青年のときならぬ闖入《ちんにゅう》。

青年はオリヴァ夫人には目もくれずにポアロにたたみかけるように訊いた。

「彼女は何をやったんです？　殺人？　だれを？　ボーイフレンド？」

「そう」

「彼女はそれを認めたんですか？」

「そうらしい」

「らしいじゃ困るな。はっきりそう言ったんですか？」

「彼女の口からは聞いていません。わたしから質問する機会がなかったものだから」

警官がのぞきこんだ。

「スティリングフリート先生？」と彼は訊いた。「警察医がお話ししたいそうです」

スティリングフリート医師はうなずいて警官のあとから部屋を出ていった。

「じゃあれがスティリングフリート先生なの？」とオリヴァ夫人は言った。そしてちょっと考えこんだ。「なかなかたいしたものじゃない？」

第二十三章

ニール主任警部は一枚の紙を手もとにひきよせると何やら走り書きしてから、一座の五人をぐるりと見わたした。その口調はきびきびと事務的であった。

「ミス・ジェイコブズは？」と彼は言った。それからドアの前に立っている警官をかえりみて、「コノリー巡査部長が彼女の供述をとってくれたのだね。だがぼくからも二、三、質問してみたい」

ミス・ジェイコブズは数分後に連れてこられた。ニールは立ちあがり彼女をいんぎんに迎えた。「わたしは主任警部ニールです」と彼は言って、彼女と握手をした。「二度もお手間をとらせて申しわけありませんな。だが今回はまったく非公式のものです。わたしはただ、あなたがごらんになったこと、お聞きになったことをもう少し詳しくお訊きしたいんですよ。ご苦労なことですが――」

「どういたしまして」とミス・ジェイコブズは言いながらすすめられた椅子に腰かけた。

「むろんショックでしたわ。でも別になんの感情もわきませんでした」それからこうつけくわえた。「もうすっかり片づいたようですね」

死体のことを言っているのだろうと警部は推測した。

彼女の目は、観察力と批判力を兼ねそなえ、集まる面々をひとわたり見わたし、値踏みをした。ポアロには率直な驚きを（いったいこれはなんだろう？）、オリヴァ夫人には適度の好奇心を示し、スティリングフリートの赤毛の後頭部には鑑定をくわえ、クローディアには近隣の顔見知りと知って軽い会釈をあたえ、最後にアンドリュウ・レスタリックには同情の色を示した。

「こちらはあのお嬢さんのお父さまね」と彼女は言った。「見も知らぬ他人がお慰め申しても仕方がありません。何も申しあげないほうがよいでしょう。まったく、ひどい世の中になりました——わたしにはそう思えます。この節の娘さんたちは、わたしに言わせれば、あまり知りすぎていますね」

彼女は平然とニールの方へ向きなおった。

「それで？」

「それでですね、ジェイコブズさん、あなたが見たこと聞いたことをありのままに話していただきたいんですよ」

「きっとさっきお話ししたこととちがってくると思いますよ」とミス・ジェイコブズは予期せぬことを言った。「そういうものでしょう。できるだけ正確に伝えようとするとよけいなことまで言ってしまいます。だからといって、それがもっと正確になるわけじゃありません。つまりね、見たかもしれない、見たにちがいない――あるいは聞いたにちがいないと思うことを、無意識のうちにつけくわえていくものです。でもできるかぎりやってみますわ。

まず悲鳴が聞こえました。どきっとしました。だれかが襲われたのだろうと思いました。で、ドアに駆けよろうとすると、だれかがドアを叩きはじめたんです、悲鳴をあげながら。ドアを開けてみるとそれはお隣りのひとでした――67号にいらっしゃる三人のお嬢さんのうちの一人。名前は知りませんが、顔は知っています」

「フランシス・キャリイ」とクローディアが言った。

「逆上していて、だれかが死んでいるとか口走りました――だれか知っているひとか――デイヴィッドとか何とか――苗字のほうは聞きとれませんでした。しゃくりあげて、がたがた震えていました。なかに入れてブランディをのませて、それからわたし、自分で見にいきました」

ミス・ジェイコブズなら必ずやそうするだろうと一座の者はだれしも感じた。

「わたしが見たものは、ご存じですね。説明する必要がありますか?」

「手短かにどうぞ」

「若い男、この節の若いもの——派手な服に長い髪。床に倒れていて、明らかに死んでいました。シャツが血でごわごわになっていました」

スティリングフリートが身じろぎした。ふりかえってミス・ジェイコブズを鋭く見た。

「そのときわたし、若い女が一人いるのに気がつきました。手にナイフをもっていました。いやにおとなしくて落ち着いていました——ほんとに不思議なくらい」

スティリングフリートが口を開いた。「何か言いましたか?」

「手についた血を洗いに手洗いにいっていたと言いました——それからこうも言ったわ、『でもこういうものは洗いおとせるものじゃないわね?』」

「消えてしまえ、この嫌な汚点《しみ》ですか?」

「彼女を見てわたしがマクベス夫人を思いだしたのかどうかそれはわかりませんね。あのひと——さあなんと言えばよろしいかしら——泰然自若としていましたわ。ナイフをテーブルにおくと椅子に腰をおろしました」

「ほかに何か言いませんでしたか?」とニール主任警部が訊いた、目の前のメモに視線をおとしたまま。

「憎しみがどうとか。人を憎めば無事にはすまないというようなことを」

「〝かわいそうなデイヴィッド〟について何か言いましたか？　それともコノリー巡査部長にあなたがそう言ったのかな？　彼から逃げだしたいと言ったとか？」

「そうそう忘れてました。そうです。彼がここへ呼んだのだと言っていました――それからルイーズについてもなにか」

「ルイーズについてなんと言いましたか？」きっと身をのりだして訊ねたのはポアロだ。ミス・ジェイコブズは彼をうさんくさげに見つめた。

「別に、ただ名前を言っただけです。『ルイーズみたいに』と言って、口をつぐんでしまいました。人を憎むのはおだやかじゃないと言ったのはその後です……」

「それから？」

「それから、たいそう落ち着きはらってわたしに警察へ電話をしたほうがいいと言いました。それでわたし電話しました。それから二人で――すわったまま、みなさんのお出でを待ちました……彼女をひとりにしておくべきではないと思いました。何もしゃべりませんでした。なんだかじっと考えこんでいるふうでしたし、わたしはわたしで――率直にいうと何をしゃべってよいやらわかりませんでしたからねえ」

「あなたにもおわかりでしょう、ね、あの子は精神に異常をきたしていたことが？」とアンドリュウ・レスタリックが言った。「自分が何をしたか、なぜしたのかもわかっちゃいないんですよ、かわいそうに」

彼は哀願するように——同意を求めるかのように言った。

「人殺しをしたあとでまったく平静に見えるのが精神異常の徴候だといわれるなら、あなたのご意見に同意しましょう」

ミス・ジェイコブズがぜったい同意はしないぞという口調で言った。

スティリングフリートが言った。

「ジェイコブズさん、彼女は、自分が殺したのだとそのあいだずっと認めていましたか？」

「もちろん。さっき申し上げたはずですが——まっさきに言ったのがそのことでした。わたしの質問に答えるとでもいうように。こう言いました。『ええ、あたしが殺したんです』それから手を洗ったことを話しました」

レスタリックはうめき声をあげると両手に顔を埋めた。クローディアが片手を彼の肩においた。

ポアロが言った。

「ミス・ジェイコブズ、あなたはあのお嬢さんが手にもっていたナイフをテーブルに置いたとおっしゃいましたね。ナイフはあなたのすぐそばにありましたか？　あなたはそれをはっきりご覧になりましたか？　ナイフも洗ったように見えましたか？」

ミス・ジェイコブズはニール主任警部をためらいがちに見た。おそらくはこの表向き公式な訊問の席上で、ポアロは異質で公式ならざる風貌だと彼女が感じたことは明らかだった。

「お答えいただけると思いますが？」とニール警部は言った。

「はい――ナイフは洗いも拭いもしていなかったと思います。なんですか、ねとねとしたものがくっついていました」

「ああ」とポアロは言って椅子の背にもたれかかった。

「ナイフのことはすっかりご存じかと思っていましたのに」とミス・ジェイコブズはニールをなじるように言った。「警察のほうでお調べがおすみじゃなかったんですか？もしまだなら、それは怠慢じゃないかしら」

「ええそりゃ、調べはついていますよ」とニールは言った。「しかしわれわれとしては――その――つまり裏付けがほしいのでして」

彼女は鋭い視線をニールに投げた。

「ほんとうはこうおっしゃりたいのでしょう、あなたの証人の観察力がどれだけ正確かどうか知りたい。どこまで口から出まかせをいっているか、どこまでちゃんと見ているか、見たと思っているか」

彼は薄笑いをうかべた。

「いや、あなたを疑う必要はないと思います、ミス・ジェイコブズ。あなたは優秀な証人です」

「愉しむ気にはなれませんが。でもだれでも通りぬけなければならないことですわ」

「そうですな。いやありがとう、ミス・ジェイコブズ」彼は一座を見わたした。「ほかにご質問がありますか？」

ポアロがあるという意志表示をした。ミス・ジェイコブズはドアの前でしぶしぶ立ちどまった。

「はい？」と彼女は言った。

「ルイーズとかいうひとのことですが。あなたはそれがだれのことかおわかりでしたか？」

「どうしてわたしにわかります？」

「ミセス・ルイーズ・シャルパンティエを指していたとは考えられませんか。ミセス・シャルパンティエはご存じでしたでしょう？」

「知りませんでした」

「最近このマンションの窓からとびおりたことはご存じですね?」

「それは知っています、もちろん。でも名前がルイーズとは知りませんでしたし、個人的なおつきあいはありませんでした」

「とくにつきあいたい人物ではなかったのでは?」

「そこまで申したくありませんが、亡くなった方のことを。でもそのとおりだとは認めます。もっとも好ましからぬ隣人でしたからね、わたしもよそさんもちょいちょい管理人に苦情を言っていました」

「どんなことで?」

「正直申しますと、お酒を飲むんです。あのひとの部屋はうちの真上でしてね、しじゅう乱痴気さわぎをやっては、グラスはこわすわ、家具はひっくりかえすわ、唄ったりわめいたり、がたがた——出たり、入ったり」

「きっと孤独なひとだったんでしょうね」とポアロが示唆した。

「それはあのひとから受ける印象とはほど遠いですね」とミス・ジェイコブズは苦々しそうに言った。「検死審問の際に、あのひとは自分の健康状態を思いわずらっていたとか言ってましたね。あれはまったくの妄想ですよ。体が悪いようには見えませんでした」

こう言ってミス・ジェイコブズは亡きミセス・シャルパンティエをにべもなく片づけると、さっさと出ていった。

ポアロはアンドリュウ・レスタリックをかえりみた。そして婉曲に尋ねた。

「わたしの思いちがいかどうか伺いたいのですが、レスタリックさん、あなたは一時期ミセス・シャルパンティエとはかなりお親しくしておられたのではありませんか？」

レスタリックはしばし無言だった。そしてやおら深い溜め息をつくと、ポアロに視線をあてた。

「ええ。かつて、何年も前のことですが、ごく親しくしておりました……ただシャルパンティエという名ではありませんでした。わたしが知っていた当時は、ルイーズ・バイレルでした」

「あなたは――ああ――恋しておられた！」

「ええ、惚れていました……首ったけでした！　そのために妻も捨てました。二人して南アフリカへ行きました。一年たつやたたずでご破算になりましてね。あれは英国に戻った。それ以来消息は聞きません。その後どうしているか皆目知りませんでした」

「お嬢さんはいかがです。お嬢さんもルイーズ・バイレルを知っておられた？」

「おぼえてはいますまい。五つの幼児でしたから！」

「しかし知っておられたのでしょう？」とポアロは食いさがった。

「ええまあ」とレスタリックはのろのろと言った。「ルイーズを知ってはいました。つまりルイーズが家に来ることがありましたから。あの子とよく遊んでいました」

「それでは、長い年月の空白があってもおぼえていたかもしれませんな？」

「さあ、どうでしょう。わかりませんな。どんなふうになっていたかわかりませんし。ルイーズもどれほど変わっていたことやら。いまも申しあげたとおりあれ以来会っていませんからね」

ポアロはおだやかに言った。「しかし消息はあったのでしょう、レスタリックさん？つまり英国にお帰りになってから消息はあったのでしょう？」

ふたたび沈黙がおちた。やがて彼はやる瀬なさそうな深い吐息をついた。

「ええ——便りがありました」とレスタリックは言った。そしてにわかに好奇心をあらわにして訊いた。「どうしてご存じなんです。ムッシュー・ポアロ？」

ポケットからポアロは一枚のきちんと折りたたんだ紙きれをとりだした。それをひろげてレスタリックに渡した。

相手はかすかに眉をよせてそれを見た。

アンディ
お帰りになったことを新聞で知りました。お会いしておたがいにこれまでのことを話しあったほうがよくありません——
ここでいったんとぎれ——ふたたび書きつがれている。
アンディ——だれからだとお思いになる？　ルイーズよ。まさか忘れたとはいわせませんよ！
アンディ
この手紙の住所でおわかりのように、私、あなたの秘書と同じアパートに住んでいます。なんて世間は狭いんでしょう！　ぜひお会いしたいわ。来週の月曜か火曜に飲みにいらっしゃらない？
いとしいアンディ、どうしてもお会いしたいわ……あなたほど大切なひとはほかにいません——あなただって私を忘れてはいないでしょう？

「どこでこれを手に入れましたか」とレスタリックは紙を指ではじきながらポアロに訊いた。

「家具運搬車経由で友人の手から」とポアロはオリヴァ夫人のほうをちらりと見た。

レスタリックはすげなく彼女を見た。

「いたしかたなくて」とオリヴァ夫人は、彼の視線の意味を諒解してそう言った。「あのひとの家具が運びだされるところだったと思いますよ、引越し屋が机を運んでいるときに引き出しがおっこちて、中身が散らばったんですけど、おりあしく風が吹いて中庭のほうへ吹きとばしたもんですから、あたくし、それを拾って持っていってあげたら不機嫌な顔して押しかえしてよこしたので、そのときはなんの気なしにコートのポケットに押しこんだんですの。今日の午後コートを洗濯屋にだそうと思ってポケットをひっくりかえすまで忘れてました。だからあたくしのせいじゃなくてよ」

夫人は息をややはずませて口をつぐんだ。

「彼女は結局この手紙を出したのですか？」とポアロは訊いた。

「ええ——よこしました——もっと事務的な文章でしたよ！　返事は出しませんでした。

そのほうがいいだろうと判断したからです」

「二度と会いたいとは思われなかった！」

「およそ会いたくない人物ですね！　格別気むずかしい女で――しじゅうそうでした。

それにいろいろな風評も耳に入っていました――飲んだくれになったというような。そのほかにもいろいろと」

「彼女の手紙はとっておかれましたか？」

「あんなもの、破いて捨てちゃいました！」

スティリングフリート医師が唐突に質問をした。

「お嬢さんが彼女のことについて何か言われたことがありますか？」

レスタリックは言いしぶった。

スティリングフリート医師はうながした。

「お嬢さんが何か言われていたのなら重要な手がかりになるかもしれません」

「医者というやつは！　ええ、一度だけ触れたことがあります」

「正確になんと言ったかおっしゃってください」

「出しぬけにこう言いました。『このあいだ、ルイーズに会ったわ、お父さま』わたしは驚きました。で、こう言いました。『どこで会ったのだね？』すると、『うちのマンションのレストランで』わたしはいささかたじろぎました。で、『きみがあれをおぼえていたとは思わなかった』すると娘は、『忘れるもんですか。お母さまが、忘れたくたって忘れさせてくれなかったわ』」

「ほう」とスティリングフリート医師は言った。「ほう、なかなか意味深長だ」

「それからあなた、マドモアゼル」とポアロは不意にクローディアをかえりみた。「ノーマはルイーズ・シャルパンティエのことをあなたに話しましたか?」

「ええ──自殺のあとでしたわ。彼女は悪い女だというようなことを言っておりました。なんといいますか、子供っぽい言い方でそう言いました、あたくしの言う意味がおわかりなら」

「あの晩あなたはこのマンションにおられましたか?──もっと厳密に言いますと、あの日の朝ですが、ミセス・シャルパンティエの自殺のあった?」

「あの晩はいませんでした、ええ! 留守にしておりました。次の日に戻ってきてあのことを聞いたように記憶しておりますわ」

彼女はレスタリックのほうをちょっとふりかえった……「おぼえていらっしゃいますか? 二十三日でした。あたくし、リバプールへまいりましたね?」

「そう。ヒーバー・トラストの会議にぼくの代理として出席した」

ポアロが言った。

「しかしノーマはあの晩ここで寝たのでしょう？」

「ええ」クローディアはばつの悪そうな顔をした。

「クローディア」レスタリックは片手を彼女の腕においた。「ノーマのことで何か知っているのではないかね？　何かあるね。何か隠していることが」

「何もありません！　あの方のこと、あたくしが知るはずがありませんわ」

「あの子は頭が変だと思っているんでしょう？」とスティリングフリート医師が気さくな調子で言った。「それから黒い髪のお嬢さんも。それからあなたも」彼は不意にレスタリックをふりかえった。「みんな素知らぬ顔でこの問題を避けているくせに、心のなかじゃ同じことを考えているんだ！　ただし主任警部を除いては。あのひとは何も考えていない。事実を集めているだけです。狂人か殺人者か。あなたはどうです、奥さん？」

「あたし？」オリヴァ夫人はとびあがった。「あたしは――わからない」

「判定を保留しますか？　やむを得ないでしょう。厄介な問題だからな。人間というものは概して自分たちがそう思っていることには付和雷同するものですよ。ただ言葉を変えて言うにすぎません――それだけのことです。くるくるぱあ。いかれている。おつむが足りない。頭のねじがゆるんでいる。精神異常。被害妄想。どなたか彼女をまともだと考えておられる方はいませんか？」

「ミス・バタースビー」とポアロが言った。

「ミス・バタースビーとは？」

「校長先生」

「ぼくに娘があったら、その先生の学校へ入れるな。……むろんぼくはちがう範疇に属しますけど。ぼくにはわかっていい、いる。あのお嬢さんのことなら一から十までわかっている！」

ノーマの父親は彼を凝視した。

「こちらはどなたです？」と彼はニールにたずねた。「娘のことなら一から十までわかっているなどと言っていますが、これはどういうことですか？」

「お嬢さんのことならなんでも知っていますよ」とスティリングフリートは言った。

「なぜならお嬢さんは、この十日間、ぼくの治療を受けておられたからです」

「スティリングフリート先生は」とニール主任警部は言った。「有能にして高名な精神病医ですよ」

「どうして娘があなたの手に——わたしに相談もなく？」

「髭のひとに訊いて下さい」とスティリングフリート医師はポアロを顎でしゃくった。

「あんたが——あんたが……」

レスタリックは憤激のあまり絶句した。

ポアロは静かに言った。

「あなたのご指図があったからです。お嬢さんが見つかったら庇護してくれるようにと言われましたね。わたしはお嬢さんを見つけた——そこでわたしはスティリングフリート先生の興味をお嬢さんのケースに向けさせることに成功した。お嬢さんは危険にさらされておられました、レスタリックさん、非常に重大な危険に」

「いま以上の危険にあうことはないだろう！　殺人容疑で逮捕されるというような！」

「刑事上はまだ告訴されていません」とニールが呟いた。

彼はさらに言葉をついだ。

「スティリングフリート先生、あなたはミス・レスタリックの精神状態、及び彼女が自分の行動の性質や意味をどれだけわきまえているかについて専門的なご意見をお聞かせ下さいますな？」

「M・ノートン法（精神異常を定義する法律）は、ひきあいに出さずにすみますね」とスティリングフリートは言った。「あなたがいまお知りになりたいことは、きわめて簡単なことですね、彼女が狂人か正気かという？　よろしい、申しあげましょう。あのお嬢さんは正気です――ここにおられる方たちと同じく正気です！」

第二十四章

一同は彼を凝視した。

「予期されなかったでしょう?」

レスタリックは腹立たしそうに言った。「あんたはまちがっている。あの娘は自分のしたことすら知らんのだ。娘は潔白だ——完全に潔白だ。したおぼえもない行為に対して責任をとることはできない」

「もう少し言わせてください。ぼくには自分が何をしゃべっているかわかっています。あなたにはわかっていない。お嬢さんはまともで、自分の行為に責任をもつことができる。いますぐここへ連れてきて、しゃべらせてみましょう。彼女は、自分自身を弁護する機会を与えられなかった唯一の人間です! ええ、そうです、彼女はまだここにいます——自室で婦人警官に付き添われています。しかし彼女に質問をする前に、あなたにお聞かせしておいたほうがいいことがあります。

お嬢さんはぼくのところへ来られたときは麻薬漬けでしたよ」

「あいつがやったんだ！」とレスタリックが怒声をあげた。「あのぐうたらの破廉恥な男が」

「彼がはじめさせたんですよ、明らかに」

「ありがたい」とレスタリックは言った。「そりゃありがたい」

「何をありがたがっているんです？」

「わたしはきみを誤解していた。娘は正気だと再三いうものだからてっきり娘を窮地に追いこむつもりだと思っていたんですよ。思いちがいをしておったんですよ。みんな薬のせいだな。娘の意志ではないことをあれにやらせ、やった記憶をなくさせたのは、薬のせいなんだ」

スティリングフリートは声を高くした。

「もしあなたがそうべらべらまくしたてず、自分はなんでも知っているなんて顔をなさらずに、ぼくにしゃべらせて下さるなら、もうちょっと先に進めるんですがね。まず第一に彼女は中毒患者ではない。注射の跡は皆無です。コカインを吸ってもいない。だれかが、おそらくはあの青年が、あるいはほかの人間かもしれないが、本人の知らぬまに薬をあたえたのでしょうね。最近流行のパープル・ハートなんてものじゃない。なかなか興味ある雑多な薬——鮮明な幻覚をあたえるＬＳＤ——悪夢や快夢。インド大麻は時間感覚を歪めるから、本人は、ほんの数分の体験も一時間と感じるかもしれない。その他もろもろの興味深い物質がありますが、みなさんにお教えするつもりはありません。薬にくわしい人物が、お嬢さんをもてあそんだのです。各種の興奮剤、各種の鎮静剤がお嬢さんをコントロールする役目を果し、本人にもまったく人が変わったかのように思いこませていたのです」

レスタリックがさえぎった。「そこですよ。ノーマには責任がないのだ！　何者かがこういうことをするように暗示をかけたんだ」

「あなたにはまだわかっていないんですね！　何者といえども本人が望んでいないことを、させることはできないんです。できるのは本人に自分がやったと思いこませることです。ではお嬢さんを呼んで、あのひとの身に何が起こったか、ご本人に知らせてやることにしましょう」

彼がニール主任警部に目顔で訊くと警部はうなずいた。

スティリングフリートは去りぎわにクローディアに言った。「もうひとりのお嬢さんはどこにいます、あなたがジェイコブズからひきとって鎮静剤をあたえたお嬢さんは？　ベッドに入っているんですか？　ちょっと起こしてひきずってきて下さい。できるだけ皆さんのご協力がほしいんです」

クローディアも居間を出ていった。

スティリングフリートはノーマの背中を押しながら入ってくると、景気よくはげましの声をかけた。

「さあ、いい子だ……だれもきみにかみつきやしないよ。そこにおすわり」

彼女はおとなしくすわった。それにしてもその従順さは恐ろしいほどだった。

婦人警官が憤慨したような顔つきで戸口をうろうろしている。

「きみに頼むのは、真実を話すことだ。きみが考えているほどむずかしいことじゃない」

クローディアがフランシス・キャリイを伴って戻ってきた。フランシスは大きなあくびをしている。黒い髪が垂れ幕のようにたれさがり、あくびをくりかえす口をなかば隠している。

「気付け薬がいるね」とスティリングフリートが声をかけた。

「寝かせておいてもらいたいわ」とフランシスはもごもごとつぶやいた。

「これを片づけるまではだれも眠るわけにはいかないんだ！　さあ、ノーマ、ぼくの質問に答えておくれ――お隣りの女《ひと》は、きみがデイヴィッド・ベイカーを殺したことを認めたと言っているが。ほんとうか？」

従順な声が言った。

「ええ。あたしはデイヴィッドを殺しました」

「彼を刺したの？」

「ええ」

「どうして刺したとわかるの？」

彼女は怪訝そうな色をうかべた。「どういう意味なの。あのひと、床に倒れて——死んでいたわ」

「ナイフはどこにあった？」

「あたし、拾ったんです」

「血がついていた？」

「ええ。シャツにも」

「どんな感じだったかな——ナイフの血は？手についていてきみが洗いおとしたという血は——水みたいな感じ？それともいちごジャムみたいか？」

「いちごジャムみたい——ねばねばしていて——」彼女は身震いをした。「ごしごし洗わなくちゃならなかったわ」

「さもありなんだ。さあこれですべてがぴったりとまとまる。被害者、加害者——きみと——兇器もそろった。きみは実際に手を下したところをおぼえているかい」

「いいえ……それはおぼえていません——でもあたしがやったにちがいないわね？」

「ぼくに訊かないで！　ぼくはそこにはいなかったんだ。言ったのはきみなんだよ。でもその前にも殺人があったんじゃないか？　もっと前に？」

「それは——ルイーズのこと？」

「うん。ルイーズのことだ……いつ彼女を殺すことを考えたの？」

「何年も前に。ええ、何年も前に」

「子供のころ」

「ええ」

「長いこと待たなくちゃならなかったんだね？」

「そんなこと、忘れていたわ」

「彼女に再会して、彼女とわかるまで？」

「ええ」

「子供のころ彼女を憎んでいたね。なぜ？」

「だってお父さまを、あたしのお父さまを連れていっちゃったから」

「そしてきみのお母さんを不幸にしたから？」

「母はルイーズを憎んでたわ。ルイーズはすごく悪い女だって」

「彼女のことをいろいろと聞かされたね？」

「ええ。だからあたしいっそ彼女も……もう彼女のことを聞くのはうんざりだったの」

「同じことのくりかえしだね——わかってる。憎悪は何かを生みだすってものじゃないからね。彼女に再会したとき、ほんとうに殺したいと思ったのかい？」

ノーマは考えるふうだった。興味をよびさまされたような気配がその顔にうかんだ。

「そうは思わなかったわ……なんだか遠い昔のことみたい。まさか自分が——だから——」

「だから自分がしたかどうか確信がない？」

「ええ。あたしは彼女を殺さなかったなんて妄想が起こってくるんです。みんな夢だったんじゃないか。ほんとは彼女が自分で窓からとびおりたのかもしれない」

「で——なぜそうじゃないの？」

「だってあたしには自分でやったことがわかっているの——自分がやったってあたし言ったんですもの」

「きみがやったってそう言ったの？　だれにそう言ったの？」

ノーマはかぶりをふった。「言えません！　あたしに親切にしてくれて助けてくれようとしたひとです。その女《ひと》、何も聞かなかったことにしておくわって言ったんです」彼女は次第に早口になり、気が昂ぶってくる様子だった。「あたし、ルイーズの部屋のドアの外に、76号のドアの外にいたんです、部屋から出てきたばかりで。あたし眠りながら歩いていたんだと思った。みんなが——彼女が——事故があったって言いました。中庭で。あんたには関係ないってしつこく言ったわ。ぜったいだれにもわかりゃしないって——あたし何をしたかわからなかったけれど——でも手のなかにあんなものが——」

「あんなもの？　それはなに？　血のことかい？」

「ううん、血じゃない——カーテンの切れはし。あたしが彼女を突いたとき」

「突いたのをおぼえている？」

「ううん。そんな恐ろしいこと。何もおぼえていないの。だからあたし、思いたったんです。だから行ったんです——」とポアロの方へ顔を向け——「あのひとのところへ——」

彼女はふたたびスティリングフリートのほうに向きなおった。「あたし、自分でやったことは何もおぼえていないの、なんにも。でもあたし、だんだん怖くなってきたの。だって何ひとつ思いだせない空白な、ぜんぜん空白な時間がいつも多すぎるから——説明できない時間、どこにいたのか、なにをしていたのかおぼえていない時間が。でもいろんなものが見つかったわ――自分で隠したにちがいないものが。メアリはあたしに毒をのまされていた、毒をのまされていることが病院でわかったの。それから、引き出しの中にあたしが隠しておいた除草剤があった。ここのうちではとびだしナイフ。買ったおぼえがぜんぜんない拳銃もある！　あたし、ひとを殺したんだけど、殺したおぼえがぜんぜんないの、だからほんとは人殺しじゃなくて――ただ――頭が狂っているだけなの。とうとうそれがわかったわ。あたしの頭は狂っていて、やらずにはいられない。頭がおかしいひとがしたことを責めることはできないわね。あたしがここに来てデイヴィッドを殺したのだとしたら、それはあたしの頭が狂ってることだわ、そうでしょ？」

「きみは狂人になりたいんだね、どうしても？」

「あたし――ええ、そうらしいわね」

「それじゃ、きみはなぜ、自分がある女を窓から突きおとして殺したと打ち明けたりしたのだい？　だれに打ち明けた？」

ノーマはおずおずと首をまわした。それから手をあげて指さした。

「クローディアに話したわ」

「まったくのでたらめです」とクローディアは彼女をとがめるような目つきで見た。

「そんなこと一言も話したことないじゃないの！」

「したわ。したわ」

「いつ？　どこで？」

「あたし――わからないわ」

「あんたにみんな白状したって言ってたわよ」とフランシスが間のびした声で言った。

「正直いってさ、あたし、彼女がヒステリーを起こしてでっちあげたんじゃないかと思ったな」

スティリングフリートはポアロをちらりと見た。

「彼女がでっちあげたという可能性はありますよ」とポアロは裁定を下した。「そういった症例はままあります。だがかりにそうだとしても、動機を探さなければならないでしょう。彼女があの二人の死を欲したところの強力な動機を。ルイーズ・シャルパンティエとデイヴィッド・ベイカー。子供じみた憎悪？　昔々に片のついてしまった？　ナンセンス。デイヴィッド――ただ〝彼から逃げだしたかった〟から？　うら若い女が人殺しをするほどの動機じゃない！　もっとましな動機がほしい。巨額の金――そう！――強欲！」彼は一座を見わたし、声は淡々とした口調に変わった。

「もう少々ご協力が願いたいのです。もう一人、行方のわからない人がいる。奥さんは、ここにお出でになるのにだいぶ手間どっておられますな、レスタリックさん？」

「どこへ行っちまったのか見当がつかんのです。電話もしました。クローディアは考えつくあらゆるところに伝言を頼んだし。どこかから電話を入れるべきですね」

「ことによるとわたしたちは思いちがいをしているのかもしれません」とエルキュール・ポアロが言った。「おそらくマダムは――いうなれば――少なくとも一部は、すでにここにお出でなのかもしれませんね」

「そりゃどういう意味だね？」とレスタリックが腹立たしそうに言った。

「恐れいりますが、シェール、マダム？」

ポアロはオリヴァ夫人の方へ体をのりだした。オリヴァ夫人は目をむいた。

「さっきお預けした包みを――」

「ああ」オリヴァ夫人は買物袋に首をつっこんだ。そして黒い紙ばさみをひきずりだした。

その刹那《せつな》、近くで鋭く息をのむ音がしたが、ポアロはふりかえらなかった。

包紙を丹念にとりのぞいて彼はさしあげた――ふっくらした金髪の鬘を。

「レスタリック夫人はここにはおられない。しかし夫人の鬘はここに、、、、ある。興味深いことだ」

「いったいそれをどこで手にいれたんです、ポアロ？」とニールがたずねた。

「フランシス・キャリイさんの旅行鞄から——始末する機会がおありにならなかったようで。さあ、彼女に似あうかどうかみてみましょう？」

彼はフランシスの顔をたくみにおおっている黒い髪をさっとかきあげた。そして逃れるすきをあたえず金色の光輪をその頭にのせるや、フランシスはぎらぎら光る目で一座をねめつけた。

オリヴァ夫人が叫んだ。

「まあおどろいた——メアリ・レスタリックじゃないの」

フランシスは怒った蛇のように体をくねらせた。レスタリックが椅子からとびあがり、彼女に駆けよろうとしたが——ニールの手が彼をがっきとひきとめた。

「いかん。あんたに暴力をふるってもらわなくともいい。ゲームは終わったんだ。レスタリックさん——それともロバート・オウエルと呼ぼうか——」

悪罵が男の口からほとばしりでた。フランシスの声がひときわ高くひびきわたった。

「だまんなよ、ど阿呆！」と彼女は言った。

ポアロは彼のトロフィを、鬘を置きざりにした。そしてノーマに近づいてその手をやさしくとった。

「あなたの試練は終わりましたよ、お嬢さん。生贄は捧げられずにすみます。あなたは狂っているのでもなければ、人を殺してもいません。あなたに対して陰謀をたくらんだ極悪非道の人間がふたりいたのです。彼らは、あなたに言葉たくみに薬をあたえ、あなたを自殺に追いやるか、あるいは自分の罪と狂気を信じこませようと躍起となっていた」

ノーマは恐怖の目で陰謀人の片割れを見つめた。

「あたしのお父さま。お父さまが？　このあたしにそんな仕打ちをするなんて。実の娘よ。あたしを愛してくれたお父さまが――」

「あなたのお父さんではないのだ、お嬢さん《モン・ナンファン》――あなたのお父上が亡くなられてからここに現われ、お父上になりすまして、莫大な財産を横領する魂胆だったのです。だがたった一人、あなたのお父上の顔を知っている人物がいた――言いかえればこの男がアンドリュウ・レスタリックではないことを見破る人物、それは十五年前、アンドリュウ・レスタリックの愛人だった女です」

第二十五章

四人の人物がポアロの部屋にいた。ポアロは四角い自分の椅子にすわって、カシスのリキュールを飲んでいる。ノーマとオリヴァ夫人はソファに腰かけている。夫人はおよそ似合わない青りんご色のブロケードの服を着て、かくべつ入念に髪を結いあげ、さながらお祭り気分だった。スティリングフリート医師は長い足をでんと突きだして椅子にすわっており、まるで足が部屋の真ん中までとどいているように見えた。

「さてと、いろいろ知りたいことがあるわね」とオリヴァ夫人は言った。その口調は非難がましかった。

ポアロはあわてて、たち騒ぐ波間に油を流した。

「しかし、シェール、マダム、よくお考え下さい。わたしはあなたのお蔭をどれほどこうむったかはかりしれません。わたしの正しい発案は一から十まであなたから示唆をうけたのですよ」

オリヴァ夫人は怪訝そうに彼を見つめた。

「サード・ガールという言葉を教えて下さったのはほかならぬあなたではありませんか？　わたしはそこから出発したのです――またそこで終わったわけですが――つまりあのマンションに住む三人娘のサード・ガールから。ノーマは常にサード・ガールだったと思います――あらゆる事柄を正しい角度から見たとき、すべてがぴったりと符合したのです。見失われていた答、パズルの見失われていた一片、それはいつも同じものでした――サード・ガール、第三の女。

それは常に、おわかりいただけるでしょうか、常にそこにいない人物という意味でした。つまりわたしにとって名前だけの存在でした」

「彼女とメアリ・レスタリックを結びつけるなんて夢にも思わなかったわ」とオリヴァ夫人が言った。「クロスヘッジでメアリ・レスタリックに会って話までしたのよ。でもフランシス・キャリイにはじめて会ったときは、あのひと、黒い髪を顔じゅうにたらしていましたしねえ。あれならだれだって欺せます！」

「そこでまたあなたなのですよ、マダム、婦人の外貌が髪型でどれほど容易に変わるものか教えてくださったのは。フランシス・キャリイは演劇の素養がありましたね。手早くメイキャップをする仕方を心得ていた。必要に応じて声を変えることもできる。フランシスの場合は、長い黒い髪で顔をなかば隠し、お白粉を厚く塗り、眉を黒く描き、マスカラをつけ、間のびした嗄れ声を使う。メアリ・レスタリックの場合は、ウエイブをつけてきちんと結いあげた金髪の鬘、ありきたりの服、かすかな植民地なまり、きびきびしたしゃべり方、まったく対照的です。しかし、のっけから、なんとなく現実ばなれしているという感じを受ける。彼女はどういう種類の人間だったのでしょうか？　わたしにはわかりません。

彼女に関するかぎりわたしは見抜けなかった——まったく——わたし、エルキュール・ポアロは見抜けなかった」

「ヒヤヒヤ」とスティリングフリート医師が言った。「あなたがそんな弱音をはかれるのをはじめてききましたよ、ポアロ！　奇跡は起こるもんだなあ！」

「なぜ彼女が二役を演じなければならなかったのかわたしにはわかりませんね」とオリヴァ夫人が言った。「無用の混乱をまねくだけだと思うけれど」

「いやいや。彼女にとってはきわめて有用だったのですよ。アリバイが欲しいときにいつでも供給してくれるのですから。目の前にいつもそれがありながら、見えなかったとは！　鬘がある——意識の底でたえず気にかかりながら、なぜ気にかかるのかわからなかったのです。二人の女——決していつもいっしょにいたことがない。二人の生活は巧妙に仕組まれていたので、彼女たちの居場所がはっきりしないときの二人の生活の時間割の大きなギャップに気づくものはいなかったのです。メアリはしじゅうロンドンへ行き、買物をし、不動産屋をたずね、家屋検分の申請書の束をもってそこを出て、検分と称して時間を費す。フランシスはバーミンガムやマンチェスターへ出かけ、時には外国へも飛び、そしてチェルシーへは、法律とは相いれぬさまざまな役割を押しつけるために雇った若い芸術家たちとしばしば出かける。特別製の額縁がウェッダーバーン画廊のために設計される。新進の画家たちの展覧会がそこで開かれ──彼らの絵は飛ぶように売れる。そしてヘロインをひそかに詰めこんだ額縁とともに国外へ、あるいは画廊へと送られる──絵画詐欺──有名な大家の世に知られない作品の巧緻な贋作──彼女がこれらを一手にとりしきっていたのですよ。デイヴィッド・ベイカーも彼女が雇った絵描きの一人なのです。彼は模写のすばらしい才能をもっていましてね」

ノーマが呟いた。「かわいそうなデイヴィッド。はじめて会ったときはすばらしい人だと思ったのに」

「あの絵」とポアロは夢みるように言った。「いつもいつもわたしの心はあの絵に戻っていったのです。レスタリックはなぜあの絵をオフィスへ持ちこんだのか？　あの絵には特別な意味があるのか？　まったく、阿呆《アンファン》、これほど己れが愚鈍であったとは汗顔《かんがん》のいたりですな」

「その絵がどうしたんですの？」

「すこぶる賢明なやり口です。一種の身分証明のようなものですからね。一対の肖像画、著名な流行画家の手になる夫と妻の。倉庫から発見されたとき、デイヴィッド・ベイカーがレスタリックの絵のほうを、いまより二十ほど若いオウエルのものに描きかえたのです。だれもあの絵を偽物だと思うものはなかった。画風といい筆遣いといい、カンバスといい、なかなかどうして見事なできです。レスタリックはそれをオフィスの机の上にかけた。昔のレスタリックを知っているものは、『すっかり見ちがえてしまった！』とか、『お変わりになりましたな』とか言って絵を見上げるが、自分は相手がどんな顔をしていたか忘れてしまったんだなあと思うだけですよ！」

「レスタリック——いえオウエル——としてはずいぶんと危い橋を渡っていたのねえ」

とオリヴァ夫人は感慨深げに言った。

「あなたが考えるほどではありませんよ。彼は決してティッチボーン事件のような跡目争いの当事者ではありませんでしたからね。単に、世に知られたシティの会社の一員であり、兄の死後帰国して亡兄の事業をひきついだ。最近外国で結婚した若い夫人を連れ、名士であるところの目のよくない老いたる義理の伯父の屋敷に入りこんだ。だがその伯父は彼の学生時代以降のことは皆目知らず、なんの疑いもなく彼を受けいれたわけです。五歳のときに別れた娘はほかには係累はない。彼が南アフリカへ出奔したとき会社にいた二人の老社員はすでに死亡している。若い社員はひとつところにじっとしてはいない。お抱えの弁護士は死亡した。彼らがこの大賭博をうとうと決めたとき、フランシスが前もってこれらの状況を詳細に調査しただろうことは明らかです。

フランシスは二年前に彼とケニヤで出会ったらしい。二人とも詐欺師でした、もっともぜんぜん別の方面に興味があったのですが。彼は鉱山師《やまし》としていろいろといかがわしい取引きをやってきたのです――レスタリックはオウエルと手を組んで未開地で鉱山師《やまし》をやっていたのです。レスタリックが死んだ(たぶん事実でしょう)という噂があったのですが、のちに否定されるようなこともありました」

「賭の目当は巨万の富ですな?」とスティリングフリート医師が言った。

「そう巨万の富です。恐るべき賭です――恐るべきもとでをかけて。そして賽《さい》はふられた。アンドリュウ・レスタリックは大金持ちで、しかも兄の遺産を相続した。だれも彼を怪しむものはなかった。ところがここに――思わぬ伏兵がいた。ある日とつぜん女名前の手紙を受けとったが、この女は、彼の顔を見れば彼がアンドリュウ・レスタリックではないことを見破ってしまう人物だった。ついで第二の不運がまいこんだ――デイヴイッド・ベイカーが彼を強請《ゆす》りだしたのです」

「それは考えうることだったでしょうに」とスティリングフリートがおもむろに言った。

「彼らはそんなことは予想しなかったのですよ」とポアロは言った。「デイヴィッドはこれまで強請などしたことはなかったのです。あの男の受けついだ莫大な富がデイヴィッドの頭にきたのでしょうね。それに比べれば肖像の贋造に支払われた金額が途方もなく少ないように思われたのでしょう。彼はもっと欲しいと思った。そこでレスタリックは彼に多額の小切手を切り、それはあくまでも娘のため、娘の望ましからぬ結婚を妨げる手段であると見せかけたのです。彼がほんとうにノーマとの結婚を望んでいたかどうかこれはわからない——ほんとうに結婚したかったのかもしれません。しかしオウエルやフランシスのような人間を強請るのははなはだ危険です」

「あの二人がいとも冷酷に——いとも平然とあんなふうに二人の人間を殺すことを企てたというの？」とオリヴァ夫人は尋ねた。

夫人の顔は蒼ざめていた。

「あなたもリストに加えていたかもしれませんよ、マダム」とポアロは言った。

「あたしが？　あたしの頭を撲ったのはあの連中のひとりだっていうの？　フランシスかしらね？　あのかわいそうな孔雀じゃなくて？」

「孔雀ではないでしょうな。あなたはすでにボロディン・メゾンズへ行った。次はきっとひとり合点の口実をこしらえてフランシスをチェルシーまで尾けていく、あるいは彼女がそう考える。だからこそフランシスは家を抜けだして、あなたの頭をひとうちぽかんと叩いて、あなたの好奇心にひとまず水をさしたというわけですよ。危険だというのにひとの言うことを聞こうとしないのだから」

「あの女だなんてとても信じられない！　あのときあのむさいスタジオで、バーン゠ジョーンズが描いた女みたいに寝そべっていたのに。だけどなぜ――」と夫人はノーマを見てそれからポアロに視線を戻した。「彼らはこのひとに――わざわざ薬などをあたえて、人間ふたりを殺したと思いこませるように仕向けたのでしょう。なぜ？」

「彼らには身がわりが必要だったのです……」とポアロは言った。

彼は椅子から立ちあがりノーマに近づいた。

「お嬢さん《モン・ナンファン》、あなたは恐ろしい試練に遭われたのです。もう二度とあのようなことは起こらないでしょう。さあ、いまこそようくおぼえておくのですよ、あなたはいつでも自分に自信を持ってよいのだということを。まったき悪がどういうものか身をもって知ったということは、これから先の人生で何に出会おうと自分の身を守ることができるということですからね」

「そうですね」とノーマは言った。「自分の頭が狂っていると思うなんて――ほんとうにそう信じこむなんて、恐ろしいことだわ……」と体を震わせ、「今でもなぜ逃れられたのかよくわからないんです――あたしがデイヴィッドを殺したんじゃないとだれにしろなぜ信じてくれたのかしらって――あたし自身が殺したと信じこんでいたというのに」

「血が手ちがいだったのさ」とスティリングフリート医師は事務的な口調で言った。「凝固しはじめていたものね。シャツは、『血でごわごわしていた』とミス・ジェイコブズは言った、濡れていたとは言わなかったんだよ。だとするときみは、フランシスの悲鳴の演技がはじまる前の五分たらずのあいだに彼を殺していたはずなのに」

「彼女はいったいどうやって――」オリヴァ夫人は謎ときにとりかかった。「彼女はマンチェスターに行っていたのだから――」

「彼女は早目の汽車に乗りこみ、車中でメアリの鬘をかぶり化粧を変える。ボロディン・メゾンズに行き、見知らぬ金髪女としてエレベーターに乗りこむ。前もって呼び出しておいたデイヴィッドの待つ部屋へしのびこむ。彼はなんの疑念もいだかなかった。フランシスは彼を刺し殺す。部屋を出てノーマが来るのを待つ。公衆便所にこっそりすべりこんで、そこで姿を変え、道ばたで出会った友だちといっしょに連れ立ってボロディン・メゾンズまでやってくるとその前で友だちに別れ、それから階上にあがって自分の役どころを演じたわけさ――おおいに愉しみながらだろうね。警官が呼ばれてやってくるまで、この時間のギャップに気づくものはだれもないだろうと彼女はふんだ。まったく、ノーマ、きみはあの日ぼくたちをてんてこまいさせたぜ。みんなを殺したのはあたしだって言いはってさ！」

「告白して洗いざらいさっぱりしたかったの……あなたは――あなた、あなたは、あたしがほんとにやったとお思いになった？」

「ぼく？　ぼくをなんだと思っているんだい？　自分の患者がやることとやらないことぐらいわかっているよ。だけどきみが、事をいっそう面倒にするだろうとは思ったね。ニールがどこまで首をつっこんでいるのかわからなかったしね。尋常の警察のやり方じゃないとは思った。ここでポアロの思いのままにさせたところをみると」

ポアロは微笑した。

「ニール主任警部とは旧知の間柄なのです。それに彼はある事柄に関して調査をしている最中でした。あなたはあのときルイーズのドアの前にいたのではないのですよ。フランシスが部屋の番号を細工したのです。あなたのドアの番号の7と6を逆におきかえたのです。あの文字板はさしこんだ鋲がゆるんでいました。クローディアはあの晩留守でした。そこでフランシスはあなたに薬をあたえ、あなたにとってすべてが悪夢であったかのように思いこませたのです。

わたしは天恵のように真相をさとったのです。ルイーズを殺すことのできるのは、実の〈第三の女《サード・ガール》〉フランシス・キャリイだということを」

「きみは彼女の正体をなかば見破っていたんだぜ」とスティリングフリートは言った。「あるひとがいかに上手に化けるかということを話してくれたときにさ」

ノーマはしげしげと彼を見つめた。

「あなたって失礼なことを平気で言うのね」と彼女はスティリングフリートに言った。

彼はいささかたじろいだふうだった。

「失礼？」

「あなたがみなさんに言ったこと。どなり散らしたりして」

「ああ、そう、まあね……ついくせになっているんだ。だれもかれもいらいらさせられる連中ばかりで」

彼は不意にポアロに笑いかけた。

「この子、たいしたもんでしょう？　そうじゃありませんか？」

オリヴァ夫人は嘆息とともに立ちあがった。

「おいとましなくちゃ」夫人は二人の男を見、ノーマを見た。「このひとをどうしましょうね？」と夫人は尋ねた。

二人は驚いたような顔をした。

「当座はあたしのところに泊まればいいけど」と夫人は言葉をついだ。「そしてとっても幸せだって言うでしょうけど。でもたいへんな問題があると思うのよ。何しろあなたのお父さまが――ほんもののほうよ――遺して下さった莫大な遺産がありますからね。いろいろ七面倒なことが起こりますよ、寄付しろ何しろという手紙やら何やらで。ロデリック卿といっしょに暮らすのもいいけれど、それじゃ若いお嬢さんにはおもしろくもないでしょうし――目は見えない、耳はきこえない――おまけにわがまま放題のおじいちゃんじゃ。ところであの方の紛失した書類だのあの女書生《オーペア》だのキュウ・ガーデンのほうはその後どうなったんですか？」

「一度探したはずのところから出てきました――ソニアが見つけたんです」とノーマは言って、こうつけくわえた。「ロディ伯父さまとソニアは結婚するんですの――来週――」

「じいさんバカぐらい始末におえないものはないな」とスティリングフリートは言った。

「あっは！」とポアロは言った。「するとあの若いご婦人はラ・ポリティクにまきこまれるより英国で暮らすほうをとられたわけですな。なかなか賢いな、あのおちびさんは」

「じゃ、それはそういうことね」とオリヴァ夫人がぴしゃりと言った。「でもノーマについては現実的にならなくっちゃ。ちゃんとした計画をたてなくてはいけませんよ。今後の身のふり方だってひとりじゃわからない。このひとは、だれかが教えてくれるのを待っているんですよ」

　彼女は一座をきっと見まわした。

　ポアロは無言だった。微笑した。

「ああ、このひとが？」とスティリングフリート医師が言った。「じゃあ、ぼくが言おうか、ノーマ。ぼくは火曜にオーストラリアに飛ぶ。まず下見をしてこようと思う――仕事の手はずがどんなふうになっているか。それからきみに電報をうつから、そしたら来いよ。そして結婚するんだ。きみの金が目当てじゃないってことは信じておくれ。ぼくはばかでかい研究施設みたいなものに金をつぎこむような医者じゃない。ぼくが興味のあるのは人間だけだ。それにきみはぼくをうまく操縦できると思うよ。ぼくが不作法なやつだなんて――自分じゃちっとも気がつかなかった。まったく奇妙な話だね。きみは――あんな騒ぎをひき起こして糖蜜に足をとられた蠅みたいに途方にくれていたくせに、ぼくがきみを操縦するんじゃなくてきみがぼくを操縦するなんて」

ノーマは身じろぎもしなかった。ジョン・スティリングフリートを食いいるように見つめている、まるでいままで知っていたものをあらためて別の角度から見さだめようとでもいうように。

やがて彼女は微笑した。それは愛くるしい微笑だった——幸せいっぱいな、うらわかい乳母のような。

「いいわ」と彼女は言った。

そして部屋を横切ってエルキュール・ポアロに近づいた。

「あたしも不作法でした」と彼女は言った。「あなたが朝のお食事をなさっているときにおうかがいして。あなたがお年をとりすぎているから頼りにならないなんて。ほんとに失礼なこと言っちゃって。それにあれはほんとではありませんでした……」

彼女はポアロの肩に両手をのせ接吻した。

「タクシーを拾ってきてちょうだい」と彼女はスティリングフリートに命じた。

スティリングフリート医師はうなずいて出ていった。オリヴァ夫人はハンドバッグと毛皮のストールをとりあげ、ノーマはコートを着てその後に従った。

「マダム、ちょっとお待ちを《アン・プティ・モマン》——」

オリヴァ夫人はふりかえった。ポアロはソファのすみからきれいにカールした灰色の小さなヘアピースをつまみあげた。

オリヴァ夫人はうなり声を発した。「近ごろのものときたらみんなこうなんだから、どれもこれもみんなできそこない！　ヘアピンのことですけれどね。すぐに脱けてみんなおっこっちゃうのよ！」

夫人はしかめ面で出ていった。

数分後、夫人はドアから首をつきだした。そして声をひそめて言った。

「ちょっと教えて下さいよ――もう大丈夫、あのひと送ってきたから――あなたはあのお嬢さんをわざとあのお医者のところへやったのね？」

「もちろんです。彼の資格は――」

「資格なんてどうでもいいの。わたしの言う意味わかるでしょ。彼と彼女――そうなんでしょ？」

「ぜひとも知りたいと言われるなら、そのとおりです」

「やっぱりね」とオリヴァ夫人は言った。「あなたっていろいろと気のまわる方だわねえ」

わが愛すべきクリスティー

装幀家
石川絢士

ミステリ界に遅れてやって来た装幀家です。

スタンリイ・エリンの『九時から五時までの男』とカーター・ディクスンの『パンチとジュディ』、ティエリー・ジョンケの『蜘蛛の微笑』の装幀が良く出来たご褒美に？ 憧れのクリスティーの解説を分不相応ですが、書かせていただく事になりました。最初お話があったときは、いやーとおもいましたが十秒後に、こんな名誉は二度とない！ というか、「そうですよね」の一言で話が終わってしまうのが恐くて即刻引き受けてしまいました。

先程遅れてと言いましたが、ずっとCDジャケットなど音楽畑で仕事をしてきまして装幀を始めたのはここ三年くらいなんです。実家が貸本屋で、もともと本が大好きだったので、今は子供が感想文を書くようなのりで、読後の深夜の密やかな儀式といった感じで嬉々としてデザインしてます。

ミステリとの出逢いは御多分にもれずホームズです。小学五年の時、友人Hの家に、本屋の息子の特権で新しく入荷したウルトラシリーズの怪獣本を自慢げに持っていったところ、開口一番「ねえ、ホームズって知ってる？　知らないんだったらこれ読んでみなよ。短いし、しかもネエこれはホームズが失敗する話なんだよ」と一方的に押し付けられたのです。それまでウルトラウルトラって黄色い声張り上げていたのが、いきなりホームズ、しかもいきなりへまかよ、というかんじで偕成社の子供向けホームズの「黄色い顔」を読んだのが出発です。彼の家は、僕の田舎町一番のハイソな英国風注文紳士服店で昭和三〇年代当時店内はシャンデリアにバーカウンター、見た事もない洋酒がずらり、その名も「スタイルのホンダ」というスタイルズ荘もここからきたんじゃないかという様な所で、舞台は整ったという感じでした。僕はそれ以降、オリンピックと食事の好み以外はイギリス人として霧のロンドンにはまっていくのです。中学校の帰り道、遠くに霞む銀行を「ワトスン、目差すはビッグベンだ！」（イメージとしては当時の問題集の表紙を飾ったモネの「国会議事堂、霧を貫く陽光」）といった具合です。この流れから『黄色い部屋の謎』『赤い館の秘密』と田園趣味に憧れクリスティーに進んでいく訳です。（クイーンは『Yの悲劇』を前出の友のネタバラシという不幸な出逢いと、舞台が米国のせいか当時馴染めず——ヴァン・ダインは別格ですが）

クリスティーは『ABC殺人事件』『三幕の殺人』と入って、『Yの悲劇』と違ってまっさらな状態で『アクロイド殺し』との幸福な出逢いで決定的となりました。天地がひっくり返りました。まさに驚愕の一言でした。その衝撃度は計りしれず、あの瞬間の落ちていく人間の印象は、僕にとってはその後大好きになる十九世紀末の作家オスカー・ワイルドの「ドリアン・グレイの画像」などのデカダン的な美しさ、落日のヨーロッパ的な儚さを感じました。クリスティー一生ついていくよという感じでした。

僕は五六年生まれでビートルズ以降のレッド・ツェッペリンとかグランド・ファンク・レイルロードなどの所謂ニュー・ロックにどっぷり浸かった世代です。ピンク・フロイドのアートワークをずっとやっているヒプノシスに憧れて、デザイナーを目差しました。（十年程前までレコード会社でデザインしてました）僕は特にこのフロイドとかキング・クリムゾン、EL&P、イエスなどLPレコード片面一曲とかクラシック、JAZZとの融合！　みたいな今じゃ死語になってしまったプログレッシブ・ロック通称プログレに入れ込みました。特にジェネシス（P・ガブリエルのいた時期、フィル・コリンズの世界的にヒットした後期は僕にとっては別バンド）が大好きで、このバンドは一言でいうと古き良き大英帝国、田園、シアトリカル、マザーグース、といった雰囲気を持ったバンドで、ホームズ以降の嗜好と重なって身も心も……という感じでした。

ちなみに本の知識ですが、あの森博嗣さんが御自分のコンピュータ・プログラムの名前にこのジェネシスの初期大曲「サパーズ・レディ」をお付けになったというのを読んで、結構嬉しかったり、歌野晶午さんの『長い家の殺人』ではいきなりクリムゾンのR・フリップとB・イーノの活字が飛び込んできたりで、勝手にミステリとプログレを結び付けたりして喜んでいます。

また、ジェネシスのギタリストだったスティーヴ・ハケットの七八年にリリースしたセカンド・ソロ・アルバム「Please Don't Touch」（名盤！）のなかに一曲、「Carry on up the Vicarage」という「アガサ・クリスティーに捧ぐ」と献辞された曲がありま す。Vicarage（牧師館）という事で、かのミス・マープル最初の事件です。歌詞を少し紹介すると「……9時15分に牧師館で死体が見つけられました……／（中略）／……ハチの群れにさされて死にました……」（訳詞：吉本真美／ライナーノーツより転載）、といった内容です。蜂は『雲をつかむ死』でしょうか。ちなみにクリスティーの牧師館で死体が見つかったのは七時十五分です。

本書『第三の女』は六六年、クリスティー晩年の作で文中ポアロも歳をとっています。

読んだ当時、モッズ、ビートニックなど六〇年代ロック風俗用語や、はたまたビートルズまで会話にとびだして、それまでのモノトーン画像の印象が急にカラーになって、少し戸惑ったのを憶えています。

僕が、今作の仕事を依頼されたらどんな装幀になるのでしょう。わりと読後の印象に残るキーワードを中心に考える事が多いので、今回は「孔雀」の平面的図版と六〇年代風女性のシルエットを絡ませ、少しサイケなテイストで……といった感じになるでしょうか？

それにしても『若者の長髪やジーンズ、金ぴかな衣裳など一時的な現象』と言い切った古き良き登場人物達は、なんと愛すべき存在なんでしょう。

灰色の脳細胞と異名をとる

〈名探偵ポアロ〉シリーズ

本名エルキュール・ポアロ。イギリスの私立探偵。元ベルギー警察の捜査員。卵形の顔とぴんとたった口髭が特徴の小柄なベルギー人で、「灰色の脳細胞」を駆使し、難事件に挑む。『スタイルズ荘の怪事件』（一九二〇）に初登場し、友人のヘイスティングズ大尉とともに事件を追う。フェアかアンフェアかとミステリ・ファンのあいだで議論が巻き起こった『アクロイド殺し』（一九二六）、イニシャルのＡＢＣ順に殺人事件が起きる奇怪なストーリーが話題をよんだ『ＡＢＣ殺人事件』（一九三六）、閉ざされた船上での殺人事件を巧みに描いた『ナイルに死す』（一九三七）など多くの作品で活躍し、最後の登場になる『カーテン』（一九七五）まで活躍した。イギリスだけでなく、イラク、フランス、イタリアなど各地で起きた事件にも挑んだ。

映像化作品では、アルバート・フィニー（映画《オリエント急行殺人事件》）、ピーター・ユスチノフ（映画《ナイル殺人事件》）、デビッド・スーシェ（ＴＶシリーズ）らがポアロを演じ、人気を博している。

1 スタイルズ荘の怪事件
2 ゴルフ場殺人事件
3 アクロイド殺し
4 ビッグ4
5 青列車の秘密
6 邪悪の家
7 エッジウェア卿の死
8 オリエント急行の殺人
9 三幕の殺人
10 雲をつかむ死
11 ABC殺人事件
12 メソポタミヤの殺人
13 ひらいたトランプ
14 もの言えぬ証人
15 ナイルに死す
16 死との約束
17 ポアロのクリスマス
18 杉の柩
19 愛国殺人
20 白昼の悪魔
21 五匹の子豚
22 ホロー荘の殺人
23 満潮に乗って
24 マギンティ夫人は死んだ
25 葬儀を終えて
26 ヒッコリー・ロードの殺人
27 死者のあやまち
28 鳩のなかの猫
29 複数の時計
30 第三の女
31 ハロウィーン・パーティ
32 象は忘れない
33 カーテン
34 ブラック・コーヒー〈小説版〉

好奇心旺盛な老婦人探偵

〈ミス・マープル〉シリーズ

本名ジェーン・マープル。イギリスの素人探偵。ロンドンから一時間ほどのところにあるセント・メアリ・ミードという村に住んでいる、色白で上品な雰囲気を漂わせる編み物好きの老婦人。村の人々を観察するのが好きで、そのうちに直感力と観察力が発達してしまい、警察も手をやくような難事件を解決するまでになった。新聞の情報に目をくばり、村のゴシップに聞き耳をたて、それらを総合して事件の謎を解いてゆく。家にいながら、あるいは椅子に座りながらゆったりと推理を繰り広げることが多いが、敵に襲われるのもいとわず、みずから危険に飛び込んでいく行動的な面ももつ。

長篇初登場は『牧師館の殺人』（一九三〇）。「殺人をお知らせ申し上げます」という衝撃的な文章が新聞にのり、ミス・マープルがその謎に挑む『予告殺人』（一九五〇）や、その他にも、連作短篇形式をとりミステリ・ファンに高い評価を得ている『火曜クラブ』（一九三二）、『カリブ海の秘密』（一九六四）とその続篇『復讐の女神』（一九七一）などに登場し、最終作『スリーピング・マーダー』（一九七六）まで、息長く活躍した。

35 牧師館の殺人
36 書斎の死体
37 動く指
38 予告殺人
39 魔術の殺人
40 ポケットにライ麦を
41 パディントン発4時50分
42 鏡は横にひび割れて
43 カリブ海の秘密
44 バートラム・ホテルにて
45 復讐の女神
46 スリーピング・マーダー

冒険心あふれるおしどり探偵

〈トミー&タペンス〉

本名トミー・ベレズフォードとタペンス・カウリイ。『秘密機関』（一九二二）で初登場。心優しい復員軍人のトミーと、牧師の娘で病室メイドだったタペンスのふたりは、もともと幼なじみだった。長らく会っていなかったが、第一次世界大戦後、ふたりはロンドンの地下鉄で偶然にもロマンチックな再会をはたす。お金に困っていたので、まもなく「青年冒険家商会」を結成した。この後、結婚したふたりはおしどり夫婦の「ベレズフォード夫妻」となり、共同で探偵社を経営。事務所の受付係アルバートとともに事務所を運営している。トミーとタペンスは素人探偵ではあるが、その探偵術は、数々の探偵小説を読破しているので、事件が起こるとそれら名探偵の探偵術を拝借して謎を解くというユニークなものであった。

『秘密機関』の時はふたりの年齢を合わせても四十五歳にもならなかったが、

最終作の『運命の裏木戸』（一九七三）ではともに七十五歳になっていた。青春時代から老年時代までの長い人生が描かれたキャラクターで、クリスティー自身も、三十一歳から八十三歳までのあいだでシリーズを書き上げている。ふたりの活躍は長篇以外にも連作短篇『おしどり探偵』（一九二九）で楽しむことができる。

ふたりを主人公にした作品が長らく書かれなかった時期には、世界各国の読者からクリスティーに「その後、トミーとタペンスはどうしました？　いまはなにをやってます？」と、執筆の要望が多く届いたという逸話も有名。

47　秘密機関
48　NかMか
49　親指のうずき
50　運命の裏木戸

バラエティに富んだ作品の数々

〈ノン・シリーズ〉

名探偵ポアロもミス・マープルも登場しない作品の中で、最も広く知られているのが『そして誰もいなくなった』（一九三九）である。マザーグースになぞらえて殺人事件が次々と起きるこの作品は、不可能状況やサスペンス性など、クリスティーの本格ミステリ作品の中でも特に評価が高い。日本人の本格ミステリ作家にも多大な影響を与え、多くの読者に支持されてきた。

その他、紀元前二〇〇〇年のエジプトで起きた殺人事件を描いた『死が最後にやってくる』（一九四四）、『チムニーズ館の秘密』（一九二五）に出てきたロンドン警視庁のバトル警視が主役級で活躍する『ゼロ時間へ』（一九四四）、オカルティズムに満ちた『蒼ざめた馬』（一九六一）、スパイ・スリラーの『フランクフルトへの乗客』（一九七〇）や『バグダッドの秘密』（一九五一）などのノン・シリーズがある。

また、メアリ・ウェストマコット名義で『春にして君を離れ』（一九四四）をはじめとする恋愛小説を執筆したことでも知られるが、クリスティー自身は四半世紀近くも関係者に自分が著者であることをもらさないよう箝口令をしいてきた。これは、「アガサ・クリスティー」の名で本を出した場合、ミステリと勘違いして買った読者が失望するのではと配慮したものであったが、多くの読者からは好評を博している。

72 茶色の服の男
73 チムニーズ館の秘密
74 七つの時計
75 愛の旋律
76 シタフォードの秘密
77 未完の肖像
78 なぜ、エヴァンズに頼まなかったのか？
79 殺人は容易だ
80 そして誰もいなくなった
81 春にして君を離れ
82 ゼロ時間へ
83 死が最後にやってくる
84 忘られぬ死
86 暗い抱擁
87 ねじれた家
88 バグダッドの秘密
89 娘は娘
90 死への旅
91 愛の重さ
92 無実はさいなむ
93 蒼ざめた馬
94 ベツレヘムの星
95 終りなき夜に生れつく
96 フランクフルトへの乗客

名探偵の宝庫
〈短篇集〉

クリスティーは、処女短篇集『ポアロ登場』（一九二三）を発表以来、長篇だけでなく数々の名短篇も発表し、二十冊もの短篇集を発表した。ここでもエルキュール・ポアロとミス・マープルは名探偵ぶりを発揮する。ギリシャ神話を題材にとり、英雄ヘラクレスのごとく難事件に挑むポアロを描いた『ヘラクレスの冒険』（一九四七）や、毎週火曜日に様々な人が例会に集まり各人が体験した奇怪な事件を語り推理しあうという趣向のマープルものの『火曜クラブ』（一九三二）は有名。トミー&タペンスの『おしどり探偵』（一九二九）も多くのファンから愛されている作品。

また、クリスティー作品には、短篇にしか登場しない名探偵がいる。心の専門医の異名を持ち、大きな体、禿頭、度の強い眼鏡が特徴の身上相談探偵パーカー・パイン（『パーカー・パイン登場』一九三四、など）は、官庁で統計収集の事務を行なっていたため、その優れた分類能力で事件を追う。また同じく、

ハーリ・クィンも短篇だけに登場する。心理的・幻想的な探偵譚を収めた

『謎のクィン氏』（一九三〇）などで活躍する。その名は「道化役者」の意味で、まさに変幻自在、現われてはいつのまにか消え去る神秘的不可思議的な存在として描かれている。恋愛問題が絡んだ事件を得意とするというユニークな特徴をもっている。

ポアロものとミス・マープルものの両方が収められた『クリスマス・プディングの冒険』（一九六〇）や、いわゆる名探偵が登場しない『リスタデール卿の謎』（一九三四）や『死の猟犬』（一九三三）も高い評価を得ている。

世界中で上演されるクリスティー作品

〈戯曲集〉

劇作家としても高く評価されているクリスティー。初めて書いたオリジナル戯曲は一九三〇年の『ブラック・コーヒー』で、名探偵ポアロが活躍する作品であった。ロンドンのスイス・コテージ劇場で初演を開け、翌年セント・マーチン劇場へ移された。一九三七年、考古学者の夫の発掘調査に同行していた時期にオリエントに関する作品を次々執筆していたクリスティーは、戯曲でも古代エジプトを舞台にしたロマン物語『アクナーテン』を執筆した。その後、『そして誰もいなくなった』、『死との約束』、『ナイルに死す』、『ホロー荘の殺人』など自作長篇を脚色し、順調に上演されてゆく。一九五二年、オリジナル劇『ねずみとり』がアンバサダー劇場で幕を開け、現在まで演劇史上類例のないロングランを記録する。この作品は、伝承童謡をもとに、一九四七年にクイーン・メアリの八十歳の誕生日を祝うために書かれたBBC放送のラジオ・ドラマを舞台化したものだった。カーテン・コールの際の「観客のみなさま、どうかこのラストのことはお帰りになってもお話しにならないでください」の一節はあまりにも有名。一九五三年には『検察側の証人』がウィンター・ガーデン劇場で初日を開け、その後、ニューヨークでアメリカ劇評家協会の海外演劇部門賞を受賞する。一九五四年の『蜘蛛の巣』はコミカルなタッチのクライム・ストーリーという新しい展開をみせ、こちらもロングランとなった。

クリスティー自身も観劇も好んでいたため、『ねずみとり』は初演から十年がたった時点で四、五十回は観ていたという。長期にわたって劇のプロデューサーをつとめたピーター・ソンダーズとは深い信頼関係を築き、「自分の知らない芝居の知識を教えてもらった」と語っている。

65 ブラック・コーヒー
66 ねずみとり
67 検察側の証人
68 蜘蛛の巣
69 招かれざる客
70 海浜の午後
71 アクナーテン

波乱万丈の作家人生

〈エッセイ・自伝〉

「ミステリの女王」の名を戴くクリスティーだが、作家になるまでに様々な体験を経てきた。コナン・ドイルのシャーロック・ホームズものを読んでミステリのおもしろさに目覚め、書いた小説をミステリ作家イーデン・フィルポッツに送ってみてもらっていた。その後は声楽家をめざしてパリに留学するが、才能がないとみずから感じ、声楽家の道を断念する。第一次世界大戦時は陸軍病院で篤志看護婦として働き、やがて一九二〇年に『スタイルズ荘の怪事件』を刊行するにいたる。

その後もクリスティーは、出版社との確執、十数年ともに過ごした夫との離婚、種痘ワクチンの副作用で譫妄状態に陥るなど、様々な苦難を経験したがそれを乗り越え、作品を発表し続けた。考古学者のマックス・マローワンと再婚してからは、ともに中近東へ赴き、その体験を創作活動にいかしていた。

当時人気ミステリ作家としてドロシイ・L・セイヤーズがいたが、彼女に対抗して、クリスティーも次々と作品を発表した。特にクリスマスには「クリスマスにはクリスティーを」のキャッチフレーズで、定期的に作品を刊行し、増刷を重ねていた。三カ月に一作をしあげることを目指していたという。メアリ・ウェストマコット名義で恋愛小説を執筆したり、『カーテン』や『スリーピング・マーダー』を自分の死後に出版する計画をたてるなど、常に読者を楽しませることを意識して作品を発表してきた。

ジャネット・モーガン、H・R・F・キーティングなど多くの作家による評伝・研究書も書かれている。

85　さあ、あなたの暮らしぶりを話して
97　アガサ・クリスティー自伝（上）
98　アガサ・クリスティー自伝（下）

訳者略歴　1955年津田塾大学英文科卒，英米文学翻訳家　訳書『アルジャーノンに花束を』キイス，『闇の左手』ル・グィン，『われはロボット』『神々自身』アシモフ，『火星のタイム・スリップ』ディック（以上早川書房刊）他多数

Agatha Christie

第《だい》三《さん》の女《おんな》

〈クリスティー文庫30〉

二〇〇四年八月三十一日　発行
二〇二五年七月二十五日　九刷

（定価はカバーに表示してあります）

著者　アガサ・クリスティー
訳者　小《お》尾《び》芙《ふ》佐《さ》
発行者　早川　浩
発行所　株式会社　早川書房

郵便番号一〇一‐〇〇四六
東京都千代田区神田多町二ノ二
電話　〇三‐三二五二‐三一一一
振替　〇〇一六〇‐三‐四七七九九
https://www.hayakawa-online.co.jp

乱丁・落丁本は小社制作部宛お送り下さい。
送料小社負担にてお取りかえいたします。

印刷・三松堂株式会社　製本・株式会社フォーネット社
Printed and bound in Japan
ISBN978-4-15-130030-1 C0197

本書は活字が大きく読みやすい〈トールサイズ〉です。